Vincent Azé

Le vent des fous

Du Noir au Sud
est une collection des Éditions Cairn
dirigée par G.D. Noguès

Du Noir au Sud est une collection de polars qui nous transporte dans le Sud, ses villes, ses villages, à la découverte des habitants, de leurs traditions, de leurs secrets.
Son ambition : dessiner, au fil des ouvrages, un portrait d'ensemble de la région, noirci à coups de plumes tantôt historiques, ou humanistes, tantôt teintées d'humour, mais où crimes et intrigues ont toujours le rôle principal.

Illustration de la couverture : © 123.RF-Canebal.

ISBN : 979-10-7006-439-9/ISSN : 2275-2331

Vincent Azé

Le vent des fous

cairn

JOUR 1

1
Parce qu'il faut dire au revoir

Toulouse, de nos jours.

Alors que le soleil frappait le ciel, une légère pluie s'effondrait sur le cortège des limousines et des voitures luxueuses. Au volant de l'imposante Chevrolet noire de style Crossover, Angel tapotait nerveusement la boîte de vitesses avec l'envie pressante de passer la seconde. Habituellement, quand il conduisait monsieur Salmon, il fallait faire au plus vite, ne jamais perdre une minute, quitte à enfreindre le Code de la route. Rouler au pas en suivant le corbillard l'agaçait au plus haut point.

Angel n'avait jamais eu d'affection particulière ; Paul, un sentiment réciproque. La mort du meilleur ami de son patron ne l'affectait pas particulièrement. C'est à peine s'il avait eu un peu de compassion pour sa lente souffrance ces derniers mois. C'est pour ces raisons qu'il s'était déplacé jusqu'à l'hôpital pour lui rendre visite alors qu'il était en fin de vie. Bien sûr, Angel cachait ces allers-retours à son employeur, monsieur Salmon. Paul avait été lâche et avait refusé la proposition d'Angel. Pourtant, Angel, à sa place, aurait sauté sur l'occasion. Il valait mieux mourir asphyxié, étouffé par un oreiller en moins de deux minutes, que de sentir son corps se décomposer vivant pendant des mois. Si le vieux Paul voulait souffrir pour rien, après tout c'était son choix. Angel avait repositionné le coussin sous la nuque de Paul, et était sorti de la chambre 17, sans un au revoir, sans un adieu. Angel faisait des anges mais il les faisait proprement. Rapidement. À Tijuana, son premier mort avait tellement agonisé qu'il s'était juré d'offrir une mort rapide à ses prochains contrats. Il faut dire que du haut de ses treize ans, lorsqu'il a dû larder le buste de cette jeune étudiante, il ignorait tout de l'anatomie humaine dont les organes vitaux. Pas moins d'une quarantaine de coups de couteau vinrent à bout de la fille avant qu'elle n'expire son dernier souffle. Erreur de néophyte. Angel était resté paralysé pendant de longues minutes devant ce lac de sang. Le meurtre de la petite lui avait rapporté plus de deux cents pesos, de quoi se payer un vieux revolver. Enfin, la mort qu'il offrirait lors ses prochains contrats serait plus efficace, rapide et certainement sans douleur. Certes Paul, dit *Clopo*, avait rejeté l'idée de se faire étouffer et avait dégusté de longs mois. La morphine ne pouvait plus rien pour lui et maintenant son corps décharné était encloué dans un cercueil de modèle Parisien direction la crémation. Lui qui enchaînait cigarette sur cigarette, il allait, à son tour, partir en fumée.

Angel arrêta la voiture à l'entrée du cimetière, juste derrière le corbillard, à quelques mètres afin de laisser suffisamment de place pour extraire la grande boîte en bois. À son habitude, Angel sortit afin d'ouvrir la portière à son employeur. Même si monsieur Salmon le considérait comme son fils adoptif, il n'oubliait jamais qu'il était son patron. Dans les favelas, on respecte l'ordre établi au risque de ne jamais voir le jour d'après si on l'enfreint. Jean Salmon posa le pied sur les gravillons blancs. Le cuir de sa chaussure noire, fabriquée sur mesure, brillait tellement que l'on pouvait apercevoir en miroir le ciel en noir et blanc. Puis, le métal en argent du bout de sa canne se planta dans le sol et, dans un petit bruit de souffrance contenu, Jean se déploya hors de la voiture. Le vieil homme réajusta son Stetson et chaussa ses lunettes de soleil. Longiligne, élancé, il paraîtrait dix ans de moins si son accident de moto, il y a une vingtaine d'années, ne l'avait pas diminué. Jean Salmon se pencha de toute sa hauteur à l'oreille d'Angel :

— J'vois pas Chloé. Appelle-la et dis-lui de vite rappliquer.

Angel hocha la tête en guise d'approbation. Dans le Crossover, Maxime, le fils de Jean Salmon attendait qu'Angel lui ouvre à son tour la porte. Comme si à trente ans, il n'était pas capable de le faire tout seul. D'un air malicieux et discret, tout en se mettant à l'écart pour joindre Chloé, Angel pointa son index en direction de la voiture. Maxime rit tout en se secouant la tête et sortit comme un grand garçon de la voiture pour rejoindre son père qui était tourné en direction de la BMW immatriculée 06. De la berline, Malek chaussait ses lunettes noires. Il ne faisait pas ses soixante-dix ans. Bien que ses cheveux bouclés aient viré au poivre et sel, son allure était comme par le passé, sportive, une musculature naturelle bien dessinée et d'une droiture impeccable. Mais pas aussi irréprochable que son costume bleu marine de chez Christian Dior orné de deux boutons à col cranté. L'élégant Malek faisait face à Jean. Ils se fixèrent un long moment sans rien se dire. Le temps semblait s'être mis en arrêt sur image. Dans un plissement de paupières, les yeux de Jean Salmon s'inondèrent.

— Bonjour Jean… Je sais que cela fait pratiquement trente ans que l'on ne s'est pas vu mais… mais on pourrait se prendre dans les bras, non ?

— … Je ne pensais pas revoir ta bonne tête d'Arabe de mon vivant… Viens là ! rétorqua Salmon.

Les deux hommes, émus, s'enlacèrent, submergés par l'émotion de ces retrouvailles. Dans un mouvement de recul, Jean prit virilement les épaules de Malek le secouant amicalement et lui demanda :

— Pourquoi on ne s'est pas revu plus tôt ? Tu m'as manqué…

— Tu le sais très bien Jeannot. Tu le sais très bien.

— Je ne veux pas m'en rappeler.

— Aucun homme n'aime se souvenir de ses erreurs. Je crois bien que nos visages rappellent à l'un comme à l'autre la plus grosse que l'on ait jamais commise.

D'un geste amical, Jean posa la paume de sa main sur la joue de Malek.

— On a fait ce qu'il fallait faire.

Peu de personnes se trouvaient à l'intérieur du crématorium. Il faut dire que Paul n'avait pas beaucoup d'amis. Pas de famille. Enfant de la DDASS, naviguant de foyer d'accueil en foyer d'accueil, de cellule en cellule, il n'avait trouvé son équilibre qu'à la fin des années soixante-dix. Sa rencontre avec Jean fut salvatrice. Fini les petits larcins qui l'emmenaient toujours devant un tribunal. Avec Jean Salmon, Malek et Daniel, ils visaient gros. Toujours plus gros, mais sans jamais se faire attraper. Jean savait comment organiser des casses redoutables et surtout Jean avait la chance avec lui. La *baraka* comme disait Malek. Jamais ils ne s'étaient fait arrêter. Jamais. Et pourtant, Dieu sait qu'en dix ans ils avaient réalisé un nombre incalculable de méfaits. Combien de fois avaient-ils sabré le champagne dans leur repaire en plein milieu de la campagne du Lauragais ? Combien de fois ils s'étaient moqués de ces flics incompétents qui n'ont jamais réussi à les appréhender ? Seul Daniel aurait pu y répondre. Lui qui tenait les comptes avec une minutie qui agacerait plus d'un expert-comptable. Mais aujourd'hui, il ne reste que Jean et Malek.

Alors que Paul commençait à se consumer, *Let it be* des Beatles résonnait dans la pièce. Jean et Malek se tenaient côte à côte. Main dans la main dans une parfaite communion. La mort de leur ami leur rappelait que la vie ne tenait qu'à un fil et que bientôt leur tour viendrait. De son côté, Maxime, le fils de Jean Salmon, naviguait sur son smartphone à la recherche du plan Tinder de sa soirée. Ses trente ans n'excusaient pas son indifférence. À son habitude, Angel était debout au fond de la salle, guettant la porte d'entrée et scrutant les quelques invités. Du haut de ses trente ans, il tenait avec classe son rôle d'homme de main. Il ne put s'empêcher de sourire en apercevant Fabrice, le gérant du bureau de tabac où Paul avait ses habitudes. *Un assassin ne revient jamais sur les lieux du crime*, pensa-t-il. Fabrice perdait un bon client mais, visiblement, un ami aussi. Il n'y avait pas d'homélie, pas de discours. Paul demeurait un être taiseux et entendre des boniments sur sa personnalité ne lui aurait pas plu.

Ainsi soit-il.

Après les sempiternels remerciements, embrassades, serrages de mains devant le crématorium, Jean et Malek s'étaient posés seuls à la terrasse du café *Des tilleuls* en contrebas de l'allée du cimetière. La chaleur de ce début d'été était rafraîchie par un Pastis 51 pour Jean et d'un Perrier tranche pour Malek.

— Tu restes combien de temps ? Nous pourrions dîner ensemble, dit Jean sirotant son anisette.

— Malheureusement, je repars en début de soirée. Je dois me rendre en Andorre. Une affaire en cours.

— Tout toi ça. Tu rentabilises le personnel et le professionnel.

— … Il a souffert ?, demanda Malek.

— Il n'a rien dit… Mais je ne l'avais jamais vu avec un visage aussi crispé. Et surtout, il ne buvait plus rien. C'est là que j'ai su que c'était la fin.

— Ah ça. Paul sans un verre à la main, c'est aussi impensable qu'un curé sans sa soutane.

Les deux hommes éclatèrent de rire, se laissant envahir par les souvenirs.

2
Parce qu'il faut bien se rencontrer

1977. Toulouse.

Au fond du parking de la boîte de nuit *Le Clapotis*, dans la pénombre de l'habitacle d'une Simca 1307 S, l'incandescence du bout d'une Caporal laissait apparaître la silhouette de deux jeunes hommes. Une fumée épaisse sortait de la vitre baissée côté passager. Dans l'autoradio, on entendait les Bee Gees s'égosiller la voix avec leur *Saturday night fever*. Il était déjà 4 heures du matin et il ne restait guère de monde dans l'établissement.

— Mais qu'est-ce qu'il fout, bordel ?! s'exclama Daniel. Je suis rincé. Dans cinq minutes s'il ne se pointe pas, je me tire !

— Ah ouais à pinces ? T'en as pour deux plombes pour arriver jusqu'en ville. On arrive ensemble, on part ensemble. Quand il va se rendre compte que la petite ne va pas vouloir de lui, il va vider son godet et rappliquer, répondit calmement Jean.

Un homme gracieux, d'une petite trentaine d'années, sortit de la boîte de nuit au bras d'une charmante jeune femme aux cheveux clairs habillée d'une combinaison en skaï orange, des talons hauts cambraient sa silhouette. En émettant un sifflement, Jeannot pensa que l'homme allait passer une bonne fin de soirée et qu'il aurait aimé être à sa place. Le couple riait tout en s'avançant vers le parking. Quand, arrivant de nulle part, un groupe de quatre ou cinq hommes cagoulés, armés de barres de fer et de nerfs de bœufs, foncèrent sur eux. La fille poussa un cri de peur. Un petit trapu poussa l'élégant jeune homme qui tomba au sol et lui donna un coup de pied violent dans le ventre.

— Pour qui il se prend le bougnoule !? cria-t-il avec un accent du Sud-Ouest prononcé.

L'homme typé tenta de se relever, tout sourire, mais au moment où il prenait appui sur son avant-bras pour se redresser, un grand dadais aux cheveux rasés lui infligea un coup de barre à mine sur son poignet. Le craquement de l'os résonna dans le parking sans qu'un seul son ne s'échappât de la bouche de l'Arabe. Instinctivement, la jeune femme se précipita vers lui. Le petit trapu l'attrapa pour qu'elle lâche le bras de son partenaire.

— Casse-toi salope ! Suceuse de bicots ! Casse-toi ou je te défonce ta petite gueule de pute à nègre.

Une main ferme arrivant venant d'on ne sait où prit l'épaule du trapu. C'était la pogne de Jean.

— C'est comme ça qu'on parle aux demoiselles ?

— Qu'est-ce qu'il a le…

Le trapu n'eut pas le temps de terminer sa phrase que Jean Salmon lui décocha une droite digne de Mohamed Ali, suivie d'un uppercut sous le menton. Daniel attrapa le col de la veste d'un des gars de la bande et lança son large front sur l'arête de son nez. La cloison nasale de son adversaire se retrouva à la transversale, le sang gicla sur la chemise déboutonnée de Daniel.

— Putain ! Une chemise toute neuve, merde !

Alors que l'homme au nez cassé reculait en titubant, Daniel balaya sa jambe et ce dernier tomba comme s'il avait glissé sur une flaque d'eau gelée. Il se cogna la tête sur le bitume, le laissant KO. Un costaud sauta sur le dos de Daniel qui, dans un réflexe, pivota sur lui-même afin que le balourd lâche son cou et s'écrase au sol. C'est Jean qui l'acheva d'un vif coup de pied dans l'entrejambe. Le roi de la gonflette hurla de douleur en se tenant des deux mains les parties génitales. Jean sentit une douleur violente dans le bas de son dos. Un gringalet venait de lui asséner lâchement un coup de nerf de bœuf sur les lombaires. Jean se retourna pour faire face au retors qui lui donna un nouveau coup au niveau du visage, qu'il para de justesse à l'aide de son bras. Le gringalet, devant l'inefficacité de son attaque, semblait paralysé de peur. Voyant deux de ses comparses maîtrisés, les yeux révulsés de frayeur il cria mécaniquement : « Vive la France blanche. » Il tourna les talons et courut de tout son saoul vers la sortie du parking qui rejoignait la route.

— C'est ça. *Heil Hitler* connard, répliqua ironiquement Jean.

Le trapu et le costaud ensanglanté se relevaient tant bien que mal. C'est à ce moment que Jean et Daniel se rendirent compte qu'un cinquième larron avait apposé la lame de son couteau papillon sous la gorge de la jeune fille qui était totalement tétanisée. Ils se retrouvaient à deux contre trois, ne pouvant réagir face au risque que la fille se retrouve défigurée. Encore une fois, c'est le petit trapu qui prit la parole en riant :

— On fait moins les marioles les cocos. Regardez-les là, les défenseurs des melons. Allez… Filez-moi votre pognon !!!

— Touche ton cul, lança Daniel provocateur.

— Filez-moi votre fric ou sinon il lui fait des petites virgules sur son joli minois !

La fille sanglota.

— Pleure pas petite. Ils ne te feront rien. Quand on se met à cinq contre un seul gars, il y a forcément un manque de courage. Quand on a les idées aussi courtes que sa coupe de cheveux, j's'rais pas étonné que ce soit très court aussi dans leurs futals. J'ai pas envie de fouiller, mais je suis certain que je trouverai pas de paires de couilles, rigola Jean.

Le trapu prit la place de son compagnon en se saisissant du couteau, il rapprocha la lame encore plus près du visage de la blonde jusqu'à lui marquer la peau d'une trace rouge.

— Un pas de plus et je lui balafre sa petite gueule.

Le canon d'un Manurhin MR 73 se ventousa sur la nuque épaisse du trapu. On entendit en même temps le cliquetis du chien qui se releva.

— Un mot de plus, petit blaireau, et je te ventile le cerveau…

Jean et Daniel se mirent à rire. En voyant le revolver, le cinquième nazillon leva ses mains en l'air, recula doucement avec le regard d'un chien battu qui venait de faire une bêtise,prenant un air désolé. En moins de dix secondes il disparut du parking.

— Alors les potos, on s'amuse sans moi ? , demanda Paul, clope au bec, qui tenait en joue l'apprenti fasciste qui lâcha aussi sec son couteau.

La fille se dégagea aussi vite que possible.

— Tu te la coulais douce avec la nana dans la boîte et nous on s'est dit qu'on se ferait bien une petite soirée facho, lança Daniel.

— Jeannot, qu'est-ce qu'on fait avec les trompettes ? réclama Paul.

— Laisse-les partir, qu'ils aillent chialer chez leurs mamans.

À ces mots, les trouffions de la race pure prirent leurs jambes à leur cou, laissant seul sur place le petit trapu qui commençait à trembler.

— Je peux y aller moi aussi ?

— Dégage !

— Un moment s'il vous plaît! s'interposa le Maghrébin au bras cassé.

Il se releva tant bien que mal, tout grimaçant, et se mit face au trapu tout en réajustant son costume noir et blanc à rayures.

— Monsieur. Votre complice m'a brisé le poignet gauche et c'est atrocement douloureux.

— Sûr que ça va être plus dur pour ramasser les poubelles maintenant, ironisa le raciste.

— Très amusant. Mais vous comprenez bien que je ne peux vous laisser partir en toute impunité. Comme il est dit dans les saintes écritures : œil pour œil, dent pour dent.

Alors que le trapu souriait en faisant le fier à bras, l'Arabe sortit de sa poche un couteau à cran d'arrêt qu'il agita devant le visage de son agresseur. Ses yeux affichaient une peur terrible. L'Arabe appuya sur le petit bouton argenté au-dessus du manche et une lame de dix centimètres se déploya à la vitesse de l'éclair.

— Déconne pas, murmura le trapu.

— D'où je viens, il est une tradition que l'on appelle : « Le sourire Kabyle ». Vous connaissez ? Le procédé est simple, je fais pénétrer profondément la pointe de la lame sous votre oreille gauche et je la ramène jusqu'à l'oreille droite en passant par le cou, coupant ainsi vos deux artères carotidiennes. Cela me chagrine de devoir salir mon joli costume, mais il y a des choses que l'on ne peut pas laisser passer de nos jours.

À ces mots, le petit fasciste se mit à trembler de plus belle et, de trouille, s'urina dessus sous les fous rires de la bande.

— Je crois que tu vas devoir t'acheter des couches mon biquet, lança Daniel dans un rire moqueur.

— Casse-toi ! dit l'Arabe d'un ton sévère.

Au moment où le trapu commençait à fuir, l'arabe planta par surprise le couteau dans la fesse droite de ce dernier. Couinant comme un porcelet, le trapu courut en boitillant tout en se tenant la plaie. L'Arabe se retourna vers ses sauveurs leur tendant la main.

— Messieurs, je ne sais comment vous remercier. Je m'appelle Malek et voici… Rappelle-moi ton prénom trésor ?

— Virginie.

— Délicieux, admira Malek.

— Le nerveux rigolo c'est Dani, celui qui arrive toujours à la bourre c'est Paul, mais tout le monde l'appelle *Clopo* et moi, c'est Jeannot… On va s'en jeter un ?

3
Parce qu'il y a toujours un problème

Angel ne cessait de relancer la fille de son patron par ses appels. Il en était à son énième message laissé sur le répondeur de Chloé. Il savait très bien que Monsieur Salmon voudrait rapidement une réponse justifiant son absence à la crémation de son parrain. Même si Chloé était du genre à se coucher à l'aube, ce n'était pas son genre non plus de se lever après sept heures du matin, ce n'était pas son genre non plus de ne pas répondre en plein milieu de l'après-midi. Surtout que la veille, il l'avait ramenée avant vingt-trois heures et il l'avait bien vu rentrer chez elle. Cela faisait partie du boulot, et il le faisait bien.

Maxime était retourné dans la voiture pour finir sa nuit. Il se réveilla en sursaut quand Angel frappa fortement à la vitre fumée noire. Les yeux embués, l'haleine chargée, Maxime appuya sur l'interrupteur pour faire descendre la vitre électrique.

— Qu'est-ce qu'il y a beau gosse ?

— Je n'arrive pas à joindre ta sœur. Elle ne répond pas. Tu sais où elle est ?

Maxime adorait quand Angel parlait. Il trouvait son accent hispanique très érotique. Il regarda l'heure sur sa Rolex.

— Elle a dû se trouver un nouveau jouet et doit être en train de se faire sauter.

— Tu connais ton père, il va être fou furieux.

Maxime envoya un SMS à sa sœur :

« Sœurette, lâche ce que tu tiens dans la main et dépêche-toi de donner signe de vie. Le pater a remarqué ton absence. Ça va chauffer pour ton petit cul »

À la terrasse du café, Jean et Malek finissaient de se rappeler les bons souvenirs qu'ils avaient eus avec Paul quand ils l'appelaient encore *Clopo*. Depuis, ils étaient devenus deux hommes d'affaires qui cochaient toutes les cases de la réussite : succès, argent et pouvoir. Pas mal pour des septuagénaires.

Au début des années 90, ils s'étaient séparés du jour au lendemain. Avec brio, chacun de leur côté, ils s'étaient imposés dans leurs nouveaux métiers respectifs. Ils savaient qu'ils ne pourraient pas vivre de leurs exactions éternellement sans risques. C'est pourquoi ils avaient eu l'intelligence de quitter leur monde parallèle et de créer des *business* politiquement corrects aux yeux de la société. Parfois, le temps les rattrapait et ils avaient encore à gérer quelques litiges à l'ancienne. On ne se refait pas.

À Nice, les agences immobilières de Malek prospéraient, il était propriétaire d'immeubles luxueux et il vivait à présent dans une villa cossue très confortable sur les hauteurs du pays niçois, à Saint-Paul-de-Vence. Il côtoyait même quelques stars qui venaient s'y perdre l'été. À soixante-dix ans, il avait levé le pied et vivait de ses rentes contrairement à Jean. Hyperactif depuis son plus jeune âge, il était encore à la tête de Salmon Construction, la plus grosse boîte de BTP de la région sud-ouest. Un nombre incalculable d'employés, de chantiers, de pots-de-vin. Mais une déception sévère, son fils Maxime. À presque trente ans, son gamin ne pensait qu'à sortir la nuit et nul doute que sans le boulot que lui avait donné son père dans les bureaux, il serait au chômage. La génération Y était bien à l'opposé de celle des Baby-Boomers.

— Je pense à raccrocher. Ma fille finit sa formation et je lui donnerai les rênes d'ici deux ans. Elle est bien motivée. Un peu jeune, mais elle a de l'appétit.

— Je serais bien curieux de la rencontrer cette damoiselle. Où se trouve-t-elle ?

Malek scanna le monde autour de lui à la recherche de la fille de son vieil ami.

— Bonne question. J'en sais foutre rien… Angel !

Angel accourut à la table avec la servitude d'un serf pour son seigneur.

— Elle est où nom de Dieu !?

— J'ai appelé plusieurs fois patron, elle ne répond pas.

— Tu vas voir si elle répond pas !

Pendant que Jean fouillait l'intérieur de son veston pour en sortir son smartphone, Malek détailla Angel qui, il devait se l'avouer, était beau comme un dieu. En fixant l'écran, en une fraction de seconde, Jean devint blême. Sa paire de lunettes solaires tomba sur la table ronde en imitation marbre de Carrare. Ses yeux étaient révulsés, injectés de sang. Il se raidit comme un « i », se tenant la poitrine de la main droite. D'un geste réflexe, Malek retint son ami afin de l'accompagner dans sa chute avant qu'il ne s'effondre par terre et ne se fasse mal. Voyant la scène, affolé, Maxime courut jusqu'à son père. La tête de Jean entre ses mains, Malek hurla :

— Il a une attaque. Vite, appelez les pompiers !

Maxime composa nerveusement le 112. Angel retira sa veste noire pour la placer sous la tête de son patron qui était à présent blanc comme un linge. Il ramassa le téléphone que Jean Salmon avait fait tomber près de son chapeau. Malek tenta de réconforter son vieil ami.

— Jeannot, reste avec moi. Respire. Regarde-moi ! Respire doucement… C'est bien. Ton fils appelle les pompiers. Ils vont bientôt arriver. Tout va bien. Je suis là. Nous sommes tous là.

Jean balbutia un charabia incompréhensible. Malek lui caressait ce qu'il lui restait de cheveux.

— N'essaie pas de parler, garde ton énergie.

Le serveur du café débarqua et tendit à Malek un torchon humide qu'il s'empressa d'utiliser sur le visage de Jean. Maxime n'arrivait pas à contenir son émotion et se mit à pleurer.

— Tiens bon papa. Les secours arrivent. Ne pars pas papa.

Le regard rivé sur le téléphone de monsieur Salmon, le visage d'Angel se durcit. Il s'écarta des autres pour trouver un peu d'ombre afin de mieux visualiser la photo que venait de recevoir son patron. Le choc. Sur la photo sombre, de ce qui semble être une cave, une jeune femme bâillonnée, le visage tuméfié, le regard apeuré. Ses bras sont attachés à un crochet de boucher et elle est vêtue seulement de ses sous-vêtements. Ses pieds ne touchent même pas le sol. Agrafée à son soutien-gorge une pancarte blanche où il est inscrit au feutre noir et en lettres capitales : « J'AI TON ATTENTION ? »

Angel sait à présent pourquoi Chloé ne répondait pas.

4
Parce qu'il faut faire vite

Au service cardiologie de la clinique Rive Gauche, le médecin toulousain se voulait rassurant. Il n'y aurait pas d'opération à suivre, la chaleur, la fatigue et le stress étaient à l'origine du malaise de Jean. Il passerait la nuit ici par mesure de sécurité, ce qui bien entendu n'arrangeait pas du tout Jean Salmon. Seul Maxime avait eu l'autorisation de venir dans la chambre. Le spécialiste quitta la pièce, accompagné de son infirmier.

— Comment tu te sens papa ?

— Où est mon téléphone ?

— Je ne sais pas. Je crois que c'est Angel qui l'a. Reste tranquille. Tu veux boire quelque chose ?

— Dis-lui que j'ai besoin de le voir. Maintenant.

— Je suis là, moi.

Jean avait ressenti de la peine dans la voix de son fils. Il avait conscience qu'il n'avait jamais été tendre avec lui. Il avait toujours eu du mal à cacher le fait que Maxime n'était pas ce qu'il attendait d'une progéniture digne de ce nom. Il était tellement son opposé. Maxime était sa déception. Incapable d'être sérieux. Incapable d'être ponctuel. Incapable de gérer la boîte. Incapable de prendre une décision. Incapable de porter ses couilles. Incapable de faire de lui un grand-père. Malgré cette liste infinie de regrets et de reproches, pour la première fois, Jean avait eu un pincement au cœur en entendant l'émotion sincère dans la voix de son enfant. Bien qu'alité aux urgences, c'est Maxime qui avait besoin de réconfort. Apitoyé sur son fils, il se redressa un peu et tendit sa main dans sa direction et saisit la sienne.

— Je sais mon fils. Je te remercie d'être là, à mes côtés.

Maxime avait les yeux humides, c'est la première fois de toute son existence que son père lui exprimait un quelconque remerciement, une bribe de sentiments à son égard.

— Tu m'as fait peur.

— … Il faut bien partir un jour. Mais là, c'est encore trop tôt, rassure-toi. Si je veux voir Angel c'est que j'ai une urgence pour le boulot. Il faut vite que je le voie.

— Papa, tu viens d'échapper au pire, alors lâche le travail quelques jours et…

— Putain ! Tu vas faire ce que je te demande pour une fois et me faire monter Angel, bordel !!! Merde !

En hurlant sur son fils, Jean puisa dans ses dernières forces et s'enfonça dans l'oreiller de son lit pour se reprendre. Le regard haineux, Maxime quitta la pièce en claquant la porte. Jean s'écroula d'épuisement dans le lit.

Angel entra sans frapper, ce qui n'était pas dans ses habitudes. Il tenait le smartphone de son patron qu'il tendit automatiquement.

— Dis-moi que c'est un montage…

Le Mexicain secoua la tête en guise de négation.

— T'as une idée d'où ça peut venir ? demanda Jean Salmon.

— Aucune. La bonne nouvelle, c'est qu'elle est vivante.

— Développe.

— « J'AI TON ATTENTION ? », le message est clair. Il veut se servir de votre fille comme monnaie d'échange et pour l'instant il vaut mieux qu'il la garde en vie. Sinon il n'a plus aucun moyen de pression.

— Mais il veut quoi ?! C'est qui ?! J'ai beau ruminer dans ma tête, je vois pas qui a l'intérêt de me faire ça ?

— En tout cas, il a envoyé la photo du téléphone de Chloé. J'ai essayé de rappeler mais depuis je tombe sur le répondeur. J'ai rendez-vous avec le *Chinois* pour essayer de la géolocaliser. Il ne promet rien mais il va faire tout son possible.

— Parfait. Il faut faire vite. Tu as carte blanche, prends tout ce dont tu as besoin dans la cave. Pour l'instant garde le silence, on agit dans la discrétion. Tu me tiens au courant de tout. Tu entends ? De tout !

— OK patron. Je vais la retrouver patron. Je vous le jure.

Jean Salmon opina du chef. Il était en colère, énervé face à son impuissance. Être diminué au moment de sa vie où il aurait dû être le plus opérationnel le rendait fou de rage. C'est lui qui ordonne. C'est lui qui décide. C'est lui LE *boss*. Il n'avait jamais supporté la moindre des contrariétés. Ceux qui s'étaient mis en travers de son chemin l'avaient amèrement regretté.

5
Parce qu'il ne faut jamais montrer de faiblesse

1977. Toulouse.

La petite salle voûtée du restaurant *La Bohème* cachée derrière la place du Capitole était remplie de clients lorsque Jean, casque de moto vissé sur le crâne, se jeta sur le comptoir d'accueil. Marc, le gérant, fit une drôle de tête en le voyant débarquer ainsi. Jean, machinalement, d'un coup de pied déterminé explosa la prise de la ligne téléphonique. Ainsi, aucun serveur n'aurait le vilain réflexe d'appeler les flics. Le saisissant par son tablier dégueulasse, Jean ramena à lui la tête de Marc.

— Suis-moi dans la réserve.

Le gérant devenu tout rouge devança Jean parmi les tables, ils se dirigèrent vers la petite salle qui servait d'entrepôt. Pour dissimuler un certain malaise, le patron souriait aux clients qui dînaient paisiblement.

Jean le suivait. Une fois la porte de la remise fermée, à la vitesse de l'éclair, en l'espace d'une fraction de seconde, Jean lui décocha un coup de poing sur chaque pommette.

— Arrête Jeannot, je vais te payer, je te jure.

— Gentiment, je t'envoie Dani et *Clopo* qui, à leur tour, gentiment te demandent de régler ta dette. Et toi, tu leur réponds gentiment « que j'aille bien me faire mettre ». Tu crois que je suis une baltringue ? Pour la peine, les quinze mille que tu me dois passent à vingt mille francs.

— T'énerve pas, je rigolais, je les ai. Ils sont là, calme-toi. Là, juste derrière toi.

Marc ouvrit la petite caisse métallique qui servait de coffre-fort avec une clé qu'il alla chercher au fond de son pantalon trop serré. Il sortit trois liasses épaisses de Pascal jaunâtres et froissés.

— Il doit en manquer un peu.

— C'est cadeau. Écoute-moi, la prochaine fois que tu relances, si t'as pas la fraîche sur toi, je te conseille d'arrêter les cartes. Je supporte pas qu'on se foute de ma trogne.

— Jeannot, tu sais ce que c'est, c'est un vice, une putain d'addiction. C'est plus fort que moi. Je suis joueur, je suis joueur.

— Ah tu es joueur ?

— Oui...

— Alors on va jouer.

Leurs têtes rivées sur leurs assiettes, les clients avaient à peine aperçu l'arrivée fracassante de Jean, il n'en fut pas de même pour sa sortie. Quand la porte du petit cagibi qui servait de stockage boisson s'était ouverte à nouveau, Marc déboula le premier. Dans un premier temps un silence se posa comme un soufflet, dans un deuxième temps une vague de rires submergea tout le restaurant. En se frayant un chemin parmi les tables, Marc, nu comme un ver sous son tablier, offrait la vision de son postérieur à toute la clientèle sous le regard vainqueur de Jean.

— Mesdames et messieurs, le trou Normand ! Régalez-vous ! L'addition : c'est pour moi !

Dans la rue, Jean enfourcha sa Moto-Guzzi 750 rouge et démarra en trombe, faisant trembler avec fracas la vitre de *La Bohème*.

6
PARCE QU'IL FAUT COMPTER SUR LES AMIS

Dans le hall d'accueil de la clinique, Malek et Maxime étaient en pleine discussion sur l'état de santé de Jean lorsqu'Angel sortit de l'ascenseur. Maxime jeta un regard noir en sa direction, tourna les talons et quitta l'immeuble. Malek s'avança vers Angel :

— Quelle est la teneur du problème ?

— Tout va bien. C'est juste un coup de chaud. Quelques jours de repos et Monsieur Salmon sera sur pied.

— Certainement. Mais ce n'est pas la réponse à ma question.

— Co… comment ça ?

— Avec Jean, nous nous connaissons depuis des décennies. Nous sommes… Nous sommes comme un vieux couple… qui s'est séparé certes, mais qui a tellement de connexions mutuelles que je décèle facilement l'inquiétude dans son attitude. Alors, je vous reformule une dernière fois ma question : quelle est la teneur du problème ?

— Je ne comprends pas. Il n'y a pas de prob…

Alors qu'Angel cachait de son mieux la gêne que cette question provoquait en lui en usant de mensonge, la sonnerie de son smartphone retentit et lui sauva la mise, coupant court à cette discussion embarrassante. Sur l'écran s'affichait en lettre majuscule SALMON. Il prit l'appel et s'éloigna des oreilles curieuses de Malek.

— Si ?

— Tu viens certainement de te faire alpaguer par Malek. J'imagine qu'il t'a demandé quel était le fond de l'histoire. Tu peux le mettre dans la confidence et surtout lui faire confiance. Pars du principe que c'est mon frère. Il peut t'être d'une aide précieuse.

Il n'y avait plus que la tonalité de la fin d'appel dans l'oreille d'Angel.

— Alors ? demanda Malek.

Angel raconta tout ce qu'il savait à Malek. C'est-à-dire rien, ou pas grand-chose. Chloé s'était fait kidnapper et Jean avait reçu une photo d'elle inquiétante. La disparition était récente. Il l'avait raccompagnée à vingt-trois heures devant chez elle après qu'elle eût passé la soirée chez une amie. Plus de nouvelles jusqu'à ce que Jean reçoive la photo. Rien dans le comportement de Chloé ne laissait présager un quelconque problème ou une anxiété. Au contraire, depuis quelques semaines, Angel la trouvait plus souriante, comme heureuse. Malek l'écouta avec attention. Il se gratta le menton en piétinant sur place pendant un petit moment.

— Jean a beaucoup d'ennemis en ce moment ?

— Pas plus que d'habitude. Et jamais rien d'incontrôlable… Il y a peut-être ce maire qui est en colère parce que monsieur Salmon a refusé de lui donner l'intégralité de l'enveloppe prévue. Il l'a menacé de mort et du coup je l'ai un peu bousculé.

— Pour un terrain j'imagine ?

— Oui. Après l'achat de monsieur Salmon d'un terrain non constructible, sous conditions… particulières, le maire a déclaré le terrain exploitable.

— Une jolie plus-value en perspective, mais je ne vois pas un élu organiser un enlèvement parce qu'il n'a pas touché l'intégralité de son pot-de-vin. Mais à vérifier tout de même.

— C'est prévu.

— Rien d'autre ? … je veux dire pas de litiges avec des gens… moins fréquentables ?

— Pas à ma connaissance.

Malek s'enferma dans une réflexion solitaire. Quelque chose ne lui semblait pas logique. Il le pressentait. On n'enlève pas une personne de la sorte, il en connaissait un rayon sur le sujet. Il faut une bonne justification pour prendre un risque aussi gros. On n'arrive pas à cette décision extrême pour une futilité. De plus, pour s'en prendre à Jean Salmon, il fallait un minimum peser dans l'échiquier. Il n'y avait pas cent cinquante raisons pour agir ainsi. Soit Jean devait de l'argent à quelqu'un, et la somme devait être conséquente, soit quelqu'un voulait lui soutirer une certaine somme pas négligeable. Peu importe l'origine de ce fait troublant, l'argent est indéniablement l'élément moteur de cette disparition. Malek ne doutait pas que bientôt, le ou les ravisseurs demanderaient un joli tas de billets enveloppé dans un grand sac de sport, histoire de passer inaperçu.

— Jean a du liquide quelque part ? Je veux dire beaucoup de liquide ?

— Dans son coffre ? Peut-être cinquante ou soixante-dix mille euros.

— Cela ne suffira pas.

— Je peux aller à la banque.

Malek sourit.

— Pour ce genre d'opération, on ne passe pas par la banque. Sauf si l'on veut alerter la police et Tracfin. Non. Je suis dans la certitude que Jean refusera que les bleus mettent leur nez dans cette affaire. Et puis c'est le meilleur moyen de tout faire rater. Non. Nous allons régler cela à l'ancienne, c'est plus prudent.

Angel ne comprenait pas ce principe typiquement français de : *à l'ancienne*. Pour lui qui avait opéré dans plusieurs pays, plusieurs continents, tout se réglait partout pareil. Il n'y avait pas de *à l'ancienne*, c'était la loi du plus fort, du plus malin, du plus brutal, du plus puissant. C'est le dernier qui a tiré qui a raison, point. C'est évident qu'il ne lui serait pas venu à l'esprit de faire appel à la police. Au Mexique, la police fédérale était aussi corrompue que les politiques et tuait ses ennemis par milliers. La guerre des cartels n'arrangeait rien et quand il y avait un enlèvement, cela finissait généralement dans un bain de sang. Comme il y a quelques années à Guadalajara où des policiers avaient tenté de libérer des otages. L'histoire avait fini dans l'horreur absolue. Vingt-sept morts dont douze parmi les otages. Les *federales* ne faisaient pas dans la dentelle. Pour Angel, la police française ressemblait à des touristes de la sécurité. De vulgaires vigiles de supermarché. Non pas qu'ils ne soient pas compétents, mais il avait vite compris que les gouvernants, quels qu'ils soient, leur liaient les mains afin d'être sûrs d'être réélus. Les flics ne lui seraient d'aucune aide et, de toutes les façons, il ne leur avait jamais rien demandé et ce n'est pas aujourd'hui qu'il commencerait.

— Avez-vous quelqu'un qui pourrait m'accompagner en Andorre ? Une femme de préférence. Plus discret. Je peux débloquer deux cent mille euros sur un de mes comptes, mais avec ma tête, je ne passerai jamais la frontière sans me faire contrôler. Et avec autant de liquide je ne prendrai pas ce risque.

— Monsieur Salmon fait souvent appel à Maribel pour ce genre de transfert.

— Parfait. Louez-lui une voiture… banale. Qu'elle me retrouve demain matin au début de la *carrer* de la Sardana à huit heures. Je vous appellerai une fois de retour en France. À demain Angel, soyez prudent. On ne sait pas à qui on a affaire.

Malek serra virilement la main d'Angel et le quitta dans l'instant… Il n'y avait pas de temps à perdre. Angel s'exécuta immédiatement et Maribel fut informée aussitôt de sa mission. Il ne restait plus qu'à Angel d'être prêt à son tour. Il lui fallait se parer à toute éventualité. C'était son rôle et, il devait se l'avouer, cela commençait à l'exciter. L'adrénaline revenait comme au temps où il errait dans les rues de Tijuana, tout comme lorsqu'il travaillait à Madrid pour Mendoza.

7
PARCE QU'IL FAUT BIEN SE PRÉPARER

En un peu moins d'une heure de route, Angel arrivait enfin à l'*Anamaxclo*, une immense bâtisse que Jean avait achetée trente ans plus tôt. Située non loin de la Montagne Noire, elle avait l'avantage d'être isolée, mais surtout, elle offrait une vue incroyable et unique sur le lac de Saint-Ferréol. Une vue hors de prix que Jean justifiait par le fait que c'était le seul cadeau qu'il s'était offert dans la vie.

La maison s'élevait dans le ciel sur deux étages, dotée de deux ailes distinctes. Elle possédait un nombre incalculable de chambres et de salles de bains, et elle valait le coup d'œil rien que pour ses deux piscines chauffées. Une à l'extérieur en forme d'île du pacifique avec une plage qui descendait jusqu'à atteindre trois mètres de fond. Au centre de la piscine, un îlot avec deux palmiers garantissait de l'ombre les jours de grand soleil. Le plus impressionnant des deux bassins se situait à l'intérieur même de la demeure. Il trônait au fond de l'immense salon du rez-de-chaussée, un couloir de nage vous menait jusqu'à l'extérieur.

Néanmoins, Angel ne prêtait plus attention à ce luxe. Depuis qu'il avait migré en Europe, il n'avait fréquenté que des gens riches qui vivaient dans une opulence indécente. Si, au début, il ne voyait que l'assiette toujours pleine que lui offraient le vieux monde et ses nouveaux employeurs, aujourd'hui, il considérait ce mode de vie comme étant normal et le luxe faisait partie de son décorum quotidien. C'est le risque majeur lorsqu'on évolue depuis des années dans une caste qui n'est pas la sienne. On finit par croire que tout cela vous appartient un petit peu, puis beaucoup. Et un jour on s'aperçoit que l'on ne possède absolument rien. Mais Angel était plus malin que cela. Il planquait dans un endroit connu de lui seul une jolie somme en petites coupures. Automatiquement, il gardait vingt pour cent de ses gains qu'il mettait de côté. Lui aussi, un jour, deviendrait un homme important. S'il ne savait pas encore comment il rentabiliserait son avoir, il avait bien observé comment les hommes d'affaires réussissaient. Investir, prendre des risques étaient les meilleures façons de multiplier son pécule. Se salir les mains en faisait partie.

Angel se dirigea directement dans ses appartements, au premier étage de l'aile droite. Puisque personne n'en profitait, Monsieur Salmon lui avait proposé toute l'aile, mais Angel avait souhaité n'occuper que la chambre attenante à la salle de bains *Casablanca*. Chaque pièce avait une thématique soigneusement baptisée par son propriétaire. Angel avait choisi la pièce *Ryad*, les murs terre de sienne le réconfortaient. Le vieux bois de la literie, avec la tête de lit de rosaces sculptées donnait du cachet à la pièce, tout comme la petite fontaine en mosaïque contre le mur. Il se déshabilla méthodiquement. Son costume remis soigneusement sur un cintre en bois. Il déboutonna sa chemise blanche d'une seule main et la plia méticuleusement avant de la mettre dans son panier à linge, de même pour son boxer et ses chaussettes délicatement enroulées. Le miroir mural en laiton de style arabo-andalou reflétait sa musculature parfaite. Il entretenait son corps. Il considérait que c'était son outil de travail et que plus il serait affûté, plus il serait performant. Chaque matin, il se levait à cinq heures, ce rituel était immuable. À peine ses paupières ouvertes qu'il faisait une centaine de Burpees, une combinaison de flexions de jambes, de pompes et de sauts verticaux. Son corps était dur comme du béton, souple comme un roseau. Puis il allait dans le sous-bois avec son Glock option silencieux et s'entraînait sur cible avant d'être prêt à suivre Jean Salmon dans son quotidien. Angel était un homme athlétique et endurant, prêt physiquement et mentalement à toutes épreuves que pourraient lui réserver ses services auprès de Jean Salmon.

Sous le jet de la douche qu'il prenait toujours froide, Angel cogitait. Pourquoi cet enlèvement, pourquoi maintenant ? Y avait-il un rapport avec la mort de Paul ? Qu'est-ce que monsieur Salmon lui avait caché ? Que s'était-il passé ce soir-là, une fois qu'il avait déposé Chloé devant chez elle ? Il détestait avoir des questions sans réponses. Il s'habilla enfin. Ce fut un bonheur pour lui de se vêtir comme d'habitude, il ne supportait pas le costume trois pièces. Il était trop engoncé dedans. En enfilant son jean noir, sa chemise de la même teinte, et ses vieilles santiags patinées, il se retrouvait enfin. Il boucla sa ceinture en cuir ornée de médaillons argent qui représentait une *calavera* mexicaine, elle était décorée de fleurs et d'une croix catholique au milieu du crâne. Il assumait ce *look* hispanique rétro, ce n'est pas parce qu'il était jeune qu'il devait succomber à la mode actuelle. Cette tenue, c'était son uniforme. Son armure.

Pour se rendre à la cave secrète, il devait d'abord accéder au garage. À l'intérieur, une vieille Ferrari 330 décapotable de 1964, une Bentley Continental et une Aston Martin Superleggera. Mais le clou de cette mini collection était la carcasse, montée sur un socle, d'une Kawasaki Ninja. Jean voulait se souvenir du jour où il avait failli perdre la vie. Quand il déplaça l'armoire technique métallique montée sur rail, il vit la porte dérobée. Il composa alors le code d'ouverture sur le clavier numérique. Une fois à l'intérieur de ce qu'il appelait, ironiquement, la *Batcave*, Angel ouvrit le coffre-fort. Dans les tiroirs, en plus des bijoux, se trouvait une vingtaine de lingots d'or, de la paperasse et surtout de l'argent liquide. Au final, il y avait plus de quatre-vingt-dix mille euros. Pour le moment, il n'avait pas besoin d'une telle somme d'argent. Il en prit seulement quelques milliers afin d'arroser d'éventuels mouchards. Son flingue caché sous sa veste de cuir, le fric dans sa poche intérieure, Angel était maintenant prêt, opérationnel.

8
Parce qu'il faut bien commencer quelque part

Au numéro 3 de la vieille rue Boulbonne, du centre-ville toulousain, Angel gara la Chevrolet Chevy Blazer dans la cour intérieure. Il fouilla la boîte à gants et prit le double des clés de l'appartement de Chloé. Il était la dernière personne à l'avoir vue. La veille, il ne l'avait pas raccompagnée jusque devant la porte de son appartement. Juste devant l'entrée de son immeuble, et ce détail commençait à le faire culpabiliser par ce manque de professionnalisme, lui qui avait pour habitude le souci du détail. Il avait tout intérêt à vite comprendre ce qui s'était passé, à vite la retrouver, sinon il deviendrait aux yeux de tous le suspect numéro un. Arrivé devant sa porte, il ne constata aucune infraction visible, la serrure semblait ne pas avoir été forcée. Il pénétra dans le long couloir qui menait à la pièce principale. Jusqu'à présent tout lui semblait en place. Le désordre de l'appartement n'avait rien d'inhabituel.

La vaisselle sale sur la table du salon, les vêtements qui jonchaient le sol, les chaussures par dizaines de paires éparpillées, tout était normal. Ce n'est certainement pas dans son appartement que Chloé s'est fait enlever, pensa-t-il.

Soudain il entendit des voix provenant de la chambre à coucher. Il se figea un instant et dégaina instantanément son flingue comme en accéléré. Les voix étaient étouffées et difficilement audibles. Il devait se rapprocher pour en distinguer des paroles compréhensibles. Le canon de son Glock vissé vers le parquet, évitant de marcher sur le fatras d'effets divers, il se déplaçait avec l'élégance d'un chat en pleine chasse de nuit. Plaqué au mur près de la porte de la chambre, il jeta son pied droit contre le vantail de la porte qui s'ouvrit avec fracas. Il entra sans un mot, tel un agent du FBI, quadrillant la pièce avec son automatique de gauche à droite puis de droite à gauche. Dans la chambre à coucher, seule la télé encore allumée diffusait une vieille série française bon marché. C'était donc de là que provenaient les voix. À l'aide de la télécommande, Angel éteignit l'immense écran plat. Il constata que le lit n'avait pas été défait, Chloé avait donc disparu hier dans la soirée. Un indice mince, mais un indice tout de même. Il n'était pas loin de onze heures du soir quand il l'avait laissée, il pouvait donc, par déduction, partir du principe qu'elle avait été kidnappée depuis moins de vingt-quatre heures.

Posé sur la coiffeuse, son ordinateur portable était encore allumé. Il en profita pour fouiller ce qu'il y avait à fouiller. Force est de constater que l'historique du navigateur web avait été effacé. Était-ce Chloé qui avait pris cette précaution ou une tierce personne ? En tous les cas, le portable ne lui apprendrait rien. Sur le miroir, des dizaines de Post-it griffonnés camouflaient le reflet du visage d'Angel. Des mantras écrits avec une écriture appliquée qui énuméraient des banalités trouvées dans des livres de développement personnel dans le genre : « Souris à la vie, la vie te sourira », « La meilleure façon de prévoir le futur est de le créer ». Un Post-it en particulier attira particulièrement son attention : « Rendez-vous avec Issa » entouré d'un cœur

Qui était Issa ? Mais la véritable question qui lui noua la gorge était : pourquoi ce mot était-il entouré d'un cœur ? Certes, à vingt-cinq ans Chloé avait le droit d'avoir une vie affective, voire sentimentale, mais elle avait le devoir d'en tenir informé son père. Depuis qu'elle avait quitté son dernier petit copain, Angel gardait l'espoir secret qu'elle verrait enfin en lui une autre relation qu'un garde du corps à sa cliente. Il avait beau être attentionné, omniprésent, céder au moindre de ses désirs, aux yeux de Chloé il ne restait que son valet. Un valet de cœur qui devait supporter la douloureuse présence d'amants d'un soir ou de plusieurs sans rien pouvoir révéler de ce désir qui le consumait depuis des années. Son heure viendrait, il y croyait. En attendant il restait l'éternel célibataire pour être totalement libre le jour où elle se déciderait enfin à ouvrir les yeux sur ses sentiments.

La sonnerie de son portable l'extirpa de sa rêverie. Monsieur Salmon était au bout du fil.

— Si patron ?

— Tu avances de ton côté ? J'ai rien reçu de nouveau, je trouve cela inquiétant.

— Ils font monter la pression. Ils attendent de voir votre réaction. Je pense que ne pas avoir appelé les flics va les rassurer. Je suis chez votre fille. Je cherche... Je suis sur le coup patron. Je suis certain qu'ils ne lui feront rien pour le moment. Ils vont bien finir par demander ce qu'ils veulent. Et vous, vous vous sentez comment ?

— On s'en fout ! Je m'impatiente, Angel ! Trouve-moi vite quel est le petit fils de pute qui essaie de me la mettre à l'envers que je l'envoie *ad patres*.

Il raccrocha. Angel jeta un dernier coup d'œil à la chambre de Chloé, arracha le post-it collé sur la coiffeuse, prit l'ordinateur sous son bras et quitta l'appartement.

9
Parce qu'il faut être vigilant

À l'entrée du quartier de Bellefontaine, au Mirail à Toulouse, Farid et Tony installaient leurs fauteuils pliables. Il était vingt heures trente et c'était leur tour de garde. Tony chouffait et Farid indiquait le chemin des vendeurs aux amateurs de shit ou de coke. C'était l'heure de pointe et il fallait faire du chiffre. Le gérant était en manque de liquidité en ce moment, il fallait qu'il y ait du rendement si les deux compères ne souhaitaient pas se faire rappeler à l'ordre par leur *boss*.

Le pot d'échappement trafiqué d'une moto-cross alertait tout le voisinage de son arrivée. Sur l'engin aux roues crantées, deux hommes casqués. Cela étonna Farid car généralement ici, personne n'en portait plus. Les casques c'est pour ceux qui ont peur de se faire arrêter par la police. La moto arrivait de plus en plus vite. Tony se mit en alerte. Il était maintenant clair qu'elle fonçait sur eux. Farid se jeta derrière le buisson où il cachait le fusil à pompe en cas d'urgence. Le passager à l'arrière du motard tira sur eux plusieurs coups de 9 millimètres. En se relevant, Farid prit la balle en plein milieu du front, il s'écroula comme une marionnette à qui l'on vient de couper les fils et le fusil tomba à ses pieds sans même qu'il ait eu le temps de s'en servir. Tony resta pétrifié. Il reçut un impact dans l'épaule droite, puis un second qui lui éclata la rate et les reins. Après un dérapage serré, le motard repartit vers une autre direction pour disparaître aussi vite qu'il était arrivé. Des hurlements s'échappaient des balcons de la cité. Les deux garçons gisaient au sol, l'un mort à treize ans, l'autre d'à peine douze ans se vidait de son sang.

10
PARCE QU'IL FAUT SAVOIR REBONDIR

1977. SAINT-FÉLIX-LAURAGAIS.

Dans les hauteurs du pays de Cocagne, à l'arrière d'une bergerie isolée enveloppée de verdure, Jean, Paul et Daniel faisaient découvrir à Malek leur jardin secret. Sur cinquante mètres carrés, recouverts par une bâche camouflage militaire, des centaines de pieds de cannabis bronzaient sous les ampoules.

— Voilà notre futur, on a tout investi ici, s'exclama fièrement Jean.

— On va se faire un max de thune, rajouta Daniel, ravi.

Malek ne rajouta pas un mot. Son œil se plissait et il avançait lentement parmi les plantes. Il touchait les feuilles pour en sentir la texture et, par moments, s'arrêtait pour regarder de près les jeunes pousses. Collait son nez sur les têtes, s'agenouillait tel un preux chevalier pour mieux observer la structure des bourgeons. Paul s'allumait une cigarette, le regard circonspect.

— Qu'est-ce qu'il fout ?

Le ballet entre les pots de terre cuite dura une dizaine de minutes avant que Malek ne revienne enfin vers eux.

— Chers amis, j'ai une bien mauvaise nouvelle. Vous voyez là, ces gousses. Elles ont beaucoup de graines. Et là, ce sont des sacs de pollen. Ce ne sont pas des têtes femelles. La grande majorité de vos plants sont des mâles.

— On parle de plantes ou d'animaux domestiques là ? ironisa *Clopo*.

— C'est la merde ! déclara Daniel.

— Pourquoi ça ? Qu'est-ce que ça peut foutre que ce soient des mâles ou des femelles, on fait pas un élevage. On va pas leur demander de se reproduire !

— *Clopo*, on ne fume pas les plants mâles car ils n'ont pas de THC. Seules les fleurs femelles sont actives, soupira Dani d'une mine anéantie.

Jean grimaça. *Clopo* ralluma sa cigarette qui s'était éteinte, il ne comprenait rien et il commençait à piétiner.

— Concrètement, ça veut dire quoi ?!

— Qu'on vient de perdre notre investissement, répondit calmement Jean.

— Comment ça !? Alors on fait quoi ?

— On brûle tout, ordonna Jean.

En mettant un terme définitivement au problème, Jeannot prit Malek par l'épaule et le ramena vers la maison. *Clopo* suivit. Daniel restait à fulminer tout seul dans son coin :

— Et merde !

La nuit venait de tomber dans le Lauragais. Attablés autour d'un verre, les quatre jeunes hommes refaisaient le monde. Le cendrier était rempli de mégots et la bouteille de whisky fondait comme neige au soleil. Ça riait, ça râlait, ça faisait connaissance. En vidant son cinquième verre, *Clopo* devenait de plus en plus agressif.

— Les gars. Dans deux ans, on aura trente balais. J'ai pas envie de finir comme mon vieux à me casser le dos pour un SMIC à dix balles de l'heure.

— Fais des passes comme ta mère, tu gagneras plus d'oseille ! plaisanta Dani.

Jeannot donna une petite claque amicale derrière la tête de Daniel et rétorqua :

— Tu racontes des conneries Dani. Et toi aussi *Clopo*. Un SMIC, c'est dix francs et six centimes ! C'est important les centimes, à la fin du mois ça te fait une baguette supplémentaire.

— Et avec un peu de veine, c'est Giscard qui viendra lui-même te l'apporter au petit-déj' !

À la réflexion amusante de Dani, la bande éclata de rire. Même s'il se déridait un peu, *Clopo* en avait gros sur le cœur.

— OK, c'est marrant les gars. Mais là, on vient de perdre plus de cent mille. Je comptais vachement sur ce business. Sérieux, le chômage ça fait pas rêver les filles. Je veux pouvoir claquer des biftons de cinq cents à la même vitesse que Dani dégaine ses conneries.

Tout le monde rentra sa tête dans les épaules. Ils avaient bien conscience qu'ils avaient perdu gros en misant toutes leurs économies dans ce projet. Ils se voyaient déjà les poches remplies par la revente de l'herbe magique pour hippies. Mais tout ça, c'était à oublier. Tout ça pour rien. Les apprentis trafiquants de marijuana étaient vite redescendus de leur nuage. Ils en avaient mis du temps à récolter à trois ces cent mille francs. *Clopo* avait mis toutes ses économies, toute son épargne placée chez l'Écureuil et avait fait quelques braquages dans les petits commerces de quartier. Dani avait turbiné pendant des mois comme videur la nuit, ne comptant pas ses heures et délestant parfois les poches des fêtards enivrés. Jean, lui, ne se salissait pas trop les mains mais les agitait sur les tables de poker, ça lui avait rapporté un bon paquet. Plus d'un an pour réunir cette somme qui allait finir en volutes de fumée. Depuis qu'ils se connaissaient, ils s'étaient promis d'être riches. Ils étaient nés après-guerre et avaient manqué de tout quand ils étaient enfants, alors il était hors de question de survivre plutôt que vivre pleinement dans cette époque prometteuse. Ils voulaient devenir les pachas des années 80. Ils étaient prêts à tout pour tenir leur promesse. D'une voix monocorde, Jean prit la parole.

— On a qu'à faire des braquages.

— C'est ça et finir à Saint-Michel. La prison c'est pas pour moi, je ne le supporterai pas, affirma Paul en écrasant sa énième cigarette.

— Et alors, qu'est-ce que tu veux faire? Les marchés? Comme ça, tu seras toujours à l'air libre. Mais t'auras que dalle dans ton larfeuille. Non, moi je suis d'accord avec Jeannot. Pétons des banques ! s'enthousiasma Dani.

— Mais avec quoi ? râla Paul. On n'a plus rien ! Pas de bagnoles, pas d'armes, pas de fraîche et toi Dani, pas de cerveau !

Ils rirent. Jean avait l'œil qui brillait, certain qu'il tenait la bonne idée.

— Je veux bien fournir le cerveau.

— Quant à moi, si vous voulez bien de ma présence, je peux fournir l'armement et autres explosifs, ajouta Malek.

— Tu fricotes avec le FLN ou quoi ? demanda *Clopo*.

— J'ai seulement de bonnes relations.

— Tu en penses quoi *Clopo* ? T'es avec nous ou tu préfères vendre des slips kangourou à la criée ? ricana Dani.

— Putain les gars, il y a intérêt à ce que ça nous rapporte un max d'oseille au plus vite. Je ferai pas ça toute ma vie. J'ai pas non plus envie de finir au fond d'un bois une bastos dans l'estomac.

Jean baissa la tête et prit un temps avant de répondre. *Clopo* avait raison, il fallait mesurer le risque. Devenir riche rapidement était tentant, mais finir au placard était repoussant. Il lui fallait la bonne façon d'opérer. Celle qui minimiserait les risques. Ça bouillonnait dans son cerveau, braquer des banques impliquerait un risque plus conséquent, celui de rester coincé dans l'agence et d'envisager une prise d'otage si l'affaire partait en sucette. Et Jean le savait bien, plus longtemps on reste sur le lieu d'action, plus on laisse des traces, plus le risque de se faire alpaguer par les flics est grand.

Tout comme ses camarades, Jean voulait vivre riche. Il avait compris depuis longtemps que seul l'argent lui permettrait d'obtenir le respect, de vivre une vie de rêve et confortablement. Il était hors de question de compter ses sous avant la fin du mois comme le faisaient ses parents. Son père qu'il ne voyait qu'une fois par semaine, suer et se tuer la santé à rouler à bord de son trente-huit tonnes à travers les routes d'Europe. Il revenait usé, les yeux embués d'alcool, l'haleine puant la Gitane maïs, passant son temps à dessaouler et à dormir. Lors de ses rares phases d'éveil, il enchaînait les pastis et distribuait des raclées à toute la famille. C'est pour ces raisons que Jeannot était parti faire son service militaire à l'âge de dix-sept ans. L'armée pour fuir la violence. Sa première année chez les paras l'avait endurci. À Bayonne, il apprit l'esprit de corps et à manier les armes. Au 1er RPIMa, on ne rigolait pas mais il aimait ça. C'est pour cela qu'il signa pour prolonger son séjour, il adorait porter ce béret rouge. Sauter en parachute lui donnait sa dose d'adrénaline. Puis il avait participé à quelques actions ici et ailleurs, mais ça, il n'en parlait jamais. Dans tous les cas, cela n'avait pas fait de lui un homme, il l'avait toujours été.

Jean esquissa un sourire en coin qui lui était si particulier. Il releva sa tête

— Je sais ce que nous allons faire.

11
PARCE QU'IL FAUT TOUJOURS UN *BOSS*

C'était l'effervescence dans la cité. La fourmilière était en ébullition. On s'agitait. Cela courait dans tous les sens. Les charbonneurs récupéraient à toute hâte toute la came camouflée dans les bosquets, dans les murets… Il ne fallait pas que ces salopards de keufs trouvent quoi que ce soit qui leur permette de mettre sous cloche la cité.

Pendant ce temps, des jeunes imbéciles s'approchaient des deux corps encore chauds pour les filmer et balancer les images sur les réseaux sociaux. À coup sûr, le nombre de vues sur leurs comptes Snapchat augmenterait et cela ferait le *buzz*, de quoi gratter quelques nouveaux *followers*. Des balcons, on entendait des mamans hurler de douleur. Un gars en survêtement blanc et bleu clair siglé OM traversa le parking avec un large sac d'où dépassaient trois canons de Kalachnikov et s'agrippa au chauffeur d'une moto-cross qui démarra en trombe et disparu entre les barres de béton.

De la porte du bâtiment B sortirent deux jeunes hommes, armes de poing entre les doigts, précédés par un type dont le *look* tranchait avec les deux autres qui semblaient sortir d'un film américain sur la banlieue. Le grand noir, cheveux ras d'une coupe dessinée à la tondeuse, portait un pantalon rouge flamboyant et une chemise blanche qui paraissait sortir de son emballage en cellophane. Il avait un faux air de Denzel Washington jeune. Le trio s'avança vers les deux cadavres. Sur leur passage, tout le monde s'écartait. Le noir était Moïse face à la mer rouge. Rouge comme le sang qui s'infiltrait au travers du goudron. Les gars qui filmaient rentrèrent tous leur téléphone et s'éclipsèrent sans un mot. Le grand homme élégant s'arrêta quand il remarqua que le rebord de la semelle de sa chaussure trempait dans l'hémoglobine fraîche des deux enfants. S'il avait la mâchoire comme un étau au vu de la rage qui montait, il ne put s'empêcher de laisser une larme s'échapper de son regard sombre. Discrètement, il la dissimula d'un revers de la main. Un de ses sbires agita son *gun* menaçant :

— Les enculés de leurs mères. Je te jure qu'on va les venger.

Au loin, les sirènes des voitures de police se rapprochaient et l'on entendait dans toutes les coursives de la cité des jeunes hurler « *Arah ! Arah !* » pour prévenir que les flics pénétraient leur domaine.

— Faut y aller *boss*, les chtars rappliquent…

Sans un mot, le gérant tourna les talons et retourna lentement vers le bâtiment B, sans même s'inquiéter de ce qu'il allait arriver. Ses lèvres restèrent muettes, mais dans son esprit sonnait le début d'une guerre. Une guerre qu'il avait plus de chance de perdre, il en était conscient aussi. Tout comme il avait cette intime conviction qu'il n'aurait jamais dû faire ce *business* avec les Tchétchènes. Malheureusement, il n'avait pas été en mesure de refuser la proposition des anciens. Ils lui avaient demandé de traiter avec eux, il s'était exécuté. Les anciens obtiennent toujours ce qu'ils veulent. C'est eux qui géraient toute la filière. Sans eux, pas de *business*. Pas de *business*, plus de vie dans la cité. Ici, le shit, la beuh, la coke, ça fait bouffer tout le monde. Cependant, l'argent qui rentre ne doit pas servir qu'à payer les enterrements, pensa-t-il, et il disparut derrière la porte d'entrée.

12
PARCE QU'IL FAUT TOUJOURS CONNAÎTRE UN GEEK

Dans la pièce sombre où trônaient plusieurs écrans d'ordinateurs accompagnés de leurs colonnes, le *Chinois* fouillait la moindre information dans l'ordinateur de Chloé que lui avait rapporté Angel.

Le *Chinois* n'avait rien d'un Chinois. La seule chose qu'il avait d'asiatique était son T-shirt XXL *One Piece*. Sa chevelure était rousse, il aimait même à dire qu'il était blond vénitien. Ce normand à la peau blanchâtre avait débarqué dans la Ville rose quelques années auparavant pour travailler chez Airbus, mais il s'était vite fait renvoyer pour avoir passé plus de temps sur le darknet et grignoter des barres chocolatées plutôt que s'occuper de la sécurité du réseau de la boîte européenne. Il vivait de son chômage et des petits services qu'il rendait aux « amis ». Il s'était vu affubler du surnom de *Chinois* à cause de son talent informatique et de sa passion pour les mangas. Les clichés ont la vie dure.

Il n'y avait rien eu à trouver dans les fichiers du mac de Chloé. Aucun i-message, plus de liste de contacts. Angel pensait qu'elle avait certainement effacé le plus important ou que son kidnappeur avait fait le ménage… Il fallait pénétrer alors dans l'antre de la bête américaine. Le *Chinois* fouillait tel un archéologue dans le processeur et ouvrait les portes, dribblant entre les combinaisons de chiffres binaires à la recherche de données qui pourraient intéresser Angel qui, lui, ne comprenait absolument rien aux manipulations de l'informaticien. Il ignorait par quelle magie le *Chinois* avait réussi à tracer les derniers déplacements de la fille de Jean, via son smartphone, mais pas ceux des dernières vingt-quatre heures. Le kidnappeur avait certainement déconnecté la fonction géolocalisation. L'ordinateur et le téléphone n'étaient plus appareillés ensemble. À présent, impossible de la localiser. Cependant, une information capitale sur les trajets antérieurs de Chloé attira l'attention d'Angel. À plusieurs reprises, elle s'était rendue dans la rue piétonne des Filatiers, dans le centre-ville près de la place des Carmes. Angel savait que ce n'était pas dans ses habitudes, elle traînait plutôt du côté de la place Saint-Georges et de ses bars à la mode. Et surtout, elle s'était rendue dans cette rue le soir de son enlèvement, et c'était le dernier endroit à sa connaissance depuis qu'elle avait disparu. Le *Chinois* fut incapable de donner une adresse précise, mais limita le champ des recherches à une dizaine de mètres près. Angel se demanda ce qu'elle faisait là. Qui elle voyait. Est-ce qu'il s'agissait d'Issa ? La jalousie commençait à le gagner. À le ronger.

Il n'y avait plus rien à tirer de l'ordinateur. De l'intérieur de sa veste en cuir, Angel sortit une liasse de billets. Il en extirpa trois cents euros qu'il jeta sur le bureau du *Chinois*. Ce dernier le remercia avec excès comme s'il venait de lui offrir un million de dollars.

Angel tenait un début de piste.

Arrivé rue des Filatiers, Angel se retrouva entouré de bars et de restaurants. À cette heure de la soirée, les terrasses étaient blindées. La rumeur des buveurs indiscrets inondait les pavés roses. Angel se posait des questions : et si Chloé ne s'était pas rendue chez quelqu'un, si elle était tout simplement allée prendre un verre ? Angel fouilla dans son smartphone à la recherche d'une photo de Chloé. Il chercha celle qui la mettait à son avantage. Il l'avait prise alors qu'elle se tenait au bord de la piscine de la maison de Monsieur Salmon, il avait volé cet instant où le soleil lui flattait la peau et faisait ressortir ses yeux verts. Par réflexe, il posa ses doigts sur son écran pour agrandir l'image. C'était pour Angel la plus belle femme du monde. La femme de sa vie. Il se rendit au début de la rue des Filatiers. Le premier bar était le *Café du Matin*. Sur la terrasse, il héla le premier serveur qui passa devant lui et lui demanda s'il avait vu la jeune femme la veille. Le serveur jeta un bref regard sur le téléphone, haussa les épaules et partit avec son plateau dans la salle. Angel soupira. Il entra dans le bar, se rapprocha du serveur et le colla contre le mur, le plateau se déversa sur le sol. Il colla la photo sous le nez du gars tremblant.

— Je t'ai posé une question *cabròn* !

— Non… Je… Non, je ne la connais pas.

— Tu bossais hier soir ?

— Oui. Mais non. Je l'ai pas vue. Et vu comme elle est mignonne, je l'aurai pas ratée.

Frustré, Angel lui mit une petite claque sur le visage et sortit direction le bar d'à côté, le *Carbet d'Oc*. C'est à ce moment précis que son téléphone vibra. C'était le *Chinois*.

— Je viens de fouiller dans son compte en banque et en recoupant les infos, je suis tombé sur diverses factures. L'endroit que tu cherches c'est le café *Chouchou*. Il est au numéro 37 de la rue des Filatiers.

Angel raccrocha et pressa le pas. Le café se trouvait seulement à quelques mètres de là, sur la gauche. Il allait enfin savoir. Quand il arriva devant l'établissement, un homme s'approcha de lui et lui proposa une table. Angel refusa et montra la photo de la belle à l'homme, lui demandant s'il la reconnaissait.

— Évidemment. C'est Chloé ! Elle était encore là hier soir.

Intérieurement, Angel rageait.

— Elle était seule ?

— Non, comme d'habitude avec son mec. Il lui est arrivé quelque chose ?

— Comment ça, son… *mec* ?

— Issa… Mais vous êtes qui ?

— Je travaille pour son père.

— Ah, mais moi je ne veux pas me mêler d'affaires qui ne me regardent pas.

— Où est-ce que je peux le trouver ?

— Je n'en sais rien, moi. Il vient régulièrement ici, c'est un habitué, mais, mais c'est quoi le problème ?

— Je vais prendre une table finalement.

Angel prit un siège et s'installa espérant la venue du *mec* de Chloé.

13
Parce qu'il faut toujours se méfier

1977. Espagne.

Dans le brouillard matinal de la Catalogne en ce début d'hiver, Malek et Jean se retrouvaient dans une Renault Siete volée la veille à attendre un certain Pablo à la sortie de Barcelone. Jeannot était anxieux, Malek quant à lui, comme toujours, baignait dans son flegme habituel digne d'un Britannique. Un sac de sport reposait aux pieds de Jean. Il ouvrait et fermait mécaniquement la boîte à gants dans laquelle se trouvait un calibre 38. Malek ferma la boîte d'un geste lent qui se voulait rassurant. Il avait déjà traité avec les GRAPO. Ce groupe terroriste maoïste antifasciste tentait depuis la mort de Franco de faire basculer le pays en enclave communiste. L'année passée, ils avaient réussi à attaquer deux armureries, une à Madrid et une autre à Séville. Une partie des armes dérobées, non traçable, servirait aux ambitions de Jeannot et de sa bande. En retour, leur argent permettrait de financer la cause des Espagnols. Cela n'était pas du goût de Jean, qui ne portait pas les communistes dans son cœur et qui redoutait que son pactole assassine des innocents. Malek ne s'encombrait pas de ce genre de vicissitudes. La mort, il la côtoyait depuis son enfance. En Algérie pendant « les évènements », il en avait eu pour son compte. À Alger, il avait vu des Européens tués par les bombes du FLN dans les cafés, des Algérois assassinés par l'armée ou par l'OAS. Une fois, en allant voir sa grand-mère sur le chemin de Bourouda, il était tombé sur un Pied-Noir égorgé, son propre sexe tranché sortait de la bouche du pauvre homme. Malek en avait chassé les mouches pour voir de plus près la plaie béante et ce drôle de sexe non circoncis. Il en avait assez vu pour savoir que la mort frappait qui elle avait envie, quand elle en avait envie, alors qu'importe de savoir ce que les maoïstes allaient faire de leur pognon. Pour lui, qu'importent les fracas tant que son compte en banque est plein. Il l'avouait sans grandes difficultés : l'argent était son moteur. Pas tant pour le dépenser comme pourrait le faire Jean, mais d'avantage pour le posséder. Il était né pauvre, il mourrait riche.

Jean était de plus en plus nerveux, son bouillonnement intérieur s'exacerba quand il vit sur la piste rocailleuse, une estafette qui se rapprochait d'eux soulevant la poussière du chemin. Le premier réflexe de Jean fut de se rapprocher de la boîte à gants pour se saisir du pistolet. Malek l'en dissuada, tout allait bien se dérouler, mais Jeannot avait un mauvais pressentiment et il se fiait toujours à son intuition presque paranormale. Malek sortit de la voiture en prenant bien soin de refermer la portière en douceur. Le véhicule des Espagnols se positionna à quelques mètres face à eux. Le premier homme qu'ils aperçurent portait une barbe de trois jours, les cheveux longs et sales. On voyait clairement qu'il n'avait pas pris de douche depuis quelque temps. Une mitraillette pendait à son épaule, tenue par une vieille lanière en cuir marron. L'homme se rapprocha de leur voiture. Regarda Malek qui était appuyé sur l'aile de la voiture sans mot dire. Puis il contourna la Renault par le flanc gauche, observa les alentours, regarda le coffre, puis explora l'intérieur. Arrivé à la hauteur du siège passager, il fixa Jean l'espace de quelques secondes qui lui parurent une éternité. Jean se baissa, ouvrit le sac et lui montra pléthore de bijoux, fruit de leur premier larcin. Les soldats Rouge ne voulant pas de billets en francs, ils s'étaient entendus sur la camelote. Les montres de luxes, les parures et bagues se revendaient toujours facilement. Sans même esquisser une réaction, l'homme fit un signe de la tête à Jean lui ordonnant de sortir de la caisse. Il ramassa le butin et s'exécuta. Debout devant la voiture, tenant le sac à bout de bras, Jean regarda l'homme retourner vers l'estafette grise. Un autre homme avait rejoint le premier. Il était plus gros mais tout aussi répugnant que le premier. Avec l'aide du barbu, il sortit de l'engin une cantine métallique bleu roi de taille moyenne qu'ils posèrent entre les deux véhicules. Le chauffeur, quant à lui, resta au volant observant l'échange. Jean et Malek disposèrent le sac près de la malle et en montrèrent le contenu. Toujours dans un silence de plomb, le gros plongea ses doigts boudinés aux ongles noirs dans la marchandise étincelante. Au vu de son sourire, Malek comprit qu'ils étaient satisfaits. Le petit gros ramena le sac vers lui et se pencha pour ouvrir la malle. Jean ne lâchait pas du regard le barbu aux cheveux longs. Quand Malek regarda à l'intérieur de la malle, il fut très surpris de la voir complètement vide. Il jeta un regard de panique en direction de Jean qui était occupé à jauger la situation. Le barbu leva sa mitraillette pour tirer. Il n'eut pas le temps de presser la gâchette que la lame du cran d'arrêt de Malek s'enfonça dans son lobe orbital, sectionna le nerf optique pour se loger dans la fosse crânienne. Avec une dextérité et une rapidité incroyable, Malek, avait expulsé de sa manche droite l'arme du crime, le barbu n'avait pas pu anticiper. Pas davantage que le petit gros apeuré n'ait eu le temps de réaliser – vu la vitesse d'exécution de Malek –, la même lame vint se loger comme dans une motte de beurre dans le fond de sa glotte. Le sang de son comparse coulait et se mélangeait à présent au sien dans sa trachée tailladée. Unis par le sang. Il tomba tel un sac de boxe qui se décroche de ses chaînes, le cran d'arrêt encore enfoncé dans son larynx. Le troisième larron se jeta hors de la camionnette arme au poing et tira plusieurs coups vers eux. Malek se cacha aussi vite qu'il le put. Jean ne bougea pas. Il retira son six coups dissimulé à l'arrière de son jean. Tendit son bras, prit une grande inspiration, pointa l'arme vers le conducteur qui tirait en discontinu. Jean fit craquer sa nuque vers la droite, visa et pressa calmement sur la détente. Après le cliquetis du barillet, la détonation résonna sur la route déserte. La balle se logea en plein milieu du visage du chauffeur lui faisant exploser tout l'arrière du crâne. Le sang maquilla la portière grisée de l'estafette. Jean se retourna sur Malek accroupi derrière la voiture.

— « T'inquiète pas, ça va bien se passer ». Mon cul, oui !

— Je ne comprends pas. Avec Fernando, il n'y a jamais eu de soucis.

— Faut qu'on se barre au plus vite !

Sur ces mots, Jean se plia en deux et vomit tout ce qu'il avait dans le ventre. C'était son premier meurtre. Évidemment, pas son premier mort. Mais quand on rafale au hasard dans le désert, on ne voit jamais son ennemi de près. Le mort n'a pas de visage. Et puis, quand on porte l'uniforme, on ne tue pas, on défend la patrie. Mais là, c'était différent. Même s'il était courageux ou inconscient, il venait de mettre fin à la vie d'un être humain. En se redressant, Jeannot récupéra le sac et mit un coup de pied dans la malle désespérément vide. Tout ça pour rien.

Jean contenait sa colère et retourna s'asseoir avec son sac côté passager. Penché sur le cadavre, Malek récupéra son couteau à cran d'arrêt et essuya la lame trempée d'hémoglobine jusqu'au manche en corne sur la chemise en coton de sa victime. Il ne comprenait pas pourquoi Fernando avait tenté de le piéger. Ils avaient toujours été réglos l'un envers l'autre. Mais il faut dire que l'étau se resserrait autour des GRAPO, la Guardia Civil ne les lâchait plus depuis l'assassinat de l'inspecteur de police Antonio Lopez Salcedo. Certainement que la peur de se faire attraper leur faisait commettre des erreurs, comme celle de trahir des *amis*. Malek ramassa les armes de chaque homme, pensant que cela serait mieux que de revenir les mains vides. Alors qu'il revenait vers leur véhicule, l'envie soudaine de fouiller l'estafette lui vint, Malek disparut à l'intérieur.

En entrant dans le véhicule, il aperçut un homme bâillonné et ligoté éructant des sons incompréhensibles. Il se dandinait de tout son corps, tentant de se déplacer pour se sauver. D'un sourire amical, Malek le rassura. Le prisonnier émit un souffle de soulagement. Il était sauvé. Une couverture à même le sol renfermait une dizaine d'armes dont les canons métalliques dépassaient. Cette opération ne serait finalement pas vaine. Certainement que les hommes de Fernando avaient doublé leur chef en espérant revendre à d'autres la marchandise. Malek était à demi rassuré, il faudrait qu'il convainque Fernando que son hypothèse était la bonne. La trahison est souvent la cause d'un désastre. Il jeta la couverture avec les armes hors du camion. Se retourna vers l'otage, se pencha vers lui et calmement, droit dans les yeux, lui dit dans un français qu'il ne comprendrait pas :

— Je suis désolé amigo. Ce n'est pas ton jour de chance. Autour de nous, il y a beaucoup d'hommes qui ont perdu la vie, et j'en suis le responsable. Tu comprends bien que je ne peux pas prendre le risque que tu me décrives à la police…

Ne comprenant rien aux mots que venait de lui souffler Malek, l'homme souriait, rassuré. Malek posa sa main sur la bouche et lui enfonça le couteau dans le cœur. Il le remua quelques secondes. Un flot de sang se vida sur le costume du prisonnier lorsque Malek retira son arme blanche. Malek essuya de nouveau sa lame sur l'épaule de sa victime. L'homme se prostra en position fœtale, son sang formant une mini rivière sur le plancher en tôle de l'estafette. Malek sauta du camion et réapparut enjoué, récupérant le ballot d'armes. Il le montra à Jean, en vainqueur il leva son poing vers le ciel :

— *Hasta la victoria siempre* !

Jean sourit ne se doutant absolument pas de ce qu'il venait de se passer dans l'estafette.

14
PARCE QUE LES NUITS SONT DIFFICILES

Dans la froideur de sa chambre d'hôpital, Jean ne parvenait pas à s'endormir. Bien que les doses élevées de calmants le shootassent, depuis qu'il s'était effondré au sol comme une masse, une pointe au cœur persistait à lui lancer d'affreuses souffrances. Cette fois-ci, il avait failli y passer. Dans sa tête tournait le nombre de fois où il faillit quitter cette terre bien avant l'heure. Il en dénombra une bonne dizaine entre le temps où il faisait l'armée, ses années *borderline* et depuis qu'il était rangé des camions. Il était increvable. Mais pour la seconde fois de sa vie, on lui ôtait ce qui lui était le plus cher, et cette douleur était la plus atroce de toutes à gérer. Cette pointe au cœur, elle n'était pas due à son attaque cardiaque, mais bien à la disparition de Chloé. On a touché à sa chair, c'est là que se trouvait l'erreur émise par son ennemi. Chloé était sa fierté. Cette gamine a toujours été brillante, intelligente. Proche de son père. Tout l'inverse de son frère Maxime. Il ne cachait pas sa préférence, pourquoi le ferait-il ? Après tout, la vie ne fait pas de cadeaux et Jean a toujours pensé qu'il ne fallait pas présenter l'aventure de l'existence comme un conte de fées. Maxime était un fainéant dans l'âme dont les principales occupations étaient s'amuser, boire et baiser. Chloé, quant à elle, s'investissait corps et âme dans tous ses projets, préparait son avenir, et surtout, elle était proche de son père Jean. Lorsqu'elle habitait encore chez lui, elle mettait un point d'honneur à être toujours debout avant qu'il ne vienne s'installer pour le petit-déjeuner. Jean n'étant pas du genre à faire la grasse matinée, toujours levé à cinq heures quarante-cinq. Une vieille habitude qu'il entretenait depuis des dizaines d'années. Il faut dire que les perquisitions domiciliaires débutaient à six heures, autant se lever aux aurores. Et bien que l'horaire soit des plus matinal depuis le décès de sa mère, Chloé ne voulait pas que son père se retrouve seul face à sa tasse de café. Pour elle, la famille était la chose la plus importante qui soit. Elle veillait également à prendre soin de son frère, toujours présente pour lui. Elle l'aimait, et ce ne sont pas les erreurs et la façon de vivre de ce dernier qui bousculeraient tout l'amour qu'elle lui portait. Elle n'hésitait pas à recadrer son père quand celui-ci était trop dur avec son aine. Son rêve était de réconcilier les deux hommes et ce n'était pas chose facile. Deux personnalités antagonistes : l'un laxiste, l'autre trop exigeant.

Jean Salmon n'avait toujours pas reçu de nouvelles de son loyal « employé » Angel, tout comme il n'avait pas eu de nouveaux messages du prétendu ravisseur.

Jean savait que cela ne servait à rien de harceler son homme de main. Connaissant parfaitement Angel, il se doutait bien qu'il était en train de remuer ciel et terre pour faire avancer l'enquête. C'est qu'il était doué ce petit. La première fois qu'il l'avait rencontré, c'était un soir de printemps à Madrid. Angel sortait à peine de l'adolescence. Jean venait de passer le week-end en compagnie d'une fille, vendeuse, qu'il avait abordée un jour dans un magasin de la rue Saint-Rome. Il lui semblait qu'elle s'appelait Iñes ou Céline. Qu'importe. Elle était aussi belle qu'inintéressante, et elle était très très belle. En sortant du restaurant *Sobrino de Botin*, alors qu'ils se déplaçaient vers la plazza de Puerta Cerrada en direction de leur hôtel, deux hommes avaient tenté de leur faire les poches. Un peu trop alcoolisé et grisé par la soirée, Jean n'avait rien vu venir, mais un jeune homme tout de noir vêtu s'était interposé prenant leur défense, et en quelques coups de poing bien balancés, les deux lascars bien amochés avaient pris la fuite. Jean eut immédiatement le coup de foudre pour ce jeune homme. Entre voyous, on se reconnaît. Jean lui avait donné sa carte de visite lui promettant un excellent boulot si, un jour, il se décidait à franchir la frontière. Un an plus tard, Angel débarqua, tentant sa chance. Si Jean avait effacé de sa mémoire son plan cul d'un soir, il se souvenait parfaitement du type qui était venu à son secours ce soir de printemps à Madrid. Si, dans un premier temps, Angel s'occupait des basses besognes et autres petites tâches courantes, très vite il devint indispensable auprès de Jean.

Jean Salmon avait beau lister le nombre de ses ennemis potentiels, aucun d'eux n'aurait eu le cran de s'en prendre à sa famille. C'était un véritable casse-tête. Jean avait plus ou moins quitté le gangstérisme depuis des décennies et il n'avait plus d'*affaires* en cours depuis au moins une vingtaine d'années. Certes, il lui arrivait de faire bousculer quelques personnes, via Angel, mais il s'agissait la plupart du temps de quelques personnalités politiques pas très regardantes afin d'obtenir un gros chantier, ou parfois de quelques fournisseurs légèrement véreux. S'il y avait un contentieux, ce n'est pas en s'en prenant à sa fille qu'ils l'auraient réglé. Ce n'était pas dans l'habitude de Jean de se sentir perdu. Mais pour une fois, aucune solution ne lui apparaissait. Une seule certitude envahissait son esprit : il fallait chercher ailleurs.

15
Parce que tout se recoupe

Au huitième étage de la tour B, le corps adossé à un canapé d'angle défraîchi, la nuque calée sur un vieux coussin, le gérant était pris par un mal de crâne au pire moment. À ce moment précis, il avait besoin d'avoir les idées claires. S'il voulait garder le contrôle de ses hommes et de la cité, il fallait répliquer et vite. Mais le problème était de taille. Ils avaient déjà eu affaire aux Tchétchènes, le contexte était limpide : ce n'étaient pas des tendres. Très bien organisés, ils savaient anticiper et se montrer supérieurs en tous niveaux. Dans un conflit, il suffisait d'arriver à dix pour qu'ils débarquent à vingt. Vous arriviez à cinquante, ils étaient cent. Plus nombreux, plus armés, plus aguerris, plus inconscients, ces gars venus de l'Est faisaient peur par leur détermination. Certes, le gérant n'avait pas encore fini de payer la livraison d'AK 47, mais c'était entendu. Il devait écouler toute la résine de cannabis pour régler sa dette, mais le dernier transfert ne s'était pas déroulé comme prévu. Les convoyeurs s'étaient fait attraper sur l'autoroute bêtement par les femmes et les hommes de l'office Antistupéfiants. Le ministre de l'Intérieur avait réussi à regrouper les forces de gendarmerie, de police, de la douane, et c'est sans doute par provocation que cette section s'appelait l'OFAST par opposition à Go Fast. Comme un avertissement qui disait : « Attention les gars, on parle le même langage que vous ». Cette idée lui plaisait et l'avait fait sourire. Il imaginait que les forces de l'ordre allaient bientôt faire un clip de rap pour les dissuader de faire du *business*. De visualiser les condés avec des casquettes à l'envers et des chaînes plaquées or qui tournoyaient autour de leurs cous fut un plaisir frôlant la jouissance. L'heure n'était pas à la fête, régler le problème des trafiquants caucasiens était sa priorité.

Le gérant surfait sur les réseaux sociaux où déjà des films étaient en ligne où l'on apercevait Farid et Tony allongés sur le sol, leurs corps criblés de balles avec le hashtag « Cpadeslol ». Depuis quelques années, ce hashtag était omniprésent sur la toile numérique. Une écriture minimaliste et simpliste comme les gosses font aujourd'hui, s'appropriant ainsi leur propre langage « Cpadeslol ». Bien que le gérant ne soit pas si vieux, à trente-deux ans, il mettait toujours un temps pour traduire cet argot. « Cpadeslol » : ce n'est pas des LOL, en somme : ce ne sont pas des blagues, c'est pour de vrai. Le gérant vouait une passion pour la langue française. À l'école, c'était la matière où il obtenait les meilleures notes. S'il avait commencé par aimer les auteurs de la littérature française classique comme Balzac ou encore Zola (mais surtout Hugo dont il admirait la prose), il s'était attelé à découvrir les grands écrivains noirs. Au collège, il découvrit Hampâté Bâ, qui fut une gourmandise pour lui. Plus tard, il dévora Sédar Senghor, Aimé Césaire. Il lut également quelques livres de Luther King dont il apprécia particulièrement *La révolution non violente* car il avait en horreur la violence dans laquelle il évoluait. Il détestait ce trafic, la cité et, par-dessus tout, sa façon de vivre qui s'était imposée à lui sans qu'il n'ait eu le choix. Sa famille était pauvre, et malgré la misère il fallait bien nourrir une fratrie de sept gamins. Quand son père mourut d'un accident de voiture alors qu'il n'avait pas douze ans, il alla à la facilité pour faire bouillir la marmite. En plus de la perte de son père, il fit le deuil d'une vie normale. Double peine. En devenant guetteur, il se faisait en une journée autant que sa mère gagnait péniblement en une semaine. Un an plus tard, en étant *dealer*, et en une journée, ce que sa mère obtenait en un mois. Aujourd'hui, en haut de la pyramide en tant que gérant, c'était plus que ce que sa mère ne gagnerait jamais en toute une vie.

« Cpadeslol. » Quelle bande de cons, songea-t-il. Mais il les aimait ces petits cons, au final ils étaient comme lui. En voyant ces deux mômes au sol, ses larmes coulaient seules. Il les avait presque vus naître, ici, tout le monde se connaît. S'ils étaient aujourd'hui étalés par terre comme des chiens, c'était de sa faute. Il avait leur mort sur la conscience. Et ce n'était que le début, il y en aurait encore d'autres dans les jours à venir. Si Issa voulait toujours tenir les rênes d'une main de fer, il n'avait pas le choix. Ici, c'est la loi du talion. Il faut montrer ses biceps, montrer qui est le patron. Ses états d'âme, on les laisse au vestiaire. Il ne faut rien laisser paraître. La faiblesse n'existe pas, sinon tu n'existes plus.

Le portable du gérant vibra. Alerte SMS. Il ouvrit le message du numéro masqué et sur l'écran une photo des deux jeunes corps qui baignaient dans leur sang avec à nouveau cette phrase qui lui faisait écho : J'AI TON ATTENTION ?

16
Parce qu'il faut tout explorer

Il était resté jusqu'à la fermeture du restaurant. Issa ne se montra pas. Angel ne savait plus vraiment comment agir. À deux heures du matin, il errait seul dans les rues cherchant un peu de fraîcheur dans la Ville rose. L'air vif le réveillait un peu. Les fêtards enivrés par l'alcool riaient et hurlaient comme s'ils étaient seuls au monde. Un groupe de filles croisa Angel et le siffla comme une proie potentielle. Une blonde le complimenta même sur ses jolies petites fesses rebondies. En temps normal, il aurait été flatté et aurait été avenant voire entreprenant, mais pas là. Pas maintenant. Cela faisait vingt-quatre heures que Chloé n'avait pas donné signe de vie, et le temps écoulé jouait en sa défaveur. La seule piste qu'il tenait le menait à Issa et il ne savait pas grand-chose sur lui. Le seul élément qu'il obtint par le directeur du restaurant c'est qu'Issa fréquentait régulièrement le lieu depuis quelques mois, qu'il faisait preuve de sympathie – toujours chic dans ses costumes colorés –, qu'il dînait la plupart du temps en compagnie de Chloé et qu'ils semblaient être très amoureux. Ce que ne comprenait pas Angel, c'est pourquoi Chloé ne lui avait jamais parlé de cet homme. Habituellement, il rencontrait même ses histoires sans lendemains. Ces hommes qu'il jalousait provoquaient en lui une envie de les trucider. Lentement, dans une douleur lancinante. Combien de fois s'était-il imaginé les torturer…

Visiblement, cela faisait plusieurs mois que Chloé fréquentait cet homme et il ne s'était rendu compte de rien. Est-ce son amour pour elle qui l'avait aveuglé ? Il s'en voulait éperdument. Du fait de sa négligence, Chloé était en danger et ne dormirait pas chez elle ce soir.

Il appela Maxime. Peut-être que Chloé avait mis son frère Maxime dans la confidence et qu'il en savait un peu plus sur cette relation. Angel ignorait pour quelle raison, mais il avait le pressentiment que Maxime détenait la clé de ce secret. Après tout, cela sert à ça un frère, à tout dire, le lien du sang permettait souvent bien des confidences. Évidemment, son coup de fil à Maxime sonna dans le vide. Maxime a cette sale manie de ne jamais répondre aux appels d'Angel. Qu'importe. À cette heure de la nuit, Angel savait où le trouver. Direction quai Saint-Sauveur. Sur le chemin, il s'arrêta quelques instants devant la cathédrale Saint-Étienne. Cette cathédrale lui plaisait beaucoup, il aimait venir y prier et se délester de ses fautes. Ce mélange de style gothique et d'époque romane l'intriguait, ce monument lui donnait le parfum d'une œuvre inachevée, un peu comme sa vie qu'il trouvait en dents de scie. Lorsqu'il en avait le temps, il contemplait la rosace qui trônait sur la façade ouest de l'édifice. Elle lui rappelait celle de Notre-Dame de Paris avant qu'elle ne brûle, et qu'il n'avait malheureusement vue qu'en photos. Angel rêvait qu'un jour il irait se promener à Paris. Cette ville reconnue pour son romantisme où il emmènerait un jour la femme de sa vie. Traîner sur les Champs-Élysées, dépenser son argent sur les grands boulevards, flâner le long de la Seine, embrasser sa douce sous l'œil bienveillant de la Tour Eiffel. Une envie de touriste, mais après tout c'est ce qu'il était, un être simple et entier. Du moins, s'il n'était pas un touriste, il restait un étranger.

Dix minutes plus tard, après avoir traversé le canal du Midi, il se retrouva à l'entrée du *G-Boy*. Le physionomiste le laissa entrer sans un mot. Il faut dire qu'Angel était souvent venu chercher Maxime en fin de soirée, ce dernier tellement minable que la seule chose qu'il parvenait à faire c'était l'appeler au secours. Il fallait maintenant trouver Max parmi la foule des danseurs. Une musique techno perçait ses tympans et les flashs de lumières brouillaient sa vue. Il détestait les boîtes de nuit en France, ces lieux clos sentant la transpiration avec une musique électronique inaudible. Il avait souvent la nostalgie des bars mexicains et leurs odeurs de cigarettes, des mariachis et surtout des chansons *narcocorridos*. Ces ballades qui font l'apologie de certains cartels ou héros de ces derniers, comme la chanson sur El Chapo – même si lui ne faisait pas partie des Sinaloa –, étaient ses préférées. Pour Angel, El Chapo a longtemps été un modèle de réussite et il admirait ses évasions extraordinaires. Ici, rien à admirer pour lui. Si le Mexique représentait la violence toujours plus décadente au fil du temps, il faisait un parallèle avec l'Europe qui trouvait sa décadence dans la sexualité. L'homosexualité ne le dérangeait pas, Angel ne se sentait tout simplement pas concerné par le sujet, c'est tout. En revanche, il ne comprenait pas pourquoi ces Occidentaux hétéros ou homos s'affichaient devant tout le monde. Pour lui, même tenir la main d'une fille dans la rue pouvait être choquant, c'était son côté rétrograde. Alors voir des gens s'embrasser en pleine rue ou, comme dans cette boîte de nuit, assister à des scènes où des hommes se séduisaient, se touchaient, se roulaient des patins à pleine bouche était incompréhensible pour lui. Il avait échangé un jour à ce sujet avec Maxime qui lui avait répondu que les gens avaient simplement besoin d'amour. Pour Angel, l'amour se cachait. Le bonheur ne se montrait pas. Pour lui, les sentiments ne pouvaient s'exprimer qu'une fois la porte de la maison fermée. C'était certainement pour cela qu'il n'avait jamais avoué sa passion pour Chloé, qu'il vivait seul et ne partageait rien avec personne.

Devant cette beauté latine, beaucoup d'hommes fixaient avec envie Angel, lequel évidemment n'y prêtait aucune attention. Son regard scrutait la foule à la recherche de Maxime. Il était là, juste devant lui. Assis devant une bouteille de vodka, entouré de deux beaux garçons passablement éméchés, Maxime paraissait sobre et triste. En voyant Angel, il se leva et esquissa presque un sourire. Il hurla à l'oreille d'Angel :

— Je t'attendais.

Angel prit la direction de la sortie suivi par Maxime qui le tenait par l'épaule afin de ne pas être séparés. Traversant la boîte de nuit, Maxime agitait sa main à droite et à gauche pour dire au revoir à ses multiples connaissances. Il faut dire qu'ici, c'était un peu sa seconde maison. C'était son fief. Malgré la musique qui criait dans les enceintes et, aussi surprenant que cela puisse paraître, Maxime faisait de *G-Boy* son havre de paix. Le seul endroit où il n'endossait pas le rôle du fils de Jean Salmon, le seul endroit où il pouvait être lui-même, sans qu'on porte de jugement sur lui. Il est compliqué d'être la progéniture d'un homme avec une telle aura et qui a réussi quand on recherche encore ses propres repères, sa propre voie et que tout reste à construire. Il savait bien qu'il décevait son père en n'étant pas devenu l'homme qu'il espérait. Maxime n'était pas faible, il était juste différent. Il n'avait que sept ans quand sa mère est partie et il ne s'en était jamais remis. Chloé était bien trop petite pour en garder des souvenirs, mais pas Max. Cette épreuve l'avait beaucoup fait souffrir. Personne ne lui avait rien expliqué, personne pour le consoler. À l'époque, son père Jean se noyait dans le travail pour flotter au-dessus de sa peine, délaissant ses enfants à Djamila. Djamila, femme courageuse au service de la famille depuis des années, faisait de son mieux pour leur apporter de l'amour maternel, de l'affection, de l'écoute, mais personne ne remplace une maman. Même si c'était la plus gentille femme au monde. La sensibilité exacerbée de Maxime provenait certainement de ce manque d'amour.

Lorsqu'ils se retrouvèrent en dehors de l'établissement, une vague de chaleur moite traversa leurs corps. Il faisait aussi chaud à l'intérieur qu'à l'extérieur.

— Tu as des nouvelles de ma sœur ? demanda Maxime.

Angel hocha la tête d'un signe de négation. Maxime s'alluma une cigarette pendant qu'ils se dirigeaient ensemble vers sa voiture garée sur l'avenue Jean-Rieu.

— Elle a visiblement quelques secrets, lança Angel.

— Il n'y a que ça dans cette famille…

— Tu étais au courant qu'elle avait quelqu'un dans sa vie ?

— Pas vraiment. En tout cas, elle ne m'a rien dit.

— L'unique indice que j'ai trouvé chez elle est un vieux Post-it où il est inscrit Issa dessus. D'après mes infos, elle est avec lui depuis quelques mois et je n'en savais rien. Je n'ai rien vu.

— Ma sœur te fait des infidélités.

— … Je ne comprends pas ?

— Angel… Tu crois que nous n'avons pas vu que tu craques pour elle ? Autant tu as un talent pour régler les affaires de mon père avec mystère, autant quand tu es amoureux tu es aussi discret qu'un chien dans un jeu de quilles.

Angel ne répondit pas. Arrivés devant le cabriolet rouge de Maxime, ils s'installèrent dans l'habitacle.

Maxime prit sa tête entre ses mains afin de recoiffer ses cheveux humides en arrière et posa ses deux mains sur le volant sans faire démarrer la voiture.

— Le garçon s'appelle Issa, mais ça, tu le sais déjà. Ma sœur n'en a rien dit et c'est ce qui a attisé ma vilaine curiosité. Alors un soir, je l'ai suivie…

Les yeux d'Angel s'écarquillèrent comme s'il venait de remporter le jackpot. Il s'empressa de lui demander :

— Comment ça, tu l'as suivie ?

— Il n'y a pas que toi qui se prend pour Jason Bourne. Je me doutais bien qu'il y avait une histoire de garçon. Normalement elle me raconte tout, mais là, rien. Je me suis dit que le gars en question devait être très moche, alors j'ai voulu savoir à quoi il ressemblait. Par amusement. Ils se sont retrouvés place de La Trinité près de la vieille fontaine. Quand il est enfin arrivé, je dois dire que j'étais désabusé, il était beau comme un cœur.

— Je me fous de ça. Qu'est-ce que tu sais sur lui ? Enchaîne.

— Il est grand. Taillé comme un mannequin… Très classe. Ah, et c'est là que ça craint un peu vis-à-vis de mon père : il est noir.

— … C'est certainement pour ça qu'elle ne nous a rien dit.

— Je ne crois pas. Elle est capable de faire accepter n'importe quoi à mon père tellement il est en admiration devant elle. Après avoir dîné, ils sont allés chez elle. Je suis resté en planque pendant un moment. Et quand il est enfin sorti de chez elle, je ne sais pas ce qui m'a pris mais… je l'ai suivi.

— T'es un génie !

— Tu parles. Il est monté dans une vieille 205 toute pourrie, heureusement que j'étais en scooter… Je suis crevé.

Maxime ne disait plus rien, ce qui agaça fortement Angel.

— Tu as perdu sa trace ?

— Non, non. Je me suis retrouvé à l'entrée du Mirail, vers la cité Bellefontaine. Inutile de te dire que je ne suis pas allé plus loin. J'ai pas eu envie de me faire casser la gueule par des racailles.

Pour la première fois depuis la matinée, Angel affichait un sourire. Il pouvait à présent suivre la piste « Issa », son intuition lui dictait qu'il était sur la bonne voie. En revanche, il faudrait marcher sur des œufs car il évoluerait sur un terrain miné. Ce quartier était une plaque tournante où régnait la drogue, Angel avait conscience qu'il serait confronté à une certaine violence. Obtenir des informations pouvait vite vous faire passer pour un flic, pire pour un concurrent, et dans ce cas, il y avait peu de chance de s'en sortir indemne. Sans aucun doute, il faudrait qu'Angel obtienne de l'aide.

Maxime fit démarrer la voiture, fixa Angel avec un air enjôleur, les yeux plissés pour accentuer son côté charmeur.

— Je te ramène chez moi beau gosse ?

— *Calla te cabròn.*

Rieur, Maxime fit crisser ses pneus et ronronner son moteur sur l'avenue endormie.

17
PARCE QU'IL FAUT UNE PREMIÈRE FOIS

1978. ALENTOURS DE BIARRITZ.

Le temps était magnifique en cette fin de matinée dans le Pays basque. Au volant du fourgon blindé, Marcel sifflotait *Ti Amo* d'Umberto Tozzi. Côté passager, Marlboro au coin de la bouche, son collègue le *cow-boy* tenait son revolver bien serré dans la paume de sa main. C'était leur premier convoi depuis la veille. Aujourd'hui, ils transportaient une dizaine de sacs de la Bami, cette nouvelle banque installée depuis peu à Biarritz. De ce qu'il y avait dedans, ils ne le sauraient jamais. Cela pouvait être des liasses de billets, de l'or ou encore de simples documents. Cela ne changeait rien pour eux, ils étaient payés pareil, leur dû demeurerait le même, le minimum syndical, c'est-à-dire mal.

Le boulot était plutôt calme au grand regret du *cow-boy* qui rêvait de dégainer son flingue comme Clint Eastwood dans *Dirty Harry*. Inscrit dans un club de tir depuis ses douze ans, il faisait mouche sur n'importe quelle cible à moins de cent mètres. Sa paire de lunettes de soleil Ray-Ban Aviator scotchée sur le nez, il lorgnait sur chaque embuscade potentielle que lui offrirait leur expédition, mais lorsque le fourgon pila brusquement face au camion qui barrait la route, il fut tellement surpris que son corps se projeta en avant et que sa tête tapa violemment le tableau de bord. En se crispant, son index déclencha accidentellement le tir et la balle pénétra dans sa cuisse droite avant d'être stoppée net par son fémur. Il se plia en deux et hurla de douleur. Marcel aurait bien rigolé de la situation s'il n'avait pas vu sortir des buissons bordant la route trois silhouettes fantomatiques. Trois personnes en tenue traditionnelle du carnaval de Venise s'approchant lentement d'eux. Elles portaient cette longue cape noire qui leur encapuchonnait la tête et recouvrait leurs corps jusqu'aux chevilles. Leurs tricornes enfoncés sur leurs crânes leur donnaient des airs de soldats d'un autre siècle et leurs masques quadrangulaires en carton blanc sur leurs visages ajoutaient au côté ectoplasmique de leurs allures inquiétantes. Marcel n'arrivait pas à lâcher le volant tellement sa peur était grande, et il fixait, le regard terrifié, l'espèce de silhouette fantomatique en face qui le visait. Lorsque le canon en métal de l'arme tapa contre la vitre de sa portière, il mit un temps avant de tourner sa tête en direction de ce qui se passait. Sans un mot, avec des gestes simples, on lui intima l'ordre de sortir. Paniqué, il regarda le *cow-boy* pour savoir comment il devait réagir. Reprenant ses esprits, le *cow-boy* confectionna un rapide garrot à l'aide de sa ceinture en toile qu'il posa sur sa cuisse ensanglantée, vérifia une ultime fois le barillet de son revolver pour s'assurer qu'il était bien chargé. De sa main gauche, il ouvrit précipitamment la portière du fourgon et sauta à pieds joints sur le bitume, ajustant sa visée contre l'homme qui se tenait face à eux. Immédiatement, ce dernier leva sa mitraillette en sa direction. Le convoyeur toujours le bras tendu ne bougea plus. Il avait l'envie irrépressible de tirer, de toucher cet homme, de le voir s'écrouler par terre mais son index ne lui obéissait plus. Impossible d'appuyer sur la gâchette. Son corps tout entier était tétanisé. C'était donc ça la peur.

Calmement, mais toujours méfiant, un Vénitien s'approcha de lui pour se retrouver à quelques centimètres de l'arme de poing. La main gantée de blanc du braqueur lui baissa son bras le long du corps et posément se saisit de l'arme avec douceur. Le *cow-boy* ne put l'en empêcher. Il n'avait plus aucune volonté. Étonnamment, il se mit à pleurer comme un gosse qui se réveille d'un cauchemar. Devant son impuissance, le Vénitien lui tapota amicalement la joue et de l'autre, par surprise, lui asséna un violent coup de crosse derrière la nuque. Le *cow-boy* mordit la poussière sans même s'en rendre compte. Son agresseur lui ligota les mains derrière le dos à l'aide d'une cordelette et le transporta sur le bas-côté de la route.

Dans le même temps, deux autres Vénitiens se chargeaient de Marcel. Il était hors de question pour le vieux convoyeur de jouer aux héros. À quatre ans de la retraite, ce n'était pas le moment de prendre des risques incommensurables pour une société qui se foutait éperdument de son existence. Lui, il ne pensait qu'au dimanche matin suivant, quand il pourrait aller prendre son petit blanc-cass' au PMU de son quartier et tenter de remporter le tiercé gagnant, dans l'ordre de préférence. Alors il ne comptait pas se prendre une bastos pour à peine mille cinq cents balles par mois. Sans aucun scrupule, il montra son pistolet bien haut sur le pare-brise et le posa devant le volant. Il ouvrit la portière et en sortit les mains en l'air, signe qu'il souhaitait se rendre. Un des braqueurs lui saisit la cravate pour le faire basculer plus rapidement vers l'extérieur. Marcel comprit qu'il était très nerveux, le stress du hold-up à coup sûr. L'homme lui mit un violent coup de pied dans le tibia afin qu'il mette genou à terre. Marcel s'exécuta.

— Les mecs, je ne suis pas un problème pour vous, d'accord ?

— Ferme ta gueule, toi ! Mets tes mains derrière le dos. Dépêche !

Marcel baissa la tête et obéit bien gentiment aux ordres du nerveux. Alors que le Vénitien numéro deux lui serrait à sang les poignets, il prit un coup de poing injustifié dans le dos. Le troisième Vénitien s'approcha du numéro deux et lui tendit une cigarette déjà allumée.

— Je prends le relais. Va ouvrir la boutique.

Le braqueur numéro deux partit vers l'arrière du véhicule. De son petit sac US couleur kaki, il extirpa un pain de Semtex qu'un ami Tchèque lui avait fourni. Matière que le Slave avait volé en quantité non négligeable dans une usine près de Pardubice dans l'est de la Bohème. Quelques grammes de cet explosif suffisaient à faire voler en éclat n'importe quel matériau. D'ailleurs, la porte blindée du fourgon n'y résista pas. Le souffle de l'explosion souleva le camion comme un vulgaire sac en plastique pris par le vent. Les deux portes s'ouvrirent et les Vénitiens eurent enfin accès à la caverne d'Ali Baba. Revenu à l'arrière du camion pour y pénétrer et se servir, le braqueur numéro deux, en voyant les sacs bancaires, eut un sourire derrière son masque. Il siffla de toutes ses forces entre ses doigts en guise de signal. Le son aigu et strident arriva aux oreilles du conducteur des braqueurs qui sortit comme une apparition du sous-bois en marche arrière, jusqu'à l'arrière du fourgon. Il s'agissait d'un vieux van Volkswagen dont la malle était ouverte, prête à avaler le butin. À toute vitesse, numéro deux jetait les sacs dans le Combi qui fut rempli en moins d'une minute. Il siffla à nouveau. Les deux autres comparses, qui tenaient en joue les convoyeurs, les rejoignirent immédiatement en courant comme deux chiens bien dressés. Une fois les trois hommes dans le VW, le conducteur appuya sur l'accélérateur pour fuir la scène de leur délit.

Accroupi au sol, Marcel observait les quatre hommes disparaître comme par magie derrière le premier virage. Il se disait que si ses mains n'étaient pas attachées, bien qu'il ne soit pas fumeur, le moment était propice à ce qu'il s'en grille bien une petite. Allongé près de lui, le *cow-boy* reprenait peu à peu ses esprits. Les mains liées, se redressant tant bien que mal sur ses fesses, en bougeant il se tordit de douleur à cause de la balle qu'il s'était plantée dans la jambe. La douleur était vive et persistante. Le sang coagulait sur toute la longueur de son pantalon et formait une tache brunâtre qui tranchait avec la couleur bleu clair de son uniforme. Il ne comprenait pas ce qui lui était arrivé.

— Qu'est-ce… qu'est-ce qui se passe ? grogna le *cow-boy*.

— Il se passe qu'on est au chômage, John Wayne.

Après quelques centaines de mètres parcourus, des hurlements de joie résonnèrent dans le van allemand. Le braqueur numéro deux retira son masque et jeta son tricorne sur le siège. Dani était en sueur, écarlate de bonheur.

— Putain on l'a fait, on l'a fait !

— Calme ta joie Dani, on n'est pas encore sortis du bordel, relativisa Jean qui gardait encore son masque.

Derrière lui, Paul s'allumait une clope par-dessous son masque. Il avait les mains plongées dans un des sacs qui baignait dans le fric et en sortit des billets de cinq cents francs.

— Les gars ? Je vous offre l'apéro ?

— *Clopo*, il va falloir que tu fasses péter le magnum de champ', j'ai le gosier plus sec que les gorges du Vercors.

— T'inquiète poto, avec tout ce cash, je peux même te payer le bastringue !

Au volant, Malek prit une petite route secondaire qui longeait la nationale et tourna à droite une nouvelle fois afin d'atteindre une voie communale où attendait patiemment une R12 break rouge vermillon. Les compères ôtèrent leurs costumes que Malek rangea précautionneusement dans un grand sac noir. Jean, Dani et *Clopo* s'attelaient à transférer leur butin du van à la voiture. Si la plupart des sacs contenaient du cash, trois autres n'avaient que des ordres de transactions ou quelques bons au porteur. Jean ne voulait pas de ces bons. Trop dangereux selon lui, trop facilement repérables. Pour lui, les seules choses qui avaient de la valeur immédiate étaient les billets et l'or. Mais pour cette première mission, l'or ne serait pas au rendez-vous. Tout était en ordre, ils pouvaient repartir. Malek reprit le volant, *Clopo* son paquet de cigarettes et Dani son sourire. Tous les trois dans la voiture, ils attendaient que Jean les rejoigne.

— Qu'est-ce que tu fous ? demanda Dani à Jean.

Jean dévissa le bouchon d'essence du Combi. Il avait beau fouiller à tâtons ses poches, il ne trouvait pas ce qu'il cherchait. Il se rendit alors jusqu'à la fenêtre de la voiture rouge, glissa son bras au travers de la fenêtre et piqua la cigarette de *Clopo*.

— Jeannot qui se met à fumer maintenant, c'est la meilleure celle-là.

Jean pénétra dans le van, prit du papier de l'un des sacs, porta la cigarette à sa bouche et aspira à plusieurs reprises jusqu'à ce que le bout en devienne incandescent. Dans un nuage de fumée de nicotine, sous la chaleur de la clope, le papier s'embrasa comme un feu de paille. Il le tenait au-dessus du sac et le lâcha. Il prit un autre petit bout de papier qu'il alluma à son tour, sortit du véhicule et posa le papier dans l'ouverture du bouchon du réservoir d'essence. Il courut jusqu'au siège passager de la Renault qui démarra en trombe. Dans le rétroviseur de Malek, la Volkswagen prenait feu.

— Qu'est-ce qui t'a pris, Jeannot ?

— Un vieux réflexe de mon passage chez les bérets rouges. On m'a appris à tout cramer pour ne laisser aucune trace. Et puis… c'est joli, non ?

Une explosion se fit entendre.

— J'adore les feux d'artifice !

Les quatre hommes hurlèrent de joie, l'adrénaline avait beau commencer à redescendre, ils restaient surexcités comme des enfants une veille de Noël.

18
Parce qu'il faut bien fêter ça

1978.

Une semaine s'était écoulée depuis leur braquage. Un casse parfait. Le seul tir avait été provoqué par la maladresse du convoyeur de fonds qui s'était bien épanché dans la presse en racontant une version qui n'appartenait qu'à lui. Le quotidien *Sud Ouest* avait même titré : « Ces héros de l'ombre. » Dans l'article en première page, il avait affabulé en racontant comment un Vénitien lui avait tiré dans la jambe à bout portant alors qu'il venait à peine de sortir du fourgon pour mettre en joue les bandits. *Le gang des Vénitiens*, comme les avait baptisés la presse, était sans pitié, sanguinaire, bien organisé. Il ne lui avait laissé aucune chance. En lisant cet article, Jean était partagé entre un sentiment de colère et une fierté non négligeable. Oui, ils étaient bien organisés et ça, il le devait à une seule et unique personne : Jean Salmon. L'armée lui aura été salutaire à tous points de vue. S'il n'avait retenu qu'une chose des hommes en vert, c'est qu'une bonne organisation limite les risques d'un échec. Anticiper l'imprévu, c'est ce souci du détail qui faisait toute la différence. Pour cette première mission, il était satisfait à quatre-vingt-dix-neuf pour cent. Dans les sacs en toile de jute, après comptage, le butin était estimé à un peu plus de sept cent mille francs. Ce n'était pas la grosse cagnotte du Loto, ça ne permettrait pas de finir sa vie au soleil, mais même divisé par quatre ce n'était pas une somme négligeable pour une seule journée de turbin. De plus, les flics n'avaient aucune piste, ils nageaient dans le brouillard. Seul indice matériel, ils avaient le van calciné et inexploitable, sans compter sur les auditions des deux convoyeurs de fonds qui n'avaient pas apporté grand-chose sur les braqueurs, mis à part le fait qu'ils étaient déguisés comme s'ils allaient à un bal masqué à Venise. Jean sentait tout au fond de lui que la police ne les retrouverait pas. Même si l'État commençait à créer des brigades antigang un peu partout en France, pour lui, ces agents employés à ces actions n'étaient que des tocards brassant du vent. Des ventilos.

Les quatre Vénitiens s'étaient donné rendez-vous au café sur la place du petit village de Saint-Félix-Lauragais où un léger vent caressait la halle centrale. Il était tellement petit ce café qu'il ne portait même pas de nom. La terrasse était quant à elle, comme à son habitude, dépourvue de clients. Ils seraient tranquilles et les quatre comparses pourraient débriefer librement. Qui rechercherait des braqueurs au milieu de nulle part ? Trois cadavres de bouteilles de champagne jonchaient la table en bois rectangulaire, il n'était même pas dix-sept heures.

— Il y a une chose qui m'a posé problème, tenta d'articuler *Clopo* dans son début d'ivresse.

— C'est ta coupe de cheveux ? On peut rien faire bonhomme.

— Très drôle Dani… Non. J'ai bien compris qu'on ne devait pas s'appeler par nos prénoms, Jean. Mais du coup, c'est compliqué pour s'adresser la parole. J'ai réfléchi et…

— Oh putain, tu réfléchis toi maintenant, il va pas tarder à pleuvoir de l'or !

— Laisse-le finir Dani ! dit Jean. On t'écoute Paul.

— J'ai réfléchi et je me suis dit que ça serait pas mal qu'on se trouve des pseudos. Par exemple moi, je pourrais être Siffredi, Jeannot : Capella.

Dani explosa de rire.

— Mais ma parole, ce sont les noms de Delon et de Bébel dans *Borsalino* ?!

— Ben ouais. Je trouve que ça fait bien de se donner des noms de personnages de films.

— T'as raison, je vais me faire appeler Don Corleone !

Malgré le sarcasme de Dani, Jean ne trouvait pas cela si bête. Ils avaient dû opérer sans pouvoir communiquer en utilisant leurs prénoms, en agissant dans le silence et quelques mimiques. Ils avaient eu de la chance que tout se soit bien déroulé, mais dans le cas contraire, ils auraient eu forcément besoin de s'interpeller. Combien de leurs congénères s'étaient fait rattraper par la patrouille parce que l'un des leurs avait lâché en plein vol armé ne serait-ce qu'un prénom ? Il prit alors la parole.

— Dani a raison. Il faut qu'on se trouve des noms d'usage. Quelque chose de simple.

Malek eut comme une révélation.

— Comme les journalistes nous ont surnommés *Les Vénitiens*, je vous propose que nous restions dans la thématique. Et rien de mieux pour représenter l'Italie que les personnages de la Commedia dell'arte. Pour son caractère bagarreur, je nomme Paul : Scaramouche. Pour Dani, Arlequin évidemment. Jean, notre stratège je propose Il Dottore.

— Dottore ? Ça me va… Et pour toi ?

— Coviello.

— Et pourquoi ?

— …Il me sied.

— Ouais, ben je préférais mon idée des noms de personnages de films…

— Boude pas, Scaramouche, et reprends une coupe.

Sur ces mots, Dani resservit l'auditoire. Jean avait le regard qui venait de s'allumer. Sortant d'une petite Simca, une jeune femme brune élancée en blouse blanche claqua la porte de la voiture. Malek remarqua que Jean était en arrêt sur image.

— Qu'est-ce qui se passe, Jean ?

Jean restait interdit. Ses trois amis tournèrent leurs têtes pour vérifier ce qu'il observait avec un visage absolument niais. À leur tour, ils virent l'objet du désir de Jean. Ce dernier se leva pour la rejoindre. Il semblait plus léger que jamais et avait la sensation de se déplacer comme s'il était en lévitation. Quand elle le vit arriver à sa hauteur, elle lui offrit un large sourire éclatant de blancheur.

— Bonjour monsieur, je peux vous aider ?

— Absolument.

Il la mirait avec douceur. Son aura l'attirait indéfectiblement. De mémoire, il n'avait jamais vu une femme aussi belle, il n'avait jamais senti son cœur s'emballer de la sorte. L'amour de sa vie se trouvait face à lui. Il le savait. Il le sentait. On pourrait bien rire de lui, mais il avait la certitude qu'ils auraient une maison ensemble, des enfants. C'était elle, point.

— Monsieur ?

Sa voix suave délicatement éraillée ajoutait un supplément d'âme à ce qu'il ressentait, son désir ne faisait que s'accroître. Jean était hypnotisé. Sur la blouse blanche était accroché un badge qui mentionnait son identité : HANNAH.

Le plus beau prénom du monde.

— Je peux faire quelque chose pour vous ?

— Oui.

Sa réponse restait en suspens. Il souriait de plus belle, elle le regardait avec étonnement et ne savait pas comment réagir devant cet homme solaire et séduisant.

— Dites-moi, je peux faire quoi pour vous ? répéta-t-elle.

— M'épouser.

Jour 2

19
Parce qu'il faut bien tomber amoureux

1978. Cité de Carcassonne.

Hannah et Jean marchaient le long des remparts de la cité médiévale. La robe légère rose d'Hannah flottait au gré de ses pas. Jean Salmon trouvait l'allure d'Hannah majestueuse. Le visage de Jean semblait être celui d'un enfant tant il était calme, posé : heureux. Il ne s'était passé que trois jours depuis leur première rencontre. Elle avait refusé de lui donner son numéro de téléphone mais elle avait accepté de prendre le sien en retour. Si elle trouvait ce garçon impudent, elle admettait lui trouver un certain charme qui la troublait. Il faut dire que c'est la première fois qu'on la demandait en mariage avec une si belle détermination. Volontairement, Hannah avait attendu deux jours avant de composer le numéro sur le cadran transparent du téléphone gris. Elle avait conservé précieusement le petit bout de papier où était noté le numéro de téléphone, bien rangé au fond de son porte-monnaie. Si bien qu'elle l'ouvrait fréquemment pour être certaine de ne pas l'avoir perdu. La vérité est qu'elle connaissait déjà ce numéro par cœur: 53 46 03. Cette attente, elle se l'était imposée pour que Jean ne la considère pas comme une fille facile, mais également pour tester la pugnacité de son prétendant. Il avait décroché immédiatement, il n'y eut qu'une seule sonnerie. Ce que ne lui avouera jamais Jean, c'est qu'il avait passé ces deux jours derrière le combiné à attendre qu'Hannah le contacte. Refusant de s'alimenter, de prendre une douche, allant même jusqu'à se ronger les ongles tant son impatience était insupportable. Si elle avait vu sa tête de déterré à l'issue de ces deux jours, elle n'aurait jamais accepté de venir boire un verre avec lui. Mais au bout du fil, il posa volontairement une voix plus suave que d'habitude. Il ne manquait pas de lui dire combien il était heureux qu'elle pensât à lui et qu'elle avait eu raison de le joindre. Il jura qu'elle ne le regretterait pas. II voulait la voir vite, il ne pouvait plus attendre, son équilibre mental en dépendait. Il voulait faire d'elle sa princesse, c'est sans doute pour cela qu'il lui donna rendez-vous devant le château comtal à Carcassonne. À présent, cet amour tout neuf se promenait sur ces remparts vieux de plusieurs siècles.

Jean avait une envie irrépressible de lui prendre la main. Juste cela. Mais il n'osait pas encore. Prendre un cœur passe par l'attente, par la parole. La séduction n'était pas son point fort, il avait toujours été maladroit et inconstant avec ses petites amies. Mais jusqu'alors, cela ne lui posait pas de problèmes car, à ses yeux, elles n'avaient jamais eu d'importance. Jusqu'à sa rencontre avec Hannah, seuls ses amis comptaient. Pour sa princesse, il serait parfait. C'était la femme de sa vie, il espérait devenir l'homme de la sienne.

— Tu ne dis rien ? interrogea Hannah.

— Si… j'ai plein de questions comme… euh, comme… Tiens, tu fais quoi dans la vie ? Je t'ai vu avec une blouse blanche, tu es docteur ? Tu vis où ? Et quel âge tu as ? Est-ce que…

Elle le coupa dans l'éclat d'un petit rire charmant.

— Doucement, Jean. Nous avons le temps.

— Pardon…

— On va reprendre depuis le début. Je m'appelle Hannah, mais ça, tu le sais déjà. J'ai vingt-deux ans, je suis infirmière. J'habite à… hmmm, ça, je vais attendre de te connaître un peu mieux avant de te répondre. On ne sait jamais.

— On ne sait jamais quoi ? Je ne suis pas un fou. Je suis presque totalement équilibré.

— Presque ? dit-elle dans un sourire. Tu m'inquiètes un peu, là.

— Ne le sois pas. Mon petit brin de folie est tout à fait acceptable.

— Et toi ?

— Et moi quoi ?

— Et toi ? Tu fais quoi dans la vie, ton âge ? Tout ça quoi…

— Ah… J'ai vingt-huit ans. Je suis un peu plus vieux que toi, mais ça ne se voit pas, je fais beaucoup plus jeune.

— Ou je fais plus vieille que mon âge.

— Tu plaisantes, je te donnais quoi ? Allez, vingt, vingt et un. Tu fais vraiment plus jeune que vingt-deux, tu vois. J'espère que ça ne t'embête pas que l'on te voie avec un vieux.

— Un vieux de six ans de plus que moi ? Hmmm, je crois que je m'en remettrai.

— Alors c'est parfait… Hannah ?

— Oui.

— J'ai très envie que nous nous fréquentions.

Hannah avança en courant vers un créneau du château. Elle se retourna, son visage était solaire et illuminait la vieille pierre.

— Viens voir, Jean ! La vue est fantastique de ce côté-là.

Pas à pas, Jean s'avança. Pendant qu'il s'approchait d'elle, son esprit était en ébullition. Il ne savait plus comment agir.

— Regarde toutes ces vignes. On dirait un océan de raisins.

Jean ne voyait qu'elle. Elle le remarqua, gênée.

— Tu ne regardes pas au bon endroit.

— Oh si. Je regarde exactement là où mes yeux doivent se poser.

Il prit Hannah par la taille, la rapprocha de lui avec douceur. Les yeux dans les yeux, ils se fixèrent un long moment. Jean n'osa pas poser ses lèvres sur les siennes, mais Hannah, elle, ne se gêna pas. Elle colla sa bouche à celle de Jean et, avec passion, l'embrassa.

20
PARCE QU'IL FAUT PRENDRE LES CHOSES EN MAIN

La douceur du premier baiser échangé avec Hannah avait un goût de fraise. Rue de la Cité, elle avait dégusté une glace à l'italienne, partageant ses lèvres rougies par le maquillage au rose sucré de la crème glacée. Ce baiser avait le goût du bonheur. C'était donc ça l'amour, pensa-t-il. Enfin. Il avait trouvé son âme sœur, son corps tout entier le lui signifiait. Il avait de la chance, il le savait et ferait tout pour ne jamais la décevoir. Il voulait qu'elle l'aime toute sa vie, voilà toute son ambition. Ce fut l'étreinte la plus longue de son existence, le temps s'était arrêté. Des frissons parcouraient son corps, l'odeur du parfum d'Hannah enivrait son souvenir. Elle était là, dans la pièce. Jean se redressa subitement du lit de la clinique en criant :

— Hannah !

Il était dans les huit heures du matin. Jean réalisa que ce n'était qu'un rêve. Un souvenir qui s'était invité dans son sommeil. L'espace d'un instant, il s'était retrouvé plus de quarante ans en arrière. Les plus belles années de sa vie puisqu'Hannah était encore là, avec lui. Mais si elle était réapparue ce matin, ce n'était pas pour lui redonner de la légèreté, mais bien pour lui rappeler que leur fille avait été enlevée et qu'il lui fallait la retrouver. Vite.

Hannah avait toujours mis en garde Jean que ses activités illégales finiraient par être un danger pour la famille. C'est d'ailleurs pour cela que, bien qu'elle fût éprise d'un amour inconditionnel pour Jean, elle refusait de lui offrir la joie de devenir père. Il était bien obligé d'accepter, qu'une fois de plus, sa femme avait raison. Leur petite dernière était en danger et pour une fois il était complètement impuissant. Il tendit son bras afin de récupérer son portable qui chargeait sur la table de nuit à roulettes de sa chambre d'hôpital. Il retira le câble et constata qu'il n'avait pas reçu de messages concernant Chloé. Il s'empressa de joindre Angel qui répondit immédiatement.

— Si ?

— Des nouvelles ?

— Si patron. Comment ça va ?

— Comme un vieillard qui vient d'avoir un malaise vagal.

— Bon, je suis sur une piste, mais je ne sais pas où ça va nous mener.

— Développe.

— Il semblerait que Chloé nous ait caché une relation. Elle fréquente un certain Issa depuis plusieurs mois.

— Et ?

— Et pour l'instant tout me ramène à lui.

— Tu l'as rencontré ?

— Non.

— Qu'est-ce que tu attends !?

— Ce n'est pas si simple. Il habite dans la cité du Mirail. Je ne peux pas partir à sa recherche, interroger les habitants comme ça. Au mieux personne ne me répond, au pire je me fais casser la gueule. Mais une chose est certaine, je n'obtiendrai aucune information pour le moment.

Jean se tut un instant. Il savait que la loi du silence régnait dans ce genre de banlieue. Il lui fallait trouver quelqu'un qui soit intégré à la cité, un enfant de l'intérieur et de préférence à la tête de l'organigramme. Malheureusement, il avait décroché depuis trop longtemps pour avoir un contact direct. Mais il savait que les *dealers* profitaient des réseaux de distribution corse. Cela ne se savait pas, mais les trafiquants de drogue étaient en cheville avec les anciens de l'Île de Beauté. Les nouveaux géraient tout le *business* en accord avec le milieu corse. Même si ces derniers n'avaient plus la main sur la drogue, contre pourcentage, ils laissaient les jeunes accroître leur entreprise sur leur territoire. Il fallait donc trouver la bonne personne qui pourrait l'orienter.

— OK. Je vois bien le problème. Je te rappelle d'ici une heure.

Jean Salmon raccrocha. Débrancha le capteur qui lui pinçait l'index, prit sa canne, se leva et partit en boitillant en direction de la douche. Deuxième jour que sa fille était on ne sait où, dans les mains d'on ne sait qui, il était hors de question de rester alité ne serait-ce que quelques minutes de plus. Son existence penchait davantage vers la fin, celle de Chloé ne faisait que débuter. Il était prêt à sacrifier sa santé. La chair de sa chair était bien plus vitale que sa propre respiration. Sous le jet du pommeau usé, il ferma les yeux pour mieux profiter de l'eau chaude qui inondait son visage et décontractait sa vieille peau ridée. En passant le savon liquide sur son corps usé, il maudissait le temps. Cela faisait une éternité qu'il n'était plus l'homme musclé, tonique et physique qui lui rendait bien des services lorsqu'il en avait besoin. Dans la voie qu'il avait suivie, ces capacités physiques lui étaient souvent utiles. Bousculer un réfractaire, menacer un ennemi, frapper un convoyeur, convaincre un mauvais payeur… Il était clair que son corps était jadis sa meilleure arme de dissuasion. Dorénavant, seul le reflet de ce corps vieillissant effrayait son miroir. Obligé de louer les services de celui d'un autre pour ce genre d'activité, Angel était cela. Son outil physique. Heureusement que son cerveau était encore alerte. Lui n'a jamais vieilli, tel un ordinateur qui n'a cessé d'évoluer, de s'améliorer, de faire des mises à jour. Là se trouvait son génie et sans nul doute sa vivacité d'esprit. Mais lorsque sa main passa sur la longue cicatrice qui traversait sa jambe gauche pour s'achever sur sa hanche, la douleur l'extirpa de sa nostalgie. *Pas le temps de s'apitoyer, dépêche-toi*, pensa-t-il.

Un taxi le déposa devant le local de l'Amicale Corse. Difficilement, il s'exfiltra de l'habitacle à l'aide de sa canne noire. Ses pieds avaient du mal à se soulever pour avancer jusqu'à la vieille porte en bois patinée. Il entra sans même frapper. Jean était comme ça. Chez lui, partout. Une femme d'une quarantaine d'années s'approcha de lui avec un sourire qui sentait le soleil.

— *Bonghjournu, benvinuti.*

— Je cherche Mattei, il est là ?

— Ah non. Vu l'heure, Jean-Marc doit être dans son épicerie, désolée.

— Je parle de Maï.

— Maï ?

— Pierre-Marie.

— Son père ?

— Peut-être. Ça fait longtemps que l'on ne s'est pas vus.

Jean fit une grimace. Une pointe au cœur le lançait régulièrement, comme la trotteuse d'un gousset qui s'amuserait à traverser ses vaisseaux sanguins en écorchant à chaque passage ses veines.

— Vous voulez vous asseoir ?

— Vous savez où je peux le trouver ?

— Je suis sincèrement désolée de vous apprendre ça mais… Le papa de Jean-Marc nous a quittés il y a trois ans. *Riposa in pace…*

La femme se signa, les yeux humides comme si Maï venait de mourir dans la matinée. Jean avait toujours été impressionné par la faculté des Corses à tout dramatiser avec une sincérité déconcertante. Jean était à deux doigts de lui proposer son mouchoir quand arriva une sorte de gorille mal réveillé. L'homme au regard noir écarta d'un geste lent la femme pour se retrouver face à Jean. La femme tourna les talons et disparut tel un spectre dans le couloir de l'entrée. Par réflexe, Jean bomba le torse comme pour montrer sa puissance. Puissance qu'il n'avait évidemment plus et n'impressionna nullement le gaillard aux épaules d'un combattant de MMA qui s'approcha au plus près de lui. D'un geste rapide, l'homme lança ses deux bras sur les côtés pour enlacer Jean.

— Jeannot !

Surpris par l'étreinte virile mais assurément amicale, machinalement, Jean tapota dans le dos du bonhomme en guise d'une cordialité partagée. Il chercha dans sa mémoire vive qui pouvait être cet homme qui ne lui disait strictement rien. L'homme affichant un large sourire recula d'un pas tout en lui maintenant fermement chaque épaule.

— Et là vous vous demandez « Mais qui est ce gros balourd qui me fait un câlin »... Allez je vous donne un indice. Mon prénom, c'est Lucca.

Jean restait dans le vague. Rien ne lui venait. Finalement, peut-être que même son cerveau avait vieilli.

— Lucca ! Le fils de Paolo !

— Paolo !? Paolo Mariani ? Tu es le fils de ce filou de Paolo ?!

— Regardez sur mon crâne, j'ai la même calvitie, dit-il en riant. Venez Jeannot, suivez-moi.

Lucca emmena Jean dans la pièce adjacente et le fit asseoir à une vieille table en chêne.

— Lésia, apporte nous deux Myrte s'il te plaît.

— Pas pour moi. J'ai le palpitant qui joue des siennes depuis quelques jours.

— Comme ça me fait plaisir de vous voir. Ça fait si longtemps. Je crois que la dernière fois, c'était pour mes vingt ans.

— Oui, ça date. Je me rappelle bien cette soirée dans la villa de ton père. Il y avait quoi ? Cent personnes ?

— Plus de deux cents ! Et si je me rappelle aussi bien de vous, c'est votre lettre qui accompagnait votre enveloppe. Tout le monde m'avait glissé un joli billet, mais vous avez été le seul à avoir pris le temps en plus de m'écrire quelques pages me donnant des conseils pour entrer dans la vie. Cette lettre, je l'ai toujours. Et quand je doute du chemin à suivre, je la relis. Vous voyez, je ne pouvais pas vous oublier.

— Et moi, avec mon âge je ne me rappelle absolument pas cette lettre. Mais tant mieux si cela t'a un peu aidé dans ta vie.

Lésia posa sur la table deux verres polis par le calcaire et une bouteille de Myrte artisanale. Lucca servit les deux verres. Lésia disparut à nouveau, sans un mot, aussi discrète qu'un secrétaire d'État. Il glissa le second verre en direction de Jean. Lucca cogna son verre contre celui de Jean pour trinquer et le porta à sa bouche.

— Tu vas peut-être pouvoir me rendre un grand service, Lucca. On peut se parler ouvertement ?

Le visage de Lucca se ferma sur lui-même. Dès sa plus jeune enfance, il avait compris que lorsqu'une discussion prenait une autre direction, il fallait tout de suite quitter la légèreté du moment pour se mettre à l'écoute. Dans leur monde, il y avait des phrases clés et lorsque quelqu'un demandait à parler ouvertement, cela en faisait partie. Lucca hocha la tête en guise d'assentiment.

— J'ai besoin d'être mis contact avec des gars du Mirail. Des sérieux. Je suis complètement à la ramasse depuis que j'ai quitté le *business* et je m'étais dit que Maï avait quelques liens là-bas. Mais là, pour le coup je suis désemparé. Je ne te cache pas que c'est une question de vie ou de mort, que le temps m'est compté et que je n'ai pas d'autres options.

— Je vois... Jean. Comme vous devez vous en douter, il y a bien longtemps que nous ne sommes plus dans le *business* et pour dire vrai, personnellement je n'en ai jamais fait partie. Je fais dans l'import de charcuterie, bien loin des activités du pater, de Maï et des amis. Il y a bien longtemps que les Arabes ont trusté tout le trafic. Je sais que mon père travaillait au début avec eux pour le réseau de distribution, mais très vite, ils nous ont mangés. C'est qu'ils apprennent vite et qu'ils sont sans foi ni loi. Cela nous a coûté quelques vies. Les anciens ont préféré abandonner. Ils ont gardé les filles et le jeu et nous… et nous, on a préféré la tranquillité.

Jean se leva. Une nouvelle fois, il se retrouvait dans une impasse et le temps ne jouait pas en sa faveur. Lucca se leva à son tour.

— Je vais quand même essayer de voir ce que je peux trouver, on ne sait jamais.

— Oui… On ne sait jamais. Merci petit.

De son veston il sortit une de ses cartes de visite qu'il tendit au Corse.

— J'espère vous rappeler très vite.

Jean lui tapota l'épaule paternellement, lui tourna le dos et prit la direction de la sortie. Il pensait à Chloé. L'imaginer seule entre les mains de son ravisseur. Même s'il la savait courageuse et battante, elle devait être pétrifiée de se retrouver attachée, violentée dans cette cave sombre et glaciale. Il aimerait tant pouvoir être à sa place, prendre sa peur, sa souffrance. La colère lui tordait le cœur. Il ne s'était jamais autant senti père, la douleur lui déchirait la chair. Il ne lui restait plus qu'une seule solution…

21

Parce qu'on ne sait jamais à qui on a affaire

Dans la vaste chambre luxueuse du *Grand Hôtel de l'Opéra* de Toulouse, l'employée de Jean, Maribel, regardait attentivement Malek en train de recompter pour une deuxième fois les liasses de billets qu'elle lui avait ramenées d'Andorre. Si elle évitait le dialogue et ne posait pas de questions, elle attendait avec impatience ce qui lui était dû. Le sac en cuir brillant était éventré et dégueulait d'indécence pour une femme comme elle qui avait un salaire mensuel aussi ridicule que le sourire narquois de Malek. Il lui semblait être un pervers en train de saliver devant une vidéo Youporn. Maribel ne se sentait pas à l'aise dans ce décorum de luxe où ses baskets patinées par l'usure juraient sur la moquette rouge cramoisie neuve. Malek agita sa main à plat sur la parure du lit.

— Viens t'asseoir là.

Maribel se tétanisa. Elle avait de mauvaises impressions sur cet homme. Au premier regard en Andorre, elle avait vu en lui un je-ne-sais-quoi de malsain. Il avait beau être gracieux et charismatique, il lui faisait peur.

— Viens là, je te dis. Ne sois pas effrayée. Assieds-toi.

Dans les mains de Malek, quatre billets de cinq cents euros s'agitaient dans les airs comme un éventail. Les premiers pas de Maribel en direction du *king size* étaient timides, mais elle ne voyait à présent que l'argent qui payerait son loyer pour les deux prochains mois. Au moment où elle allait s'emparer des billets, d'un geste sec, Malek les porta vers son torse. Instinctivement, elle recula de quelques petits pas. Malek eut un sourire moqueur et tendit de nouveau son bras. Rapidement elle récupéra les quatre petits billets à la vitesse d'un éclair.

— J'ai encore un peu de temps devant moi. Si tu en as le désir tu pourrais en gagner encore plus... Beaucoup plus.

Il plongea sa main dans l'ouverture béante du sac afin de prendre quelques billets pour les exhiber sous son visage. C'était au tour de Maribel de saliver. Elle saurait quoi faire d'un peu plus d'argent. Ce n'était pas la première fois qu'un homme lui proposait une belle somme d'argent, mais c'était la première fois qu'on lui en proposait pour obtenir les plaisirs de son corps. Vu les moyens dont il disposait, il pouvait se payer n'importe quelle *Escort girl* pensa-t-elle. Elle se trouvait quelconque, presque fade. Certes, elle avait trente ans de moins que lui, c'était peut-être ce qui l'excitait. Il la fixait du regard pour obtenir une réponse. Elle ne le regardait plus, elle ne voyait que la forme rectangulaire des billets sous ses doigts. Maribel ôta son vieux pull et se retrouva en soutien-gorge devant le vieil homme. Machinalement, sans aucun érotisme, elle le dégrafa laissant apparaître une jolie poitrine galbée, la seule chose qu'elle aimait chez elle. L'armature en fer du sous-vêtement s'était gravée comme un tatouage naturel sur sa peau. Au moment où elle commença à déboutonner le bouton-pression de son pantalon, Malek éclata de rire ce qui la stoppat net dans son élan. Ça y est, il avait repéré qu'elle était moche. Humiliée, elle se pencha pour ramasser son pull et à l'instant où elle se redressa il lui colla une gifle si puissante qu'elle résonna d'un bruit sourd dans toute la pièce. Surprise, Maribel hurla de peur en se tenant la joue.

— Mais pourquoi ? Qu'est-ce que j'ai fait ?

— Chut... Chut...

Il s'approcha d'elle tendrement, la prenant par la nuque et lui mit une nouvelle gifle sur la joue opposée. Maribel se prosterna au sol, les bras autour de sa tête pour se protéger. Sans dire un mot, Malek jeta au sol un billet. Elle le regarda un petit instant, puis se décida à le prendre. Les yeux noircis par son mascara qui s'était dilué dans ses pleurs, elle se redressa et se mit face au sadique. Il regarda ses seins avec envie. De sa main gauche, il saisit son téton droit et commença à le pincer.

De son autre main il glissa un autre billet dans la poche de son pantalon élimé. Dans le couloir de l'hôtel on entendit un cri perçant de douleur.

22
Parce qu'il faut agir et vite

Angel et Jean étaient attablés devant le risotto du jour de la *brasserie de l'Opéra* attenante au *Grand Hôtel*. En attendant Malek, Angel faisait un récapitulatif à son patron. Pour lui, la clé était indéniablement entre les mains de ce fameux Issa, mais ce qui l'intriguait le plus à présent, c'est de n'avoir aucune nouvelle des ravisseurs. Une journée était passée, et aucune demande de rançon n'avait été réclamée, ce qui était pour le moins étonnant. Jean se gardait bien de dévoiler ce sentiment troublant, mais sans nouvelles de vie de sa fille Chloé, son inquiétude était pesante. Dans ce genre de cas, ils le savaient tous, ce sont les premières heures les plus cruciales. Passé un certain délai, les chances de retrouver la victime en vie s'amenuisaient. Sur les quarante mille personnes qui disparaissaient chaque année en France, dix mille ne réapparaissaient jamais. Il n'était pas envisageable pour Jean que ce soit le cas concernant Chloé. Il ferait tout ce qui était en son pouvoir pour l'étreindre au moins une fois.

— La décision est prise. Si ce soir je n'ai toujours pas d'infos, je vais moi-même trouver ce bonhomme, balança Jean Salmon.

— C'est pas une bonne idée patron. Trop risqué, rétorqua Angel.

— Ils ne vont tout de même pas casser la gueule à un vieux comme moi. Et puis ma vie ne vaut rien comparée à celle de ma fille.

— Ils n'ont pas de morale. Ils frappent les pompiers, les flics... Ils n'auront pas pitié de vous.

— Je te fais pitié ?

— C'est pas ce que je veux dire, vous m'avez compris...

— Je ne vais pas y aller pour leur faire pitié, j'y vais pour m'imposer. Je veux que tu me passes un calibre.

— Pas besoin. Je vous accompagne.

— Je préfère y aller seul. Ils auront l'impression que je ne suis pas une menace pour eux, alors que je serai leur pire cauchemar. Bon, qu'est-ce qu'il fout ?!

— Je l'appelle.

Sur son smartphone, Angel chercha le contact de Malek, mais à l'instant où il appuyait sur l'icône verte, ce dernier arriva et prit place face à Jean :

— Alors ? demanda-t-il.

— Ça traîne. Angel a trouvé une piste. Elle nous mène en banlieue. Ce soir, j'irai en repérage.

— En ce qui me concerne, j'ai bien récupéré l'argent. Il est bien au chaud dans le coffre de l'hôtel.

À disposition. Dès que l'on reçoit la demande, nous pourrons réagir rapidement. Est-ce que tu désires que je t'accompagne ?

— Je préfère m'y rendre seul. Ça semblera… moins… moins provocateur.

Malek jeta un coup d'œil à l'assiette encore garnie et fumante de son ami Jean.

— Tu ne finis pas ?

23
Parce qu'il faut aller vite et agir

Sur le toit de l'HLM de la cité se tenait une réunion de crise. Issa, le gérant, s'était rapproché de l'organigramme des mafieux américains qui eux-mêmes avaient imité ceux de la *Cosa Nostra*. Dans cette structure, il était le *capofamiglia* et Rachid était son *sottocapo*. Il n'avait malheureusement pas trouvé un seul homme intelligent et assez sage pour être son *consigliere*. Pour les bons conseils, il devait donc compter sur lui. Quelques proches soldats se trouvaient avec eux dont deux sur la terrasse du bâtiment. La rage dominait la discussion, Rachid n'aspirait qu'à la vengeance.

— Je dis qu'il faut les défoncer. Faut leur montrer c'est qui les *boss*.

— Mesurons les risques…

— Qu'est-ce que tu veux mesurer? Tu te prends pour une couturière?! T'as perdu tes burnes?!

Calmement, Issa prit les mains de Rachid entre les siennes pour l'apaiser.

— Tu connais les *Tchétchs*. Faut comprendre pourquoi ils ont fait ça. Et surtout s'assurer que ce sont bien eux qui ont fait le coup, parce que là, je vois pas. On n'a pas le droit à l'erreur, sinon on risque de tous y laisser notre peau.

Rachid rejeta les mains d'Issa de colère.

— Attends. Je comprends pas bien. Tu veux qu'on branle rien ?! On les laisse nous *shooter* comme ça genre on est dans *Fortnite* et on réplique pas ?

— Pas exactement...

— File-moi leur adresse et je leur envoie des fleurs aussi ! Sur le Coran de La Mecque, va te faire enculer Issa !

Les autres garçons étaient indéniablement du côté de Rachid. Ils avaient perdu des petits frères. Mais ce qu'ils avaient surtout perdu, c'était leur honneur. L'honneur de la cité. Alors oui, il fallait que le sang coule. Dans ces moments-là, on ne réfléchit pas : on agit. Issa les regarda tous un par un. À son tour, la colère s'affichait dans ses yeux.

— Super les gars ! On va y aller comme des bourrins, on sort les Kalachs et on rafale comme des porcs, c'est ça que vous voulez !?

— *Wesh* putain. On va les trouer ces bâtards !!! s'exclama un des soldats.

— Vous voulez qu'on les crame ?! motiva Issa.

Les hommes galvanisés se tapaient dans les mains, poussaient des cris de guerriers. Une meute de loups affamée prête à déchiqueter la moindre proie et à n'en laisser que des lambeaux de chairs et des flaques de sang sur leur passage. Issa leva les bras en vainqueur.

— Vous voulez qu'on leur nique leurs mères ?

— Ouais !!!

— Et puis, ils répliqueront. Et on ne sera pas prêts. On se fera baiser et on va tous crever comme des *ienchs*, c'est ça que vous voulez ?!... C'est ça que tu veux Rachid ? Que ta daronne te retrouve en train de pisser le sang sur le trottoir à côté de Kev, d'Abdel, de Mo ? C'est ça que vous voulez tous ?! C'est ça ? Et on finit comme Tony et Farid ? Réfléchissez... Réfléchissez bien !

Il n'y avait plus de bruit sur la terrasse, seul le vent chaud sifflait contre les parois en tôle de la chaudière. Rachid baissa la tête, il savait qu'Issa avait raison. Une fois de plus. Il n'était pas le *boss* pour rien.

— Scuse Issa. Tu as rai...

— Police !!!!!

Brusquement, une douzaine d'hommes de la BRI se déploya comme des pions sur un échiquier sur le toit, braquant toute la bande qui, surprise, leva instinctivement les bras au-dessus de leur tête. Les flics se jetèrent un à un sur les cinq jeunes hommes ébahis pour leur passer les menottes.

— Vas-y, tu me fais mal avec tes pinces, doucement je suis pas ta meuf ! cria Rachid.

— J'ai rien fait, calme ta joie fils de pute, j'ai rien fait ! râla Kev.

Étrangement, la bande restait plutôt calme et docile face aux flics. Deux des leurs venaient de croquer le bitume, ils savaient que pendant quelque temps il faudrait rester discrets et ils attendaient leur visite. Plus vite régnera le calme dans la cité, plus vite la police leur foutrait la paix, plus vite le *business* pourrait reprendre. Faire profil bas n'était pas dans leurs gênes, mais ces jeunes avaient une facilité d'adaptation incroyable. Un à un, ils étaient extraits de leur *roof top*. Et ils savaient tous ce qui allait se passer. Ils seraient isolés les uns des autres puis ils seraient interrogés de longues heures. Mais tout comme les enquêteurs, ils savaient très bien que personne ne balancerait personne. Une perte de temps qui permettait de faire croire aux journalistes et aux contribuables que la police progresse dans les investigations. Du bon ou du mauvais côté de la loi, personne n'était dupe.

Un gars à la carrure impressionnante se réserva le cas Issa, en tant que gérant c'était le dernier à être embarqué. Ils n'étaient plus que tous les deux sur le toit. Le flic souleva sa cagoule jusqu'à l'arête de son nez. Issa ne bougeait pas et l'observa. Une cigarette se porta sur la bouche de l'homme de l'antigang. Les deux hommes se jaugeaient du regard. Le flic rangea son flingue et alluma tranquillement sa cigarette, puis il s'assit sur des parpaings empilés près de la bordure du bâtiment. Il imagina que ces briques étaient destinées à être balancées du haut du toit aux collègues courageux qui patrouillaient de temps en temps dans ce labyrinthe de la mort.

— C'est bien toi Issa ?

Issa acquiesça d'un mouvement de tête.

— On a un joli dossier sur toi. Un beau classeur bleu d'une belle épaisseur… Tu commences à avoir un paquet d'adversaires. La drogue ça attire les ennemis.

Je connais pas mal de gens qui aimeraient se retrouver face à face, comme moi là.

— Je ne vois pas de quoi vous parlez, vous devez me confondre.

— Oui c'est ça. Je dois confondre. C'est vrai qu'on est cons dans la police.

— Je vous laisse juge de vos propos.

Le flic se leva d'un bond, on sentait son agacement dans le regard.

— Allez, trou du cul. Tes mains derrière le dos. On va aller se promener tous les deux.

Issa s'exécuta et le flic lui passa les menottes qu'il serra violemment. Il palpa les poches d'Issa et ne trouva rien, ni de dangereux, ni de compromettant. Mais ça, il s'y attendait. Il mit un grand coup de poing dans son épaule pour le faire avancer vers la porte qui menait aux escaliers.

— Fais bien attention aux marches. Je n'aimerais pas que tu tombes et que l'on m'accuse de violence policière.

Dans le doute, Issa s'appuyait de son épaule contre la paroi en descendant le long de l'escalier miteux où des plaques de peinture se décrochaient du mur moisi. Issa était serein. La police n'avait rien sur lui. Dans quelques heures à peine, il serait sorti.

24

NE RIEN VOIR

La pièce semblait immense. Lorsqu'elle toussait ou gémissait, les sons émis par Chloé résonnaient énormément. Son corps était la proie du courant d'air qui gelait abominablement sa chair mise à nue. Des heures qu'elle était attachée les bras en l'air et elle ne ressentait plus à présent de douleur sur ses muscles ankylosés. Elle ne sentait que sa culotte humide. Des heures qu'elle était là sans que personne ne lui parle. Elle s'était sentie ridicule de n'avoir pas pu retenir son envie de se soulager. Elle avait dû faire fi de sa dignité, la douleur de sa vessie prête à éclater n'était plus supportable alors elle avait lâché prise. Dans un premier temps, le liquide lui avait réchauffé les cuisses, mais très vite le froid s'était emparé de ses jambes. Vu la chaleur extérieure de ces derniers jours, elle devait se trouver dans un sous-sol. Chloé n'avait aucune idée du temps qui s'était écoulé depuis son enlèvement. Une heure ? Une journée ? Elle avait beau essayer de se refaire le film, rien ne lui revenait. Angel l'avait raccompagnée. Elle avait échangé des messages sur WhatsApp. Après sa douche, elle s'était mise au lit, avait branché la télé. Bu à même sa bouteille de Contrex. Puis... Puis plus rien. Le flou absolu. Elle s'était réveillée dans le noir le plus total, un bandeau sur les yeux qui ne laissait rien transparaître, un bâillon sur la bouche qui l'empêchait de s'exprimer. On l'avait déshabillée, seuls ses sous-vêtements cachaient le plus intime de son anatomie, lui conservant ainsi un brin de pudeur. Son œil droit lui faisait atrocement mal, comme si elle avait reçu un coup au visage. Elle se souvenait avoir été aveuglée par des lampes et avait entendu plusieurs clics provenant de l'appareil photo de son téléphone. Elle avait eu beau vociférer sous son bâillon, personne ne lui avait répondu et elle avait fini par sombrer. Elle était sûre d'une chose : on l'avait droguée. Sans cesse, elle se demandait pourquoi elle, qu'est-ce qu'elle avait bien pu faire pour que quelqu'un lui en veuille à ce point. Mais pour le moment, la chose la plus importante était qu'elle soit en vie.

25

Parce qu'il faut toujours avoir un peu de chance

Angel se tenait devant la porte de la chambre d'hôtel de Malek, attendant impatiemment son patron. Il consultait nerveusement son smartphone et appuyait sur n'importe quelle application afin de tuer le temps et songer à autre chose que ce qui se passait en ce moment. Celle de la météo venait de s'ouvrir. Le temps était toujours beau et il en serait ainsi toute la semaine. C'est ce qu'il aimait dans cette région. Même s'il n'était pas aussi chaud que dans sa ville natale, ici, le soleil brillait souvent et offrait aux paysages une luminosité sans pareille. La porte s'ouvrit enfin. Jean tendit le sac d'argent à Angel pour qu'il le porte. Le sac était lourd. Jean affichait un large sourire. Angel n'avait pas l'habitude de voir son patron se réjouir pour de l'argent même s'il y en avait pour autant.

— La chance nous sourit.

Jean tendit une feuille de bloc-notes où était inscrite une adresse.

— On va là. Un cadeau nous attend.

Il se retourna vers Malek.

— Je te remercie frérot.

— Tu sais que tu peux compter sur moi. Je vais rester quelques jours, si tu as besoin de services... disons... moins conventionnels, n'hésite pas à me joindre, répliqua chaleureusement Malek.

— Dès que cette affaire est réglée, je te rends tout ça.

— J'y compte bien !

Le regard de Malek se porta affectueusement sur celui de Jean où il y perçut une lueur d'espoir.

26

PARCE QU'IL FAUT PARFOIS PASSER À LA VITESSE SUPÉRIEURE

Une odeur omniprésente de viande froide et de sang séché remplissait la pièce blanche. Pieds et poings liés, Issa commençait à paniquer. Cela faisait maintenant près d'une heure qu'il était assis là, face à un homme bourru qui restait muet à chacune de ses questions. Un vieil homme boitillant pénétra dans la pièce et le fixa avec une dureté qu'il n'avait pas eu l'occasion de ressentir depuis longtemps. Il était suivi par un autre plus jeune. Issa ignorait lequel des deux était le plus menaçant. Lorsque le flic l'avait laissé dans l'arrière-salle de cette boucherie plutôt que de l'emmener au comico, il avait bien compris qu'il allait passer un sale quart d'heure. Le vieillard serra la main du Corse aux épaules larges :

— Je te remercie Lucca. Angel va te donner ce qu'il faut pour remercier ton ami.

Angel donna une enveloppe bien épaisse au petit Corse. Il le savait bien, les flics, ça peut rendre de bons services mais tout à un prix. Lucca sortit du laboratoire en prenant soin de refermer la lourde porte derrière lui. L'air était devenu encore plus glacial. Jean s'appuya contre l'étal en inox face à Issa. Les deux hommes se jaugeaient. Le jeune homme ne voulait pas montrer la moindre inquiétude, adressant au vieillard un sourire confiant. Jean lui rendit la pareille. Violemment, la tête d'Issa fut propulsée vers l'arrière. Un petit cri de stupeur s'échappa. Angel tenait la tête d'Issa vers lui, les doigts bien enfoncés de son front jusqu'à son crâne. Tellement enfoncés que lorsqu'Angel retira sa main, la pression de ses phalanges laissa un instant de petites traces blanches dans la profondeur de la peau du petit malfrat.

— Putain, mais vous êtes qui ? Vous voulez quoi ?

D'une légère tape humiliante sur la tempe d'Issa, Angel le fit taire. Issa gigotait dans tous les sens, essayant de se libérer des liens qui l'empêchaient de se défendre.

— Détache-moi toi, tu vas voir qui c'est qui va prendre le dessus. *Attay*, va.

Sans un mot, l'homme de main de Jean frappa l'arête nasale de leur prisonnier avec le plat de sa main. Une coulée de sang se fraya un passage le long du philtrum pour s'étendre sur les lèvres d'Issa. Les dents maculées de rouge, il maugréa :

— T'es content de toi, là ? T'as fait ton bonhomme ?

— Pourquoi ? demanda Jean.

— Pourquoi, quoi ?

Angel jeta la pointe de sa Santiag dans le genou d'Issa, celle-ci se logea juste dans l'articulation du *dealer* qui émit un cri étouffé. Jean passa machinalement sa main dans ses cheveux pour les mettre en arrière :

— Pourquoi ?

— Mais pourquoi quoi bordel !? Je capte pas un mot de ce que vous dites. Vous êtes qui ?!!! Vous me parlez de quoi ?!!!

Jean fit un signe de la tête à Angel qui lança son pied sur l'autre genou d'Issa qui se pencha en avant comme si cela pouvait atténuer sa douleur. Angel le redressa en lui mettant une petite tape sous le menton qui fit denturesemelle en cuir épais de sa Santiag contre l'entrejambe de son prisonnier qui éclata de rire :

— Vous allez me faire la totale quoi.

Lentement, Angel pressa son pied sur ses testicules.

— Mec, retire vite ta putain de botte de merde de mes couilles sinon je vais devoir te tuer.

Issa hurla de douleur lorsqu'Angel mit tout son poids en avant pour lui écraser les parties. Jean prit la parole :

— Avant-hier, ma fille a été enlevée. Hier, je reçois une photo d'elle ligotée. Aujourd'hui, je n'entends parler que de toi.

— Et alors ? En quoi ça me concerne ?

— J'ai pas fait de longues études mais j'ai le sens du rapprochement.

— Vous vous trompez de gars. Je ne fais pas dans les enlèvements.

— Mais tu fais dans le pognon, et ça, j'en ai. Tu t'es peut-être dit que j'allais te verser l'oseille pour récupérer mon bien le plus précieux ?

Issa esquissa un sourire. Aussi idiot que cela puisse paraître, il était soulagé. Il savait qu'il n'avait rien à faire avec cette histoire et que le vieux finirait par le comprendre et le relâcherait. Ce sourire narquois agaça Jean qui propulsa puissamment le bout de sa canne sur le visage du jeune homme, ce qui le mit instantanément en colère.

— Putain, je vous dis que j'y suis pour rien !

— Tu vois, effectivement tu as toute mon attention. Toute mon attention… c'est ce que tu voulais, non ? Tu l'as, mon attention.

Le visage d'Issa se durcit, en réfléchissant des plis d'expression se dessinaient sur son front.

— Toute mon attention… « J'ai ton attention ? »

— Voilà. Maintenant, parle. Je t'écoute attentivement.

— Il y a un truc chelou…

— Pardon ?

— Un truc… bizarre. Prenez mon portable… Prenez mon portable !

Angel regarda Jean qui lui donna son approbation. Angel fouilla le blouson du ligoté et en sortit un smartphone.

— 313 131 pour déverrouiller…

Pendant que l'homme de main de Jean s'affairait sur le téléphone, Salmon ne quittait pas du regard celui qu'il considérait comme une petite racaille insignifiante.

— Regarde dans mes SMS. À la date d'hier, tu vas en voir un avec numéro inconnu. Regarde la photo et le message…

Alors qu'il naviguait entre les textos, les yeux d'Angel s'exorbitèrent. Il s'empressa de montrer la photo à son patron. Monsieur Salmon regarda le cliché sans montrer le moindre sentiment. Au fond de lui, il était touché de plein fouet, voir ces deux gamins, qui lui paraissaient avoir dix ans, nager dans l'hémoglobine le paralysait d'effroi. Mais quand on joue le malfrat, on ne laisse rien apparaître. Et puis, c'était Chloé qui comptait, pas ces deux gamins qu'il ne connaissait ni d'Ève ni d'Adam. Il cligna à peine des yeux et fut totalement surpris lorsqu'il tomba sur ces trois mots : J'ai ton attention ?

Machinalement, il rapprocha l'écran de ses yeux comme s'il avait besoin de vérifier ce qu'il avait bien lu et qu'il venait de relire à nouveau. Il tendit le téléphone à Angel sans rien dire et sortit le sien à la recherche du terrifiant message. Quand il le trouva, il montra la photo à Issa.

— Je crois qu'on a le même ennemi, proféra Jean.

En voyant la photo, Issa n'en revenait pas, le prénom de son amour sortit de sa bouche spontanément.

— Chloé !

Interloqué, Jean dévisagea Angel. Au vu de la réaction d'Issa, il n'était visiblement pas au fait de l'enlèvement de Chloé.

27

Parce que l'amour ne rend pas original

1978. Venise.

Le vaporetto emmenait les deux cœurs épris sur le Grand Canal vers la place Saint-Marc. Le soleil donnait des nuances sépia à la cité lacustre. Jean pointa son doigt en direction du lion ailé qui dominait du haut de sa colonne comme pour accueillir les touristes. Hannah irradiait de bonheur, elle avait toujours rêvé de découvrir Venise. Surtout depuis sa lecture du roman de Cecil Saint-Laurent : *Trois amants à Venise* qu'elle avait dévoré en quelques jours. Une histoire sulfureuse entre George Sand et Alfred de Musset, un livre presque libertin où les héros se perdaient dans un triangle amoureux avec l'intrus italien Pagello. Contrairement à cette histoire, Hannah avait un seul amant. Le sien, son gars à elle, son Jean. Un jour, il avait remarqué le livre qui dépassait de la poche de sa blouse et il s'était empressé d'organiser ce voyage alors que cela ne faisait même pas un mois qu'ils se fréquentaient. Hannah aimait le côté imprévisible et surprenant de Jean, aucun homme ne l'avait enlevée ainsi pour l'emmener en voyage. Indéniablement, il était l'homme de sa vie, elle était sa princesse. Depuis deux jours, ils logeaient au *Gritti Palace*, un palais nobiliaire historique où le luxe était outrageusement indécent. Jean dépensait sans compter, il voulait l'impressionner et l'argent du braquage le lui permettait. Mais qu'importe, après tout c'était l'argent du gang des Vénitiens, il rendait à la ville ce qui l'avait rendu riche. Jean voulait lui prouver à quel point il en était fou amoureux, qu'il était prêt à tout pour elle.

Près des gondoles amarrées au ponton, les Roméo et Juliette français se mélangeaient aux touristes pour faire le tour de la célèbre place rectangulaire. De l'extérieur, le palais des Doges semblait immense, égaré dans son double style architectural. Jean n'y était pas sensible, de toute façon, Jean était incapable de faire la différence entre le gothique et le genre Renaissance. L'école, il ne l'avait pas beaucoup fréquentée, pas d'histoire d'amour entre ces deux-là. Elle lui avait appris à lire, à compter, à réfléchir, cela était à ses yeux bien suffisant. Ils s'installèrent au *Caffè Florian* pour y savourer un chocolat chaud sous la musique d'un orchestre de chambre désuet. Jean préféra la terrasse aux dorures intérieures trop clinquantes à son goût. La journée était belle.

— Je suis heureuse.

— Moi aussi.

Hannah éclata de rires.

— Toi aussi tu es heureuse ?

— Oui… enfin pas heureuse, heureux. Si tu es heureuse, je suis heureux… Je ne me suis jamais senti aussi bien… Apaisé.

— Pourquoi ? Tu étais en colère ?

— Non… Je suis un peu nerveux parfois… Mais pas avec toi.

— Hmmm. Je suis un peu ton anxiolytique.

— Ton ?

— Calmant.

— Voilà c'est ça. Ma drogue douce.

Hannah baissa timidement les yeux et apprécia ce nom *ma drogue douce*. Jean trempa ses lèvres dans l'onctuosité de la mousse chocolatée en prenant bien soin que le cacao laisse une moustache au-dessus de ses lèvres pour amuser sa douce.

— Je me régale.

En levant les yeux et découvrant cette moustache ridicule elle échappa un petit rire charmé.

— Tu es bête.

— Tu ne m'as pas répondu.

— Pardon, tu m'as posé une question ?

— Oui. Le premier jour où l'on s'est rencontrés.

— Il ne faudrait pas que tu me le demandes une nouvelle fois, je serais capable de te dire oui.

Jean poussa un soupir. Se leva de table, s'essuya la moustache avec la serviette de tissu blanc. Il posa un genou à terre, fouilla dans sa poche et en sortit un écrin en velours bleu. La boîte renfermait une bague or et diamant. Hannah, gênée comme tout, regarda à droite et à gauche pour s'assurer que personne ne les observait. Un des musiciens, le violoniste, témoin de la scène, fit taire son groupe et entama une mélodie qui laissait planer des notes de suspense. Par réflexe idiot, elle se prit les joues entre les deux mains avec un sourire aussi grand que sa bouche le lui permettait. Elle hocha d'abord la tête en guise d'assentiment, puis finit par libérer un « Oui » suivi d'une dizaine d'autres.

— Je suis folle, mais oui, oui !

Avec délicatesse, il prit sa main et fit glisser la bague scintillante le long du doigt longiligne d'Hannah. Les musiciens entamèrent alors la marche nuptiale de Wagner sous les applaudissements de toute la terrasse. Comme dans un de ces films romantiques, il lui donna un long baiser. Jean baignait dans le bonheur. C'était la première fois de sa vie qu'il était certain de faire le bon choix. Hannah le pensait également, bien qu'elle ne sache pas à qui elle venait de donner son consentement. Derrière le masque invisible de l'homme attentionné et amoureux se cachait un terrible voyou. Venise cachait bien ses mystères.

28
PARCE QU'IL FAUT BIEN SE RENFLOUER

1978. SAINT-FÉLIX-LAURAGAIS.

La bergerie était devenue leur repère. Leur sanctuaire. Seule la bande connaissait l'existence de ce lieu et, par un serment d'honneur, personne n'avait le droit de parler à quiconque de la petite maison. Même Hannah n'en connaissait pas l'existence. Il en allait de leur liberté à tous. Ils avaient décidé depuis longtemps que *Le temple*, comme ils l'appelaient, serait leur secret. Il servait d'hôtel, de lieu de réunion, de cache, de coffre-fort. *Le temple* avait tous les avantages de la discrétion comme celui d'être perdu au milieu de nulle part, pas de téléphone, difficile d'accès… *Le temple* ne figurait sur aucune carte Michelin. La bergerie n'était pas très grande, mais ils y avaient chacun leur propre chambre, un point d'eau pour y faire leur toilette, une petite cuisine à l'ancienne et un salon suffisamment grand pour y préparer les braquages. Ce soir-là, le salon était envahi des sacs siglés BNP. Dani sauta sur les sacs comme s'il plongeait sur un matelas pour milliardaire, Malek s'était assis plus confortablement sur le vieux crapaud en cuir marron craquelé par le temps et lisait son journal. Jean se frottait la tête avec un sourire niais devant la quantité impressionnante de sacs. Le braquage s'était passé sans encombre, à peine avaient-ils eu le temps de se montrer devant le fourgon blindé qu'en voyant les Vénitiens, les convoyeurs étaient sortis de leur véhicule en détalant comme des lapins sans demander leur reste. Les Vénitiens commençaient à être connus et, si cela était un handicap vis-à-vis de la police, c'était devenu un avantage dans leurs opérations. Dès qu'ils apparaissaient, ils inspiraient automatiquement la peur. La peur qu'ils suscitaient était dix fois plus efficace que n'importe quelle arme à feu. *Clopo* sortit de la petite cuisine les mains chargées :

— Messieurs ! Champagne et cigares !

— Je peux pas, je prends un bain !

— Fais gaffe de pas te noyer Dani, se moqua Jean.

— Pas de risque, il commence à avoir la bouée, renchérit *Clopo*.

— Ça, c'est à cause de l'oseille, plus t'en as, plus tu bouffes, philosopha Jean.

— Naaaan. C'est l'alcool qui fait grossir, et là, j'ai bien envie de prendre deux, trois kilos !

En même temps qu'il disait cette phrase, *Clopo* fit sauter le bouchon de champagne. Les quatre compères trinquèrent autour des sacs bancaires. C'était évident qu'ils n'avaient jamais vu autant d'argent de toute leur vie. Il y avait là de quoi tenir un bon moment. Ils restèrent silencieux un certain temps qui semblait être une éternité devant autant de grâce. Jusqu'à ce que Dani brisât la tranquillité.

— Les gars… Il va falloir compter.

Le lendemain matin, une montagne indécente de billets habillait le petit salon de campagne orné d'une petite rivière de pièces. Plus de dix-sept millions de francs toisaient la bande d'amis.

— On est bons pour la retraite, dit stoïquement Dani.

— Je suis pas très bon en math, ça fait combien chacun, demanda Paul.

— Plus de quatre millions par tête de pipe, cracha Dani.

— Je crois vraiment qu'on peut se retirer, les potos, s'enthousiasma Paul.

Malek passa devant Jean et se mit à côté de Daniel en posant amicalement sa main sur l'épaule. Il tenta un sourire mais se ravisa.

— Non Dani, nous n'allons pas nous retirer. Au contraire, nous allons prolonger nos… nos actions. Continuer. Accumuler.

— Quel intérêt ? On a de quoi vivre comme des princes, éructa *Clopo*.

— Comme des princes ? Vous manquez d'ambitions chers amis. Comme des princes alors que nous pourrions vivre comme des rois ? Mieux ! Comme des empereurs. L'argent est éphémère. Dans quoi ? Un an, deux ans vous viendrez pleurnicher sur mon épaule car vous aurez tout dépensé. Évidemment, en ce moment vous réfléchissez comme des pauvres, avec une mentalité de pauvre. Mais vous allez vite apprendre à vivre comme des riches. Mettez-vous dans le crâne que tout coûte plus cher quand on est riche. Au restaurant, ça ne sera plus cent francs l'addition, mais huit cents. Pourquoi ? Parce que vous n'irez plus dîner à la gargote du coin mais dans les plus grands établissements. Votre voiture ne sera plus française, mais italienne. Le plein vous coûtera trois fois plus cher. Votre maison ne sera pas un pavillon dans une banlieue, mais une demeure dans un magnifique domaine. Votre femme ne sera pas la coiffeuse du coin qui rêvera de vacances en Bretagne mais une bourgeoise qui voudra partir bronzer aux Seychelles. Alors, messieurs, non, nous ne nous retirerons pas. Nous allons accélérer la cadence. De l'ambition les amis !!!

Les arguments de Malek firent leur effet. Il voyait bien dans le regard de ses camarades qu'ils étaient tous en train de se projeter dans le futur et ce qu'ils y entrevoyaient ne les contenterait pas. C'est Jean qui, le premier, prit la parole.

— C'est cohérent… Tu as raison. Il faut persévérer tant qu'on a la main chaude. Mais il faut se donner un objectif, s'y tenir et tout arrêter à ce moment-là.

— On pourrait mettre de l'argent de côté, pensa Dani. Je veux dire, une caisse commune. On divise le butin en cinq. La cinquième part, on se la garde ici. Au cas où.

Malek lui tapota sur l'épaule une nouvelle fois.

— Excellente idée. Nous aurions ainsi un trésor de guerre que nous pourrions nous partager une fois que nous serions à la retraite.

— Cinquante millions. C'est notre objectif. Après on arrête, dit Jean.

— Cinquante millions, reprit Malek.

Les quatre hommes se regardèrent, satisfaits. Ils venaient de signer un pacte moral qui les engageait pour quelques années de délits. Jean savait que Malek avait raison, mais il savait aussi que plus ils faisaient des coups plus ils avaient le risque de se faire prendre. Être riche en prison ou dans un cimetière n'avait strictement aucun intérêt. Surtout aujourd'hui, il avait Hannah et c'était sa plus grande richesse. Jean prit une dernière fois la parole.

— Messieurs. Je voulais vous l'annoncer en premiers, que je vais me marier ! ... Avec Hannah.

Clopo se jeta dans ses bras.

— Bravo Jeannot ! C'était pour ça le voyage. Alors elle a dit oui ?!

— Elle a dit non *conno*, c'est pour ça qu'ils se marient imbécile ! rit Dani.

Tous partageaient le bonheur de leur frère de cœur. Tous s'adressaient des sourires de complicité. Tous voyaient pour la première fois de leur vie un avenir qui, enfin, leur appartiendrait. Tous (ré)unis ne faisaient qu'un.

29
Parce qu'il faut tenir ses engagements

Cela ne tombait pas au meilleur moment dans la vie de Maxime, mais il avait pris ce rendez-vous depuis des semaines. Ce garçon venait spécialement de Montpellier pour le rencontrer, il ne pouvait pas lui poser un lapin au dernier moment, cela ne se faisait pas même si dans ce genre de sites on se foutait bien de la bienséance et de la politesse. Oui, ils avaient d'abord fait connaissance via la messagerie de Facebook où Théo avait ouvertement tenté de séduire Maxime. Pour draguer, il n'y a pas que les sites de rencontres comme Grinder ou Meetic Gay, non, il suffit d'être un peu gonflé et d'aborder textuellement un garçon qui vous attire sur le plus grand réseau social au monde. Vous scrollez les profils de vos amis et de leurs amis et vous finissez par trouver quelqu'un qui vous plaît. À la différence des autres, Théo se voulait romantique, bienveillant et cela avait piqué la curiosité de Maxime. Habituellement ses mecs, en grande majorité, ne cherchaient que du sexe ou alors n'étaient attirés que par son train de vie. Aucun ne tombait réellement amoureux de lui alors que Maxime, lui, cherchait l'âme sœur. Alors forcément, lorsque ce jeune et beau garçon le complimenta sur la douceur de son regard sombre, sur la mélancolie des traits de son visage et la beauté de ses écrits, Maxime comprit qu'il était différent de ses autres conquêtes. Ils avaient échangé, d'abord sur Messenger, puis la confiance s'installant sur leurs téléphones respectifs. Il n'était pas rare qu'ils discutent pendant des heures de leurs passés, de leurs vies, de leurs blessures. Théo aussi avait grandi sans l'un de ses parents. Ce n'était pas sa mère qui était partie, mais son père. Décédé sans à peine le connaître dans un accident de voiture. Ils s'étaient tous deux largement confiés et il fallait qu'ils se rendent à l'évidence. Ils avaient de multiples points communs. Les deux garçons semblaient souffrir tous les deux d'un manque d'affection. Une affection qu'ils pourraient peut-être se procurer l'un à l'autre. Maxime n'allait pas tarder à le savoir. Il arriva dix minutes en avance dans le café où ils s'étaient donné rendez-vous. À cette heure de la journée, la terrasse du *Quinquina* à l'angle de la rue Baronie et de la rue Peyras était presque vide, ils y seraient tranquilles. Ce bar *gay friendly* ne prenait sa dimension qu'à partir de l'heure de l'apéritif. Maxime pensait arriver le premier mais Théo était déjà là, encore plus beau que sur les photos, en train de siroter une grenadine à l'aide d'une paille en carton. Maxime eut la sensation d'être face à l'homme de sa vie, enfin un coup de foudre.

— Bonjour beau gosse, lança Maxime.

Par réflexe, Théo se leva, sembla hésiter puis prit la parole.

— On s'embrasse ?

Maxime sourit.

— Comme ça, direct ?

Théo eut un moment de malaise et se reprit.

— Je veux dire… on se fait la bise ?

Souriant, Maxime s'approcha de lui, posa une main sur la hanche de Théo, l'attira vers lui et l'embrassa voluptueusement sur la bouche.

30
Parce que l'union fait la force

Jean était assis sur le canapé vieillot de l'appartement d'Issa. La télévision était allumée sur une chaîne musicale qui diffusait un clip d'Orelsan en combinaison grise paramilitaire, se faisant bousculer par des gens indifférents. Deux petites racailles étaient assises sur des chaises en plastique dos au téléviseur en fixant Jean d'un regard noir. Sur une des chaises bancales, Rachid caressait la crosse de son flingue qui dépassait du bas de son survêtement, toisant le vieil homme qui ne le lâchait pas du regard. Ce n'était pas le premier petit con qui tentait de l'impressionner, si la situation n'était pas aussi grave il aurait pu s'en amuser. Angel, quant à lui, restait adossé à la fenêtre, mâchouillant nerveusement son vieux chewing-gum dur comme le plastique du bouchon d'une bouteille d'eau. Issa revint de la salle de bains en boitant légèrement. Il avait retiré ses vêtements ensanglantés pour mettre une tenue impeccablement repassée. Sa pommette brillait à la lumière à cause de la vaseline qu'il avait appliquée sur sa blessure. Il s'assit aux côtés de Jean en pointant son index en direction d'Angel.

— T'as de la chance de ne pas m'avoir pété le nez.

Angel lui rendit comme réponse un simple sourire narquois. C'est Jean qui prit la parole :

— Désolé pour cette rencontre… virile. D'après les éléments que j'avais, tout portait à croire que tu étais responsable. De mon temps, on ne touchait pas à la famille, c'était sacré. Et comme je sais que vous autres vous n'avez plus de règles d'honneur, j'ai fait un raccourci.

— Nous autres ?

— Oui. Vous autres. Les jeunes.

— Tu veux dire les négros et les bougnoules, c'est ça ? dit Rachid touché au vif.

— J'ai pas dit ça, petit.

— Ch'uis pas petit, vieille merde !

— Calme-toi Rachid ! … Ramène-nous des canettes, ordonna Issa.

— Tu veux pas qu'je le suce aussi !?

— Ferme ta gueule !

Issa ne plaisantait pas, Rachid n'en rajouta pas davantage et partit dans la cuisine en râlant en arabe, enfin, les deux trois mots qu'il connaissait :

— Excusez-le. On en a bavé, entre les petits et les flics. On est tous un peu sous tension.

— Ça fait deux jours qu'elle a disparu. Si je comprends bien, à toi, on t'a dessoudé deux soldats. Tu as reçu le même message que moi. La vraie question à laquelle on doit répondre est : qui est derrière tout ça ? Quelle est cette putain d'ordure qu'on a en commun et qui nous en veut à ce point ? Personnellement, je brasse dans l'incompréhension la plus totale.

Un silence s'installa pendant un cours instant. Issa voulut dire quelque chose mais il resta coi. Il brisa le silence, le premier.

— Adama, va filer un coup de main à Rachid.

Il se leva sans réfléchir. Adama savait quand il pouvait la ramener ou quand il fallait l'ouvrir. L'injonction d'Issa était claire, il voulait se retrouver seul à seul avec le vieux.

— Accompagne le Angel, et ferme la porte derrière toi.

Angel marqua un temps de stupéfaction, cela l'ennuyait de laisser seul son patron en tête à tête avec le lascar, mais il suivit docilement Adama qui marchait comme s'il était désarticulé. Angel, droit dans ses bottes, trouvait cela ridicule. Il avait remarqué comment les Français se prenaient pour des *Gangstas* américains. Allant jusqu'à retrousser le bas de leurs survêtements jusqu'au genou pour être en parfaite imitation avec les *Crews* de quartier. Évidemment sans savoir que, si aux États-Unis ils faisaient cela, c'était en mémoire de leurs frères esclaves qui devaient supporter des chaînes à la cheville. Un hommage là-bas, une mode ici.

Les deux hommes se retrouvaient seuls dans le petit salon. Issa se leva l'air embarrassé.

— J'ai bien une petite idée… J'ai anticipé une commande de Kalachnikovs, mais ça a été la catastrophe. Je devais recevoir du matos du Maroc qui une fois revendu me permettait de me mettre à jour financièrement. Malheureusement, quelques hommes à moi se sont fait taper par la volante en plein *go fast*. En plus de mes gars, j'ai perdu la came et surtout mon investissement.

— Tu veux que je m'apitoie ?

— Le problème, c'est que je comptais sur cette livraison pour payer. Ils m'ont livré les armes mais je n'en avais payé que soixante-dix pour cent.

— On paye à crédit maintenant dans la filouterie ?

— Je rallongeais de vingt mille en bonus et ils me livraient le gros des bastos une fois payé.

— Mieux que Cetelem.

— Je devais tout régler la semaine dernière…

— Et ?

— J'ai pas les fonds.

— … Si je suis ta logique… la descente hier à domicile, c'était des représailles… De mon temps, avant les représailles, on recevait un avertissement.

— Ce sont des Tchétchènes, on n'a pas le même code d'honneur, le même fonctionnement, vous voyez…

— Heureux d'apprendre que vous en avez un, parce que ça transpire pas comme ça. Tes Ruskofs, ils t'ont même pas appelé ?

— Rien. J'ai appelé leur chef, Naourbek… sans succès. Je crois qu'il a foutu en l'air son prépayé. Impossible de le joindre. Plus de contact.

— Étrange. Quand un gonze me devait une ardoise, je restais joignable, la moindre des politesses.

— C'est ce que je me suis dit, et là j'ai commencé à me refaire le film. Il savait que je devais faire venir du shit, il savait que je comptais dessus pour le raquer. Comme par hasard, c'est sur cette livraison que je me fais toper. En connaissance de cause, il me fait crédit. Vous avez raison, c'est pas dans nos habitudes.

— Ça aurait dû t'alerter

— J'ai pas calculé… J'ai commencé à ruminer quand j'ai tenté de l'appeler pour trouver un *deal* et qu'il était *off*. Hier, deux de mes choufs sont butés, comme ça. Je reçois le texto et là tout devient clair.

— C'est ton gars qui a tout manigancé. Il t'a balancé à la volaille, te met la pression. Il veut beaucoup plus que les trente pour cent que tu lui dois.

— Mais qu'est-ce que vous venez faire dans cette embrouille, pourquoi Chloé ?

— Pourquoi Chloé…

Jean prit appui sur sa canne pour se relever du canapé et se rendre vers la fenêtre. Il trouva que la vue était affreuse. Des barres de bétons sans personnalité, il songea même qu'en y mettant sa touche perso, ces blocs de bétons auraient eu plus de gueule. Là, tout était immonde. Vieux. Crade. Abandonné. Pas étonnant que ces gamins soient révoltés. Ce lieu transpire la colère. Jean revint à la réalité.

— Depuis quand tu… tu fréquentes ma fille ?

— Fréquenter, c'est-à-dire connus ou qu'on…

Il se mit à hausser la voix, Jean n'aimait pas parler des petits amis de sa fille.

— Fréquenter ! Tu vois très bien !

— Cela fait cinq mois que… que l'on est ensemble.

— Comment tu l'as connue ?

— Dans un restaurant, nous avons des amis communs.

Jean secoua la tête de dédain. Il ne comprenait pas que sa fille lui taise cette relation, il se demandait si Chloé la lui avait cachée parce qu'Issa était noir ou bien parce qu'il s'agissait d'une petite racaille. Il avait toujours espéré mieux pour sa progéniture. Qu'il soit noir n'était pas un problème pour lui, il se foutait des origines, en revanche, qu'il fasse partie de la race des racailles, ça, ça lui faisait mal. Comment sa fille avait pu tomber amoureuse d'un type comme… comme son père finalement ? Jean se rendit compte qu'il fut un temps où il se comportait comme Issa. Un malfrat. Certainement en pire, parce que la liste des saloperies que Jean avait commises était longue.

— Ça va ? demanda Issa.

— Je me faisais juste la réflexion que je suis surpris que ma fille sorte avec un *dealer*.

— … Elle ne le sait pas… Elle croit que je suis prof de français.

Un rire s'échappa de la bouche de Jean.

— Prof de français… Et elle te croit ?

— Faut croire. J'aime lire, me cultiver. Ce n'est pas parce que je trafique que je dois être stupide.

— C'est pas pour la déco les bouquins sur le mur alors ? … Voilà ce qu'il se passe… Tes Tchéchènes, ils se sont renseignés sur ta pomme. Ils t'ont vu avec Chloé, ils se sont rencardés sur elle et là… Et là, ils se rendent compte que Papa Chloé a de l'artiche. Beaucoup de blé. Alors, il faut lui faire cracher.

— Comment ça?... Je veux dire... vous êtes vraiment blindé ?

— Laisse-moi finir, Molière... Les Ruskofs, ils barjottent un petit peu et ils se disent qu'ils vont faire cracher les deux pigeons par le biais de Chloé. D'une pierre deux coups. Ils peuvent pas la tuer sinon ils perdent la poule aux œufs d'or, en revanche, buter deux gamins à l'amoureux transi, ça n'aura pas de répercussion pour avoir l'oseille. Et surtout, ça montre le sérieux des bonshommes.

— Tout ça pour la thune ?

— C'est toujours pour l'argent. Mais le petit grain de sable dans le rouage, c'est qu'ils ne savent pas à qui ils ont affaire... Voilà, ce qu'on va faire, faut renouer contact avec eux ? Nous allons les payer. On s'en occupera après.

— Oui, mais je vous l'ai dit, ils ne répondent plus.

— Ils vont rappeler...

En boitillant, Jean se dirigea vers la porte qu'il ouvrit et appela Angel qui rappliqua aussitôt suivi de Rachid et Adama.

— Issa, donne-lui tous les renseignements que tu possèdes. Angel, je veux que tu me trouves une petite raclure du nom de... de ?

Jean se retourne vers Issa.

— Naourbek... D'après mes infos il logerait avec sa bande dans le quartier Beausoleil, à Montauban.

— Je veux que tu me le filoches, exigea Jean. Tu me le loges discrètement.

— Rachid, dis à Fathia de se ramener.

Rachid, sourire en coin, s'éloigna en saisissant son portable. Issa renchérit :

— Fathia va accompagner Angel.

— Je travaille seul.

— Ne le prends pas mal. Si Chloé est dans cette merde c'est à cause de moi. Je veux participer à l'effort de guerre. Fathia ne sera pas un boulet mais plutôt un atout. Championne de MMA, elle sait se battre, elle conduit comme personne et surtout… qui se méfierait d'une meuf ? De toute façon, je suis impliqué et je ne peux pas être sur le banc des remplaçants, assura Issa.

Jean donna son approbation malgré la réticence d'Angel. Issa serra la main de Jean.

— Votre fille, je l'aime. Je n'ai jamais voulu qu'une chose pareille arrive. On va la retrouver et cela n'arrivera plus jamais.

— Oui, cela n'arrivera plus jamais.

Jean le fixa dans les yeux et desserra ses doigts pour lui lâcher la main. Issa fit un signe vers Adama.

— Adama, tu raccompagnes monsieur Salmon jusque chez lui.

Issa lui jeta les clés de sa voiture. Jean suivit Adama et se retourna vers Issa :

— Une dernière chose…

— Oui ?

— Quand Chloé sera libérée, je veux que tu la quittes et que tu ne la revoies plus jamais.

— Mais, on s'aime.

— Ce n'était pas une question, répliqua Jean d'un ton cinglant.

Angel jouissait de cette dernière réflexion. Issa hors-jeu, il aurait la possibilité de faire sa déclaration à Chloé. C'est une des choses que lui aurait apprise la situation : il ne pouvait plus se permettre d'attendre pour tout lui avouer. Le temps était précieux et l'avenir toujours incertain, le kidnapping le lui rappelait.

31
Parce qu'on a tous besoin de tendresse

Allongés dans la parure de draps en lin bleu de Maxime, Théo savourait une cigarette d'après effort, sa tête collée au torse musclé de son nouvel amant. Maxime, quant à lui, affichait un sourire radieux. Ils étaient rares les moments dans sa vie où il pouvait considérer qu'il était heureux. Et ce moment-là était l'un des plus merveilleux de son existence. L'alchimie avait opéré. Non seulement ils s'entendaient intellectuellement et moralement, mais au lit… au lit ce fut explosif. C'était doux, empli d'affection, de tendresse, harmonieux. Il lui semblait que Théo écoutait son corps et, bien que ce soit la première fois qu'ils se touchaient, il savait exactement ce qui enivrait toutes les cellules de Maxime. Tout s'était fait naturellement. Leur premier baiser lui rappela sa première fois, son amour d'adolescence, il lui sembla même avoir rougi lors de cet échange comme lors de ce premier émoi juvénile. Lui, habituellement si impudique, se sentit presque prude devant tant de délicatesse et d'attention. Quand Théo prit son sexe en bouche ce fut un véritable feu d'artifice qui parcourut tout son être. La suite ne fut que jouissance intense. Vingt minutes s'étaient écoulées depuis qu'ils avaient joui et aucun des deux n'avait brisé le silence de ce moment magique. L'instant était comme suspendu, il n'était pas utile de se parler, leurs regards complices mâtinés d'extase se suffisaient.

32

PARCE QU'IL FAUT BIEN FAIRE LA ROUTE ENSEMBLE

Ses *Nike TN* blanches posées contre la boîte à gants, genoux au niveau de sa poitrine, Fathia mâchait vulgairement son chewing-gum dans la voiture d'Angel sensiblement agacé par le manque de respect de cette jeune fille qu'il venait à peine de rencontrer. Mains sur le volant, il jetait des regards furtifs pour détailler sa « partenaire ». Elle portait un pantalon running noir, un sweat-shirt à fermeture éclair *Fubu* blanc deux fois trop grand pour elle qui dévoilait un t-shirt floqué d'une inscription : « Team Chocolatine » que Fathia arborait fièrement. Elle serait presque mignonne si elle n'était pas fagotée comme une sportive du dimanche, pensa-t-il. Il est vrai qu'elle avait un joli visage aux traits fins, une peau ambrée qui n'avait pas besoin de maquillage superflu, des yeux en amande et une bouche en cœur.

Sa chevelure ondulée lui rappelait celle des filles de son pays. Un coup de nostalgie le prit à la gorge, il se rappelait de *su mama*, de *su hermana*. Toutes les deux mortes alors qu'il n'avait pas huit ans. Son pays était éternellement en guerre, seuls les morts sont paisibles. Fathia brisa le silence.

— Tu viens d'où l'Espinguoin ?

— Pardon ?

— Tu viens d'où ? Madrid ? Barcelone ?

— Ah… Tijuana. Je suis Mexicain.

— Classe. Mexicain… Oh ça, comment ça claque frérot ! Qu'est-ce tu fous dans ce bled ?

— Tu peux enlever tes chaussures de là, s'il te plaît ?

Fathia n'écouta absolument pas la demande pourtant courtoise d'Angel.

— Comment tu t'es retrouvé ici ?

— La vie…

— « La vie » ? T'as pas envie de répondre *wesh*. Franchement je s'rais Mexicaine, je s'rais restée là-bas. C'est trop pourri ici. Trop de *cistra*.

— *Cistra* ?

— Ouais *cistra*… Raciste quoi.

— Je trouve pas.

— Tu dis ça parce que t'es blanc… Ouais, enfin je veux dire, t'es pas trop blanc, mais t'as pas une gueule d'Arabe, ça passe.

— Dans mon pays, y'a pas de travail. Alors ici c'est beaucoup mieux.

— Ouais j'ai vu sur CNews, genre vous passez la frontière pour taffer aux États-Unis.

— C’est ça.

— En fait vous êtes un peu les Arabes des Américains.

— Fathia ?

— Ouais ?

— Tu parles toujours autant ?

— Ça va ma gueule, je cause histoire de faire connaissance. On va passer pas mal de temps ensemble, alors autant qu’on pactise, c’est plus *cool* non ?

Angel restait silencieux et concentré sur la route.

— Je peux mettre de la musique ?

Il lança un de ces CD narcocorridos. Dans les enceintes on entendait le morceau *El Diablo* chanté par Los Tucanos De Tijuana. Les yeux de Fathia s’écarquillèrent.

— Sérieux, c’est quoi cette daube ?

— Musique de chez moi.

— Sérieux, vous aussi vous écoutez des morceaux de nases avec de l’accordéon ? Trop longtemps que t’es ici, frère. Je vais te mettre du vrai son, moi.

De son mini-sac imitation Vuitton, elle sortit un iPhone nouvelle génération. Elle bidouilla dans ses applications pour lancer le Bluetooth.

— Valide ma demande de connexion.

Angel s’exécuta en trafiquant le tableau de bord numérique. Une voix monotone féminine déclara : « Vous êtes maintenant connectés. » Les baffles haute définition sur les portières crachèrent une sorte de rap français insipide aux voix métalliques. Il détestait ça. D’abord il ne comprenait qu’un mot sur trois, il parlait français certes, mais pour lui les rappeurs parlaient une troisième langue. Et puis le rap, ce n'était pas son truc, il ne comprenait pas l'engouement de la jeunesse pour cette musique. Il avait besoin de comprendre les paroles d'une chanson, c'est pour ça qu'il aimait tant ses groupes mexicains. La signification des chansons, l'ambiance musicale, il aimait lorsque l'accordéon accompagnait les mots. À la réflexion, il se dit qu'il n'aimait pas plus le Reggaeton. Ce n'était donc pas une histoire de paroles, juste une histoire de goûts. Fathia, elle en revanche, couvrait de sa voix celle du rappeur en agitant ses bras comme si elle était sur une scène au Stade de France.

— Vas-y l'Espinguoin ! Kiffe, c'est du Jul !!!

Elle lâcha un large sourire en sa direction avec un regard illuminé. Son seul réflexe pour participer fut de marteler le volant avec ses doigts en essayant de suivre le rythme. Il était à son maximum.

33
Parce qu'il faut bien se dire oui

1979. Lavaur.

Près d'un an après sa demande en Italie, Jean venait de prendre pour épouse légitime Hannah dans la cathédrale Saint-Alain. Près du marbre blanc de l'autel, elle avait lancé un « Oui » si dynamique et enjoué que cela avait provoqué une hilarité générale parmi les invités. Ils se retrouvaient tous deux en direction du château La Guiraude dans la Rolls Royce Phantom de 1962 que Malek avait louée pour les jeunes mariés. Ce mois de juin était un peu frais et Hannah vint se blottir dans les bras de son mari pour se réchauffer. Elle était heureuse et il était heureux de la rendre heureuse. Aussi bête que cela.

Jean n'invita pas sa famille au mariage. Il considérait à présent que sa seule famille était ses amis, en l'occurrence Daniel, Paul dit *Clopo* et Malek. Les liens du cœur plus forts que les liens du sang. C'était une famille recomposée qui lui donnait entière satisfaction.

Il y a longtemps que Jean ne s'embarrassait plus des archétypes imposés par la société. Au fond de lui, Jean avait toujours été un anarchiste, les conventions, il s'asseyait dessus. Ce mariage, c'était surtout pour Hannah. Elle avait ainsi pu inviter toute sa famille, tous ses amis et surtout… ses amies infirmières. Au vin d'honneur, Dani eut un coup de foudre instantané envers une jolie Vietnamienne arrivée de Saïgon quelques années auparavant. Son vrai prénom était Bang Tâm, mais depuis qu'elle avait fui l'invasion des communistes du nord, elle avait opté pour Delphine comme prénom pour s'assimiler. Aucun Français de toute façon n'était capable de retenir son prénom de naissance. Delphine parlait un français impeccable avec une pointe d'accent charmant qui fit immédiatement succomber Dani. Il ne la lâcha pas de la soirée. Paul resta près du buffet et passa toute la journée à boire du champagne et à fumer ses clopes. La drague, ce n'était pas sa came. Les relations amoureuses, ce n'était pas trop sa came non plus. Comme une majorité des hommes, il avait besoin d'assouvir des besoins naturels mais n'avait pas envie de s'investir avec une « gonzesse » comme il disait. Pour « l'hygiène », il préférait voir les professionnelles, toujours disponibles, moins regardantes. En y réfléchissant bien, il trouvait que cela était plus rapide et plus économique. Pas besoin de leur faire la cour, pas besoin de les inviter au restaurant, au cinéma, en balade : direct au but. Du cash, de l'efficace. Il se faisait plaisir à raison d'une fois par semaine et cette fréquence lui allait parfaitement. Celui qui était toujours taiseux sur ses relations, c'était Malek.

Personne ne l'avait jamais vu avoir une quelconque histoire d'amour. Quand le sujet était abordé par la bande, c'était le seul à ne jamais s'épancher. La bande ne savait rien sur son passé, rien sur son présent. À croire que la seule vie de Malek se cantonnait à ce qu'il vivait avec ses trois amis. Inutile de le questionner, en réponse, ils le savaient bien, ils n'auraient qu'un petit sourire en coin. Parfois, il égrenait quelques informations sur des pans de sa vie, mais c'était toujours par mégarde ou bien qu'il fût dans une forme d'obligation de l'avouer. C'était l'unique membre de la bande à disparaître régulièrement. Entre deux coups, il n'était pas rare qu'ils ne le voient plus durant quelques semaines. Ce qu'il faisait ? Nul ne le savait. Il n'aimait pas les questions, alors, ils ne lui en posaient pas. Après tout, ils étaient tous différents et c'était ce qui les soudait.

La soirée se passait merveilleusement bien. Après le repas, Jean prit la main d'Hannah pour l'emmener sur la piste de danse au milieu des tables où les convives avaient une vue imprenable sur les jeunes mariés. Alors que tous s'attendaient à la traditionnelle valse de Strauss, le disquaire ou plutôt le *Disc Jockey* comme l'on dit depuis le début des années 70 à Londres, mit le 45 tours de Laurent Voulzy : *J'ai le cœur grenadine*. Ce jeune compositeur s'était fait connaître deux ans auparavant avec le single *Rockollection*, et Hannah était mordue de ce jeune crooner. Cela arrangeait bien Jean qui n'était pas un féru de danse, un slow, c'était parfait. Collé à son amour, il la dévorait de tout son amour.

— Pourquoi tu me fixes comme ça ? C'est gênant,

tout le monde nous regarde, dit-elle en souriant.

— Je veux graver dans ma mémoire le plus beau jour de ma vie. Je ne veux jamais oublier cet instant magique. J'ai tellement de chance de t'avoir trouvée. Je suis heureux ma chérie, pour la première fois de ma vie, je suis heureux. Tu seras mon unique amour.

Elle le fixa avec passion, tout en se pinçant les lèvres. Elle ne savait pas quoi lui répondre qui sortirait de la banalité. Alors, elle se pencha vers sa bouche pour l'embrasser avec toute la passion qu'il allumait en elle. Des sifflements et des applaudissements se firent entendre dans l'assistance. À peine embarrassé, Jean se retourna vers eux en les saluant de la main. Un couple se joignit à eux, puis un autre et encore un autre… Dani tenta d'inviter Delphine sur la piste, mais elle refusa, sans doute gênée que l'on puisse la voir se trémousser. Ce n'était pas dans ses habitudes d'être en démonstration, les Asiatiques n'aiment pas la démonstration. Il préféra rester à ses côtés et lui servit une nouvelle coupe de champagne se disant que cela l'aiderait à se désinhiber. Dani avait vite compris qu'avec Delphine il faudrait user de persévérance. Ses origines vietnamiennes faisaient d'elle une personne discrète à l'attitude effacée. Ce n'était pas son fort, mais comme il ne la voyait pas comme une banale histoire d'un soir, il pensa qu'elle valait la peine de prendre son mal en patience. Il ne la lâcherait pas de sitôt.

Bien que quelques invités s'étaient éclipsés, aux alentours de trois heures du matin, l'ambiance était encore animée. Jean rejoignit Malek qui n'avait pas bougé de son siège depuis le début du repas. Il sirotait paisiblement un énième Perrier. Lorsque Jean s'assit, il lui adressa un sourire amical.

— Tu t'ennuies ?

— Tu as remarqué ta belle-mère ? Elle n'a pas cessé de me fixer. Je crains que ma présence lui soit inconfortable.

— Pas fait attention, non. Tu penses qu'elle est… Enfin qu'elle est…

— Raciste ? Indéniablement.

— Heureusement que le père d'Hannah n'est plus de ce monde, il a fait l'Algérie. Il t'aurait certainement pris pour un fellaga, tu n'aurais pas fini la soirée vivant, dit Jean avec humour.

Malek tourna juste la tête vers son ami, sans répondre. Mystérieux, comme toujours :

— Et toi Jean ? Tu t'amuses bien ?

— C'est une bonne soirée, non ? On a bien mangé, les coupes se remplissent à profusion… Bon, toi, je sais que c'est pas ton truc, mais les gens sont heureux. Pas autant que moi, personne ne le peut aujourd'hui. Je suis marié, tu te rends compte ! Je suis marié.

— Cannes.

— Pardon ?

— Cannes. C'est le lieu de notre prochaine opération le mois prochain. Un de mes contacts m'a averti d'un gros convoi de lingots d'or. Il y en aura pour vingt millions… minimum.

— C'est mon mariage là, Malek.

— Quoi ? Tu n'apprécies pas mon cadeau ?

— J'apprécierais que tu savoures l'instant présent.

— Je suis repu.

Se levant, Malek s'essuya une dernière fois la bouche plus comme un réflexe que par nécessité. Il embrassa le jeune marié :

— Cannes. Je te laisse prévenir les autres. Rendez-vous vendredi prochain au temple.

Il s'éloigna pour se rendre vers la sortie. Jean cria après lui pour que sa voix couvre la musique.

— Et ma lune de miel ?!

Malek fit comme s'il n'entendait pas. C'est à ce moment précis que Jean comprit qu'ils n'arrêteraient jamais tant qu'ils n'auraient pas atteint leur objectif. Il était trois heures dix-sept, la fête se terminait là pour Jean.

34
Parce qu'il faut savoir se trouver une bonne planque

Fathia et Angel arrivaient à Montauban. La première chose à faire était de se débarrasser de la voiture. Un SUV noir était loin d'être discret, ils ne pouvaient pas se permettre le luxe de se faire remarquer. Déjà qu'il était loin d'être évident de passer inaperçu dans une cité où tout le monde se connaissait, ils allaient devoir marcher sur des œufs. Longeant la rue Alphonse-Jourdain, la voiture glissa jusqu'au parking des Berges. Avant de claquer la portière, Fathia mit sur son dos son sac de sport Adidas et cracha son chewing-gum sur le bitume. Angel ne put s'empêcher de marquer un sentiment de dépit sur son visage devant ce geste.

— Quoi ?! T'es écolo ou quoi ? Tu vas me faire un sketch pour un chewing-gum ?

— D'après le GPS, si on y va à pied, on en a pour vingt-cinq minutes.

— T’es sérieux, là ? On peut pas se prendre un Uber ?

— Non. On ne peut pas.

— T’es relou, putain.

Il sourit, passa devant elle et suivant son Google Maps il se dirigea vers le sud-est.

— T’as qu’à tracer sans m’attendre, ma gueule.

Atterrée, Fathia le regardait partir sans un regard. Elle se pencha pour ramasser son chewing-gum qu’elle jeta dans la poubelle située à quelques pas d’elle. Pressant le pas, elle reluquait intentionnellement le postérieur du Mexicain.

— La vérité, t’as un joli petit cul l’Espinguoin.

Après avoir parcouru moins de deux kilomètres, Fathia toujours en retrait d’Angel se retrouva près de l’entrée de la cité où logeait la bande de Tchétchènes. Angel semblait désemparé.

— Qu’est-ce t’as ? Problème de transit ? dit Fathia en se moquant de lui.

— Je n’aime pas trop la situation. OK, on est là, et maintenant on fait comment pour les surveiller ? On ne va pas planter une tente en plein milieu. Je préfère quand j’ai le temps de préparer une opération. C’est n’importe quoi.

— T’inquiète, je gère la fougère. Attends.

Fathia se mit à courir en direction d’un vieux monsieur qui traînait un caddy trois roues. Alors qu’il s’apprêtait à rentrer dans le bâtiment de droite, elle l’interpella :

— *Salam*… Attendez, je vais vous aider. C'est bien trop lourd pour vous.

— C'est bien gentil ma petite.

— Vous êtes à quel étage ?

— Septième et l'ascenseur est en panne…

— Ça va me faire les squats. Je vais être la reine du twerk. Allez viens papi.

— *Choukrane*.

Fathia fit un signe de la main vers Angel lui demandant de ne pas bouger. Puis, le vieil homme et la jeune femme disparurent du champ de vision d'Angel s'engouffrant dans le sas de l'immeuble. Angel qui n'avait rien entendu de leur discussion restait intrigué. Qu'allait-elle faire avec le bonhomme ?

Adossé au mur gris de la barre, Angel apposa le talon droit de sa vieille botte contre le béton. Il avait la silhouette de l'un de ces *cow-boys* qui, dans les vieux films, scrutaient la rue principale. Il ne dégaina pas son « six coups », mais bien son smartphone pour envoyer un message à Monsieur Salmon : « Sur les lieux. » C'était la fin d'après-midi et la fourmilière commençait à s'activer. Un gamin passait et repassait devant lui, au guidon de son vélo cross, en le toisant du regard. Angel ne lui donnait pas neuf ans et pourtant ce gamin se comportait déjà comme s'il était le shérif du comté. Au dernier passage, le même fit un dérapage contrôlé aux pieds de l'homme en noir.

— T'es qui ? T'es un keuf ?

— Non. Dégage.

— J'te connais pas.

— Moi non plus, je te connais pas. Qu'est-ce que tu me veux ?

— Il faut que je sache qui tu es, c'est mon taf.

— Tu ferais mieux d'aller à l'école. Allez, bouge !

— C'est toi qui vas bouger *wesh*.

D'un coup d'un seul, une main souleva le môme par la capuche qui fût automatiquement expulsé de sa monture. Le vélo s'écrasa au sol. C'était Fathia.

— Vas-y lâche-moi pétasse !

— Ferme ta gueule petit Pokemon. Qu'est-ce tu nous veux ?

— Savoir qui vous êtes bordel, c'est chez moi ici.

Fathia reposa le gamin au sol.

— Je suis la petite fille de monsieur Larbi du septième. Il est malade et je viens l'aider quelques jours. Ça te va comme réponse ?

— J't'ai jamais vu ici.

— J'habite Paris, je reste pas longtemps.

— Et l'autre là, déguisé en *Kylo Ren*, c'est qui ?

— C'est mon gars sûr.

Le petit cycliste regarda Angel avec mépris en ramassant son BMX.

— Franchement tu mérites mieux comme keum.

Juste avant de repartir, il regarda Fathia avec un regard enjôleur.

— C'est vrai… t'es bonne madame.

— Dégage petit con !

Le petit mit un grand coup de pédale et partit à toute berzingue. Fathia avait un large sourire, un compliment était toujours bon à prendre.

— Je ne savais pas que tu avais un grand-père ici…

— T'es con. Évidemment qu'j'en ai pas. Viens, on monte.

Angel la suivit sans rien comprendre.

Dans le petit deux-pièces du vieil homme, tout était impeccablement rangé. À l'entrée, un cadre en plastique doré, avec une inscription en arabe, accueillait les visiteurs. Au sol un tapis usé imitation persan de dominante brunâtre était entouré de chaussures. Par respect, Angel prit le temps de retirer ses bottes alors que Fathia, sans gêne, entrait dans l'exigu appartement sans enlever ses sneakers. La pièce principale était aménagée d'un salon marocain kitsch avec un canapé d'angle qui mangeait toute la surface. Allongé dessus, pieds et poings liés : le vieil homme.

— Qu'est-ce que tu as fait ?!

— Je me suis trouvé un Airbnb gratos avec vue sur notre *target*, de quoi tu te plains ?

— Et lui, le pauvre ?

— Quoi ? Tu fais partie de la SPA ?

— SPA ?

— Ouais, la Société protectrice des anciens !

Elle pouffa de rire, mais Angel ne comprenait rien à la vanne de Fathia. De manière générale, l'humour n'était pas son fort, mais l'humour français encore moins. Une chose est certaine, dans son pays on respecte les *anteriores*, les *viejos*. Voir ce pauvre homme sans forces ligoté lui faisait mal au cœur. Il se pencha vers lui, retira son bâillon et l'aida à se soulever.

— Venez avec moi.

— Je ne peux pas marcher comme ça.

Angel regarda les fils électriques arrachés de la lampe du salon qui lui maintenaient les pieds immobiles. Il le prit dans ses bras pour le porter jusque dans sa chambre. Il était léger comme une plume, le poids des années s'envolait avec l'âge. Angel allongea délicatement l'ancêtre sur son lit qui était parfaitement bordé. L'homme avait le regard apeuré, Angel tenta de le rassurer.

— Ne vous inquiétez pas. Nous n'allons rien vous faire. Nous avons juste besoin de rester là quelques jours... Une sorte de planque.

— Vous n'êtes pas de la police, ça se voit.

— Non. Nous ne sommes pas policiers. On doit... on doit régler une affaire ici.

— Je ne veux pas mourir.

— Je vous rassure, on ne compte pas vous faire mal. Restez calme, restez sage et tout se passera bien. Si vous avez besoin de quoi que ce soit, demandez-moi. Je vais vous mettre la télé dans la chambre, ça vous occupera.

— Je... Vous pourriez prendre la photo de ma femme qui est sur le meuble du salon et la poser sur l'oreiller s'il vous plaît ?

Angel acquiesça de la tête. Il partit dans le salon pour lui ramener le cadre. Fathia, elle, appliquait un film foncé antireflet sur la fenêtre, cela leur permettrait de voir sans que le nouveau duo improvisé qu'elle formait avec Angel ne soit vu. Si Angel avait un doute sur le professionnalisme de Fathia, elle venait de le lui ôter, il n'aurait jamais pensé à cette astuce et encore moins prévu le matériel pour l'effectuer. À ses yeux, entre la prise de l'appartement et le coup des fenêtres, elle venait de marquer des points. Le but maintenant était d'arriver à faire un état des lieux des forces en présence, d'isoler un soldat, de le faire parler, de localiser Chloé et de la libérer. À n'importe quel prix, et Angel se doutait bien que cela se ferait au prix du sang.

35
Parce qu'il faut organiser son armée

Jean s'était rendu dans ses locaux professionnels place Victor-Hugo dans le centre-ville de Toulouse où l'attendait Malek. Assis derrière son bureau, confortablement installé sur son large fauteuil en cuir, Jean l'écoutait attentivement et notait tous les noms que lui donnait son vieil ami.

— … Il y a aussi Fabrice. Il pourrait nous être utile.

— Fabrice ?

— Rappelle-toi, Fabrice… *Coburn* !

— *Coburn* ! Je l'avais oublié celui-là.

— Tu te rappelles pourquoi on le surnommait comme ça.

— Tu penses ! Le roi de l'explosif. Ben oui. On l'appelait comme ça en rapport au film !

— *Il était une fois la révolution* ! James Coburn maniait la dynamite comme personne.

— Sacré film.

— Sacré Fabrice. Tu te rappelles quand il avait fait sauter le coffre de… la Brinks je crois ?

— Trop dosé. Il restait plus rien.

— On saura jamais combien il y avait de flouze dans ce putain de coffre… Il est toujours en vie ?

— Et en activité. Il a repris il y a deux, trois ans. Sa femme qui était en rémission a replongé. Et les soins, ça coûte cher. Il ne rechignera pas à une jolie enveloppe, nous pouvons compter sur lui.

— Si je compte bien… Avec *Le Gitan*, Franky, *La Meringue*, *Coburn*, toi et moi et bien sûr Angel : ça fait sept.

— Les sept mercenaires.

— Ouais… Les sept mercenaires des Ehpad.

— Je te trouve dur avec nous. Nous ne sommes certes plus de toute première fraîcheur mais nous avons l'expérience avec nous. Et puis, si on ajoute les soldats d'Issa cela devrait faire du nombre. Une belle petite armée.

— Une armée mexicaine, oui.

— Comme ça, nous n'aurons qu'à donner le commandement à Angel, dit Malek avec humour.

De dépit, Jean fit un petit sourire en coin, mais au fond de lui, il était soucieux. Il ne pouvait faire confiance aux hommes d'Issa. Et encore, lorsqu'il disait *hommes*, il pensait *mômes*. De jeunes imbéciles qui se prenaient pour des héros de séries ou de jeux vidéo, qui n'avaient aucune idée des conséquences que leurs actes allaient engendrer. Et du peu qu'il en avait vu, il avait une confiance toute relative envers ces enfants. Il savait que la situation allait vite dégénérer et il lui fallait le plus d'hommes possible. L'enlèvement de Chloé faisait ressurgir en lui l'homme flamboyant qu'il était il y a trente ans en arrière. Il ne pensait jamais le retrouver, pensant qu'il était définitivement enterré. Jean Salmon avait tout fait pour le faire disparaître. Avoir une activité légale avec sa boîte de vente de matériel hi-fi, une famille… Depuis la fin des années 80, il déclarait et payait même ses impôts, c'est dire. Il s'était façonné un personnage propre, lisse. Il lui avait fallu près de dix ans pour s'acheter une respectabilité, effacer son trouble passé, mais pas plus de dix secondes pour faire ressurgir le voyou qui sommeillait en lui.

Au fin fond de son âme, ça bouillonnait. Depuis que Jean Salmon connaissait l'identité du ravisseur de sa fille, des envies de meurtres émergeaient en lui. Sa vengeance commençait insidieusement à se structurer dans son cerveau. D'abord, faire le ménage parmi les hommes de Naourbek. Par le passé, quand ils avaient eu à régler des comptes, les membres du gang opposé étaient composés d'à peine quatre ou cinq gars. Ils jouaient à armes égales. En ce qui concerne les Tchétchènes, il se rendait bien compte qu'ils seraient dix fois plus nombreux. Jean serait doublement handicapé. Il ne s'était jamais confronté à si nombreux et surtout… il était rouillé tout comme son 357 Magnum.

Dans ses souvenirs les plus lointains, la dernière fois qu'il avait dégainé son arme, c'était dans le milieu des années 90 pour tirer des canettes en métal dans son jardin. Jean pensa que ce n'était qu'un jeu d'enfant et que sa pratique reviendrait comme celle d'un vélo. Certes, il ne serait certainement pas aussi vif qu'à l'époque vu son âge, mais l'esprit de vengeance compenserait ses faiblesses physiques. Et puis, il ne serait pas seul, en première ligne il sacrifierait la bande d'Issa. Sans scrupule. Sans état d'âme. Ces petits cons faisaient dans le trafic de drogue, ce n'était donc qu'une engeance sans intérêt quoi qu'il en soit. Combien, eux, avaient-ils fait de morts en vendant leurs merdes ? Des morts dont quiconque ignore les faits macabres. En vendant de l'héroïne, de la cocaïne ils étaient devenus des assassins, il ne s'agissait pas juste de fumette. Alors s'ils devaient mordre le bitume, cela ne serait que justice. Quand il avait eu à tuer, Jean s'en prenait uniquement à des gangsters comme lui, jamais à des innocents. Agissant de la sorte, cela faisait de lui un homme bien meilleur que ces petits enfoirés de *dealers*.

Ensuite, viendrait le moment où il se retrouverait face à face avec le bourreau de Chloé. Comme il en rêvait déjà depuis plusieurs jours. Jean Salmon avait dans son esprit tous les sévices qu'il ferait subir. Il l'attacherait exactement comme ce bâtard l'avait fait avec sa fille. Une fois Naourbek ficelé et mis à nu, il le laisserait quelques jours dans le noir et le froid pour lui faire perdre la notion du temps. Puis, il viendrait une fois par heure lui arracher un ongle et verserait de l'alcool sur chacune de ses plaies à vif. Jean voulait l'entendre pleurer, hurler, implorer. Jean ne sera pas clément. Il versera de l'huile bouillante sur chacun de ses membres jusqu'à ce que la peau du kidnappeur suinte le long de ses os telle de la cire sur une bougie.

Puis il le soignera pour ne pas qu'il meure trop vite. Il profitera de ce que Naourbek soit évanoui pour l'attacher sur une table recouverte de verre pilé. Une fois réveillé, le Tchétchène se rendra compte qu'une cage sans socle l'enferme. Il le saura sans le voir car le rat, dans la cage, cherchera, paniqué, une voie de sortie, et il sentira alors sur son ventre le poids du rongeur se balader sur sa panse. À chaque fois que l'homme de l'Est s'agitera, le verre s'enfoncera dans son dos. Par instinct, pour se libérer en faisant un tunnel, le rat affamé commencera à dévorer la chair de ce porc qui regrettera d'avoir croisé sa route. Jean souriait déjà à l'idée d'entendre son ennemi brailler comme un lâche, enrobé de son sang encore tiède coulant au travers de ses côtes, le long de sa colonne vertébrale. Jean regarderait, impassible, la vie quitter son pire ennemi. Malek le sortit de sa rêverie.

— Tu veux que je m'en occupe ?

— De… pardon ?

— D'appeler les anciens, tu veux que je m'en occupe ?

— Je veux bien. Tu as su garder contact avec eux, ce qui n'est pas mon cas.

Malek se leva et se saisit de la liste que tenait Jean entre ses mains.

— On va la retrouver. Fais-moi confiance.

— Ça fait deux jours…

— Je sais…

— Et toujours pas de demande de rançon. Ça commence à m'inquiéter.

— Technique classique, Jean. Ils jouent avec tes nerfs et ceux d'Issa. Mais il va falloir s'attendre à payer un maximum. Ces gens-là ont besoin de beaucoup d'argent pour financer leur guerre.

— Mais quelle guerre bordel ?! Quelle guerre ?

— Deux options. Soit ce sont des opposants au président Kadyrov et ils veulent de l'argent afin de commettre des attentats à Grozny afin de le déstabiliser, soit ce sont des djihadistes et ils ont besoin de fonds pour commettre des attentats ici ou quelque part en Europe…

— Peut-être Naourbek ne veut que du pognon ?

— Je crains que non. Ils sont bien trop organisés pour cela.

— Je veux la tête de cet enculé au plus vite. Je veux qu'il regrette d'être né.

— Il va le regretter et amèrement.

Malek leva le poing en l'air en vainqueur pour galvaniser son ami, puis claqua la porte. Seul, s'enfonçant dans son fauteuil, Jean compulsa sa montre. Il se décida à appeler son fils.

36
Parce qu'elle compte plus que tout

Dans la chambre encore dans l'obscurité malgré ce début d'après-midi, le téléphone de Maxime sonna. Instinctivement, Maxime regarda sur l'écran le nom de l'interlocuteur qui tentait de le joindre. PAPA s'affichait en gros sur son smartphone, il reposa aussitôt l'appareil sans prendre la peine de répondre. Dans ses bras, Théo lui souriait :

— Tu peux répondre tu sais.

— C'est mon père, ça ne vaut pas la peine.

Théo se redressa d'un coup d'un seul.

— Attends. Tu as la chance, toi, d'avoir un père. Tu ne dois pas faire comme s'il n'existait pas.

— Je préfère profiter de ce moment savoureux rien qu'avec toi.

— Rappelle-le.

Maxime hésita, se leva nu du lit et prit son téléphone. Il se retourna vers Théo charmeur.

— T'es chiant, toi. Heureusement que tu me plais.

En guise de remerciement, Théo lui envoya un baiser avec sa main.

— Oui papa, tu as essayé de me joindre ? C'est pas trop le bon moment là, qu'est-ce que tu veux ?

Toujours à son bureau, Jean tenait son téléphone fixe contre sa joue et se pencha furieux vers son bureau.

— Tu te rappelles que ta sœur a été enlevée ? Je me fous de savoir si pour toi c'est le bon moment ou pas ! Je me fous de savoir ce que tu es en train de faire ! Alors, tu te ramènes au plus vite au bureau. T'as l'âge de te salir les mains et je peux te dire qu'elles vont être bien dégueulasses !

Jean raccrocha de colère sans même attendre une réponse de son fils. Maxime avait le don d'agacer son père. D'aussi loin qu'il s'en rappelait, tout petit déjà il l'exaspérait. Enfant, il pleurait pour un oui, pour un non. Il était capricieux, oisif, fragile. L'opposé de ce qu'il est. Souvent il se demandait comment sa progéniture pouvait être à ce point son contraire. Il y avait eu le choc de la disparition d'Hannah et Maxime était très jeune lorsque c'était arrivé, mais pour Jean ce n'était pas une raison pour être aussi faible. Irrémédiablement, il lui en voulait de ne pas être aussi fort que lui. Jean ne faisait pas partie de ces hommes qui pouvaient se remettre en cause, c'est générationnel. Ce n'était pas dans sa nature d'imaginer le choc psychologique que la mort d'une maman ait sur un fils. Il ne pouvait comprendre la souffrance de Maxime de n'avoir jamais eu de la part de son père de l'affection, de l'attention. En étant distant, en l'éloignant de ses affaires douteuses, Jean pensait renforcer le caractère de son fils. Ce fut un échec total. Cette fois-ci, Jean avait besoin de tout le monde car face aux Tchétchènes, l'union ferait la force… Il était temps pour Maxime de montrer à son père ce que c'est d'être un homme.

37

Parce qu'il fallait bien que cela arrive

Dans les caves du bâtiment C, Issa inspectait le stock d'armes qu'il avait à disposition. En un seul coup d'œil, il pouvait constater qu'il était largement pourvu en Kalashnikov, de quoi habiller plusieurs soldats. C'est en armes de poing qu'il était plutôt léger. Paradoxalement, elles étaient plus difficiles à obtenir que des armes de guerre classique. On en trouvait des neutralisées mais qui était bien trop complexes et dangereuses à remettre en état de marche. La plupart du temps, au premier tir, l'arme explosait et mettait la main en miettes. Dans tous les cas, il avait de quoi équiper une vingtaine de ses hommes. Rachid maintenait la porte ouverte et Adama surveillait le couloir. Ce box était le seul à disposer d'une porte blindée toujours surveillée par un homme d'Issa. C'était leur grotte aux trésors et, même s'il y avait peu de chances qu'un imbécile prenne le risque d'y faire une razzia, il valait mieux que son accès soit contrôlé. C'était le rôle d'Adama aujourd'hui.

— Rachid, *check* la bande. Je veux que tout le monde soit dispo vingt-quatre heures sur vingt-quatre. Que personne ne lâche son tél. Dès que je siffle je veux qu'ils rappliquent comme des chiens. Tu les fais venir ici, tu les équipes, que chacun soit responsable de son matos. Je les veux prêts à *fighter* dans l'heure.

— OK *boss*.

— Ah, et tu prévois de quoi se déplacer. Il n'est pas impossible que l'on doive bouger.

— Tu veux dire qu'on va faire la guerre… mais pas sur notre territoire ?

— J'en sais foutre rien.

— C'est chaud quand même. Autant ici, on gère tranquille mais…

— Quoi ? Tu veux rester en claquettes/chaussettes pépouze dans le quartier ? Mater C8 avec ta daronne dans la cuisine ?

— Non, c'est pas ça…

— Alors fous-moi la paix et fais ce que je te demande.

— *Wallah* c'est bon, vas-y, calme toi, j'y vais.

Tout en partant, on entendait Rachid râler dans un langage incompréhensible où seuls quelques mots prononcés plus forts que d'autres se faisaient entendre. Issa prit son téléphone pour envoyer un message à Fathia, mais il n'y avait pas de réseau. Il fallait remonter.

— Adama, ferme la porte.

D'un coup de tête Adama acquiesça. Téléphone en main, Issa prit le couloir sombre et dégueulasse pour rejoindre les escaliers dégradés. Des immondices jonchaient le sol, des canettes vides, des paquets de chips, des emballages de kebab, des filtres de joints. Il y avait même un slip qui traînait sur le sol. Il avait beau demander à toute la cité de respecter l'environnement, rien n'y faisait. Pour lui, il était important de ne pas souiller l'endroit où ils vivaient tous. Il pensait, à juste titre, que la vie semblerait meilleure. Par lassitude, il avait fini par abandonner l'idée de vivre dans un endroit propre. Après tout, la cité ce n'était pas le monde merveilleux de Disneyland, alors inutile de faire croire qu'ils vivaient au pays des bisounours. Leur univers à eux était sale, noir, sans espoirs, tout comme leurs âmes.

En ouvrant la porte qui donnait sur l'extérieur, une bouffée de fraîcheur envahit les narines d'Issa. Le soleil frappait son visage. Aveuglé par la lumière, l'espace d'un instant il aurait pu s'imaginer au pays de ses ancêtres. Une autre vie. Plus simple, plus modeste, plus libre… Le bip de son téléphone retentit. Il en sentit les vibrations entre ses doigts. Il baissa ses paupières et cliqua sur l'écran pour découvrir le message.

C'était un gros plan des yeux apeurés de Chloé avec un message qui disait : *Pour 500 000 euros, tu pourras la retrouver. Tu as 24 h. À demain,* le tout accompagné d'un emoji clin d'œil.

D'abord, Issa sentit la colère monter en lui. Un coup de sang viscéral. Le contraste de la photo de sa petite chérie en panique et le smiley à la fin du message le rendit dingue. Il n'y a rien de pire que de se sentir impuissant face à la détresse de la personne que l'on aime. Il n'y a rien de pire que le salaud qui tient sa vie entre ses mains vous nargue ainsi. Par la suite, il était déterminé : il serait sans pitié.

38
Parce qu'il faut lancer les hostilités

Pour 500 000 euros, tu pourras la retrouver. Tu as 24 h À demain. Jean posa son smartphone sur son bureau. Paradoxalement il se sentit soulagé de lire ce message. Chloé était en vie, une rançon avait enfin été demandée. Les choses allaient pouvoir enfin bouger. À présent, il avait hâte de se retrouver face aux ravisseurs. Une fois sa fille en sécurité, cela serait un carnage : il serait sans pitié.

39
Parce qu'il y a toujours un pépin

1982. Cavignac, alentours de Bordeaux.

Clopo était allongé sur le pont élévateur du garage investi. De sa jambe plombée coulait une cascade d'hémoglobine. À l'aide de la cape de son costume, Dani appuyait de toutes ses forces sur les plaies ouvertes de la cuisse de Paul qui, lui, fumait sa clope en grimaçant.

— Casse tranquille, mon cul, hurla Jean contre Dani.

— Ouais bon, je pouvais pas deviner qu'un connard de chasseur se planquerait derrière un bosquet et se mettrait à nous tirer comme des lapins.

— Il y a toujours des héros… La chance que nous avons eue, c'est qu'il tue le chauffeur, cela fait un témoin de moins, relativisa Malek.

— Surtout une part de plus pour nous. Il aura trahi son employeur pour rien, ça nous fera des sacs en plus, gémissait Paul.

— On les donnera à *L'Autre* comme promis, assura Jean.

L'Autre, c'était le ferrailleur. Il avait été contraint d'accueillir la bande. Quand il avait vu le camion arriver avec son conteneur de trente mètres cubes il était loin de s'imaginer qu'il avait affaire au gang des Vénitiens. Lorsqu'il les avait vus débarquer en trombe, se garer devant son entrepôt, il pensa bêtement qu'ils venaient pour une réparation et qu'il allait vite les dégager. Depuis le matin, il n'avait que des complications et il n'était pas d'humeur. En plus, conduire des poids lourds n'était pas sa spécialité, il ne saurait quoi en faire. Il comptait bien les faire déguerpir sans prendre de gants, mais lorsqu'il se retrouva avec le canon du flingue collé sur son front, il fut immédiatement plus diplomate. Il les rassura aussitôt. *L'Autre* ne comptait pas appeler les flics. La justice, il la connaissait bien. La zonzon, il l'avait fréquentée aussi. Pour ainsi dire, ils étaient en famille. Alors le convaincre de fermer sa gueule et d'accepter un sac du butin pour acheter son silence et un autre pour sa collaboration ne prit pas longtemps. Dans chaque sac, près de cinquante kilos de Mathieu[1]. Les Vénitiens avaient réussi, sans violence, à dérober dix-sept tonnes de pièces de dix balles. C'est peu dire que cela représentait un certain volume. Cela faisait dans les quinze millions de francs, à la revente ils se feraient facile dans les huit millions. Tout droit sorti d'usine, le liquide était à

1 Nom donné à une pièce de monnaie de dix francs – réalisée par l'artiste peintre Mathieu –, composée de cuivre et de nickel qui donnait une jolie couleur dorée.

destination du 21 de la rue de Valois à Paris. L'annexe de la Banque de France ne verrait jamais la couleur de ce chargement. *L'Autre* partit fabriquer de nouvelles plaques d'immatriculation pour les remplacer sur le camion. Malek avait anticipé et trouvé plusieurs receleurs dans le Sud-Est et il n'y avait pas d'autre solution que celle de se servir du camion pour amener cette tirelire géante à destination. Il fallait faire vite avant que toute la flicaille de France les recherche. La tuile est que ce devait être *Clopo* qui devait conduire l'engin accompagné de Malek, mais Malek n'avait pas le permis poids lourd.

— Comment fait-on pour le camion ? Je vais être en difficulté pour le manier. Et puis s'il y a un contrôle, je serai dans l'impossibilité de montrer un permis valable et à coup sûr je finirai dans le panier à salade, déclara Malek.

— On a qu'à faire une proposition à *L'Autre*. Je pense qu'il ne crachera pas sur quelques sacs supplémentaires, dit Jean.

— Je peux conduire, vous inquiétez pas.

— C'est ça. T'as une bastos dans la jambe, tu te vides de ton sang, tu m'expliques comment tu vas embrayer ? Ne dis pas de conneries. Je reste sur mon idée. Faut demander à *L'Autre*.

— Jean a raison. Et puis nous n'avons pas d'autre solution. Après tout, je serai à ses côtés, nous ne risquons pas grand-chose.

— Qu'est-ce qu'on fait pour *Clopo* ? interrogea Jean.

— J'ai arrêté l'hémorragie, mais faut l'amener à l'hosto ou trouver un médecin, il a perdu pas mal de sang.

— OK. Dani, tu gères ça. Malek, prépare le camtar, je file en négo avec *L'Autre*.

— Le temps d'appeler Delphine et je m'en occupe.

— C'est ça, t'as qu'à lui donner directement ton adresse ! Si tu es sur écoute et que ta gonzesse balance des infos, on fait quoi ?! ragea Jean.

— … J'y avais pas pensé.

— Ouais penser c'est pas trop ton truc… Allez dégage, sourit Jean.

Dani partit téléphoner dans le bureau du ferrailleur et, au bout de quelques minutes, trouva un docteur disponible prétextant un accident stupide de chasse. Le médecin n'était qu'à quelques kilomètres de là. Il porta *Clopo* jusqu'à la Peugeot 304 qui leur avait servi pour barrer la route au camion sur le petit chemin isolé. Il n'avait pas eu besoin de grosses voitures ou d'un autre camion vu que le chauffeur était de mèche. Chauffeur qui gisait à présent en compagnie du chasseur qui l'avait tué, caché quelque part par des branches dans un fossé de la départementale 18.

Cela ne prit pas beaucoup de temps pour persuader *L'Autre* de parcourir le sud de la France. Malek, Jean et le ferrailleur débarquèrent du container cinq sacs pleins qu'ils allèrent cacher à l'aide d'un transpalette sous des toiles de jute à l'arrière du bâtiment en tôle ondulée derrière une vieille Simca en ruine. *L'Autre* caressa les sacs avec les yeux de l'amour. Il s'imaginait en train de fondre tout ça et tout le pognon que ça lui rapporterait. Enfin, il emmènerait sa femme Chantal aux îles Canaries, il réaliserait son désir de siroter à la paille une sangria en regardant l'océan Atlantique. Un objectif pour eux, un rêve de beauf pour certains. C'est en pensant à cela qu'il monta dans le camion avec Malek. Une affaire de quelques jours qui lui permettrait de prendre des vacances pendant quelques semaines.

Jean avait négocié l'emprunt à *L'Autre* d'une motocross verte de marque Kawasaki. Une 125 pas terrible mais qui lui permettait de rejoindre Bordeaux pour prendre le train à la gare Saint-Jean et rejoindre tranquillement Toulouse. Avant de monter vers le Capitole, il entra dans une cabine téléphonique pour joindre Hannah à son travail.

— Bonjour pourrais-je parler à Madame Salmon. Oui, c'est Jean. Bonjour Dominique, oui, ça va, ça va… Ah oui, elle t'a raconté ça… J'aime bien lui faire des surprises. Écoute Dominique, je suis un peu pressé là, j'ai un train qui part dans vingt minutes… Et oui toujours sur les routes, c'est ça les hommes d'affaires… je te remercie… Chérie ? Comment tu vas mon amour ? Je vais bien. Oui, très content. Tout s'est bien passé, le client a signé, je vais me faire un max de fric. Je vais rentrer plus tôt que prévu. Je suis à la gare… Tu m'invites au restau ce soir ? Tu as quelque chose à me dire… quelque chose de grave ?... Dis-moi… Allez, s'il te plaît… OK, OK… à ce soir… hey, psst… Je t'aime.

Il raccrocha le sourire aux lèvres et partit prendre son train.

40
PARCE QU'IL FAUT GRANDIR UN JOUR

1982. TOULOUSE.

Un sourire se dessina sur son visage quand il décrocha le combiné du téléphone posé sagement sur le comptoir du restaurant. Jean venait d'avoir Dani qui l'avait rassuré sur l'état de santé de *Clopo*. Le médecin de campagne lui avait retiré tous les plombs sans trop poser de questions, il avait l'habitude de la *maladresse* de certains chasseurs. Le silence s'achetait et Jean ne le savait que trop bien.

Quand Jean reprit place face à la douce Hannah qui l'attendait à leur table, le serveur posa la commande qu'elle avait passée pendant qu'il téléphonait. Devant Jean une coupe de champagne, devant Hannah, un jus d'orange. Jean écarquilla les yeux d'étonnement.

— Du jus d'orange ? Tu es punie ou quoi ?

— Je préfère faire attention.

— Attention à quoi ?

— Voyons… Tu… Tu ne comprends pas ?

— Ben non parce que… Attends !... Non ?
— Si.
— Mais non… C'est… Mais non.
— Oh que si.

Jean un peu déstabilisé posa son verre et se frotta le crâne de manière compulsive.

— Tu es sérieuse ?
— Évidemment.
— C'est… C'est chouette.
— Chouette ? elle éclata de rire. Je t'annonce que l'on va avoir un bébé et tu me dis que c'est « chouette » ?

Il se saisit de ses mains et les embrassa ému, les larmes aux yeux. Son esprit restait néanmoins confus. Certes, il serait heureux d'être papa, mais des centaines de questions s'entrechoquaient dans sa tête. Après tout il avait déjà trente-deux ans, beaucoup de ses amis d'enfance étaient pères depuis longtemps. Mais jusqu'à présent, il n'avait jamais pensé à sa descendance. L'objectif de son *travail* n'était pas atteint, il n'avait jamais pris le temps d'imaginer sa future vie après le mariage avec Hannah. Même s'il était évident que c'était avec elle qu'il l'envisagerait sans aucun doute, il se demandait à présent s'il n'était pas trop tôt. Jean ne pouvait offrir une stabilité à sa famille, il avait choisi un style de vie hors norme, en dehors des sentiers battus, et Hannah ne savait rien de cela. De plus, elle le pensait co-directeur d'une entreprise de vente en gros de matériel hi-fi et de vente de magnétoscopes, un emploi stable qui leur assurait un niveau de vie tout à fait acceptable. Elle ne savait assurément rien de la vie dissolue de son mari. Avec elle, il braquait son sourire, avec les autres il sortait son flingue. Comment devenir un bon père dans ces conditions-là… Hannah le sortit de sa rêverie.

— Tu es heureux ?

— … Bien sûr mon amour.

— Tu n'en as pas l'air.

— Je… je suis… Je suis surpris, je ne m'attendais pas à ça. Tu es sûre d'être enceinte ?

— Depuis plus de deux mois…

— Deux mois…

— J'ai fait une prise de sang, tout est confirmé. Je ne pensais pas que tu verrais cela comme un problème…

— Non, mais attends, je suis super content. C'est juste que je ne m'y attendais pas, j'étais à cent mille lieues de penser que tu allais m'annoncer cette bonne nouvelle. Mais…

— Mais ?

— Mais je crois que je ne suis pas prêt.

— Personne n'est jamais prêt. Nous sommes mariés ?

— Oui.

— Tu m'aimes ?

— Bien sûr que oui.

— Je suis toujours la femme de ta vie ?

— Oui.

— Alors il ne nous manque qu'un bébé et je le porte en moi.

En mettant ses deux mains sur son ventre pas encore arrondi, Hannah souriait. Jean baissa le regard pour l'admirer, son regard se radoucit.

— Tu as raison.

Il leva sa coupe de champagne et la fixa tendrement dans les yeux.

— Merci mon amour.

Ce soir-là, il devint un homme.

41

PARCE QU'IL Y A TOUJOURS UN IMPRÉVU

En cette fin d'après-midi, Fathia et Angel avaient bien avancé dans leur surveillance. Les va-et-vient des Tchétchènes s'étaient accélérés depuis une heure, on sentait une agitation dans les méandres de la cité montalbanaise. Les gosses jouaient à se courir après, celui qui était rattrapé se prenait une gifle par ses copains. Ils trouvaient ça amusant. D'autres tapaient à tour de rôle dans un ballon de foot qu'ils tentaient de faire entrer dans une petite fenêtre qui donnait sur le local poubelle. Les paris étaient ouverts. Bien entendu, ce n'était pas ce qui intéressait la femme et l'homme de main de Jean et d'Issa. Angel avait repéré l'appartement qui semblait être occupé par Naourbek au troisième étage. Les allées et venues dans le petit T3 étaient incessantes depuis deux heures. Fathia, quant à elle, avait réussi à compter une bonne trentaine de personnes qui appartenait certainement au gang. Minutieuse, elle avait fait une fiche pour chacun. Comment ils étaient habillés, les mensurations de chacun et pour cela, Fathia avait le compas dans l'œil. Elle n'hésitait pas à extrapoler, imaginant le poste qu'ils détenaient dans l'organisation, coursier, chouffeur, charbonneur... Deux hommes équipés de 9 mm gardaient l'entrée du bâtiment, ils ne tentaient même pas de dissimuler leurs flingues, n'hésitant pas à les agiter aux yeux des habitants, soit pour s'amuser soit pour montrer leur puissance. La cité est comme un carrefour au milieu des bâtiments. Quatre grands immeubles étaient séparés de petites rues sinueuses. Au centre, une aire de jeux dans un état délabré qui jouxtait un parking miteux ouvert. À l'entrée nord, un petit monospace vert servait de check point. À l'intérieur, trois lascars à l'attitude agressive qui n'inspirait pas la bienvenue. Visiblement les Tchétchènes n'étaient pas spécialement en alerte mais plutôt dans leur routine. Pour Angel, s'ils s'attendaient à une guerre, il y aurait des hommes un peu partout éparpillés dans la cité et les habitants auraient été conviés à rester claquemurés chez eux. Ce n'était pas le cas.

Fathia envoya toutes les photos du lieu et les notes prises sur le Telegram d'Issa. Le Mexicain ne connaissait pas cette messagerie cryptée, la jeune femme trouvait ça mignon et lui expliqua rapidement l'intérêt de cette boîte de dialogue. Ce Messenger, plus sécurisé que WhatsApp, était intraçable, inviolable et les flics de la police numérique n'avaient pas encore trouvé le moyen de craquer l'application russe. Elle téléchargea l'application sur le téléphone d'Angel, s'envoya à elle-même un message.

— Comme ça, t'as mon 06, et moi, j'ai le tien.

Angel restait concentré sur sa mission et portait toujours son regard sur l'extérieur. Machinalement, il récupéra son téléphone et le glissa à l'intérieur de sa veste en cuir. Fathia eut un petit mouvement de recul devant tant d'indifférence.

— Tu le dis si t'en as rien à foutre.

— Pardon ?

— Je te file mon numéro et tu fais même pas semblant d'être content.

— … Content de quoi ?

— Lâche l'affaire. La vérité, t'es trop con.

— Excuse-moi, je ne saisis pas.

— Hey, tu sais qu'y a des keums qui s'arracheraient pour avoir mon num' ? Et toi, tranquille, ça te fait ni chaud ni froid quoi.

— Ah ben… merci alors.

Il était sincère dans sa réponse, il n'avait juste pas compris que c'était une invitation à l'appeler plus tard une fois tout ce bordel terminé. Aveuglé par la passion qu'il portait à Chloé, il en oubliait qu'il pouvait plaire et que lui aussi pouvait s'autoriser à vivre des histoires d'amour. Devant son indolence, elle partit voir le chibani qui dormait sagement dans son lit. C'est à ce moment-là que l'on tapa avec force contre la porte d'entrée. Fathia s'arrêta net dans son élan, Angel et elle se regardèrent en un éclair et se comprirent immédiatement. Angel se précipita dans la chambre pour s'assurer que le vieil homme ne commette pas d'impair, Fathia elle, se posta derrière la porte d'entrée alors que l'on n'arrêtait pas de tambouriner :

— Ouais calme-toi, c'est qui ?

— Aslan. Ouvre !

— Je te connais pas ma gueule, qu'est-ce tu veux ?

— C'est le petit Omar qui m'a dit que le vieux avait de la visite.

— Et alors ?

— Ici, on aime bien savoir qui rentre sur notre territoire. Ouvre la porte.

— Pour quoi faire ?

— Discuter. Ouvre, tu commences à me casser les couilles.

Avant de fermer la porte de la chambre, Angel l'arme au poing fit un signe d'approbation à sa co-équipière. L'homme frappa encore plus fort.

— Calme ta race, toi !

— Ouvre pétasse ou je défonce la porte !

Elle prit une forte inspiration et déverrouilla la porte d'entrée.

— Voilà, t'énerve pas.

Nonchalamment, elle lui tourna le dos pour s'asseoir paisiblement sur la petite table ronde en bois vernis du salon face à la porte qui menait à la chambre. L'homme, une bonne trentaine d'années à la carrure conséquente brossait du regard la pièce tel un lieutenant de police.

— Vas-y, tu veux tchatcher ? Assieds-toi et tchatchons.

Proposant la chaise qui était dos à la porte de la chambre, Fathia espérait que cela donnerait un avantage à Angel si la situation devait déraper. Mais l'homme était plus malin qu'elle ne le soupçonnait et resta debout.

— Y'a qui derrière la porte ?

— Ta mère !

D'un élan rapide, l'air menaçant, il empoigna Fathia et la souleva comme une plume.

— Me prends pas pour un con ! Le p'tit m'a dit que tu étais avec quelqu'un !

— C'était mon mec, il m'a amenée mais il est reparti.

— Qu'est-ce tu fous ici ?

— Mon grand-père, il est malade. Ça te va ou tu veux que j'te fasse un *check-up* complet ?!

Alors qu'Aslan prit un temps de réflexion, elle lui envoya un coup de genou entre les jambes. Il la lâcha instantanément. Tranquillement, elle repartit s'asseoir.

— En vrai, c'est pas bien comment tu parles aux femmes.

Accroupi au sol et se tenant les parties, Aslan souffrait.

— T'es complètement folle !

— S'cuse *filsdeup*. Tu débarques chez les gens, tu parles comme de la merde, tu traites, tu menaces. Hé ! Un peu de respect… Saute un peu sur toi-même, ça va te les remettre en place et te soulager. Tu veux un thé ?

Comme si rien ne s'était passé, elle prit une théière, fit couler le robinet d'eau et prépara le thé. Enfin, l'homme s'assit dos à l'entrée de la chambre :

— Vous accueillez toujours les visiteurs comme ça, ici ?

— T'es complètement tarée comme meuf... On aime bien savoir qui débarque. Je ne savais pas que le vieux avait de la famille ici.

— Je suis de Paname. 9.3. Il a appelé ma mère car il est malade et qu'il avait besoin d'aide. Comme je suis à Pôle Emploi, j'ai le temps de lui rendre service.

Théière en main, Fathia s'apprêtait à servir le Tchétchène mais elle s'aperçut que l'homme bloquait sur l'appareil photo qui était toujours sur son trépied en direction de l'appartement de Naourbek. Dans la précipitation, ils avaient totalement oublié de le camoufler. Aslan se leva comme une balle en tentant d'introduire sa main à l'intérieur de son blouson, Fathia lui jeta au visage le contenu de la théière et lui donna simultanément un nouveau coup de pied dans les parties. Par automatisme, Aslan se tenait le visage pour éponger sans succès l'eau bouillante. Fathia jeta un coup de pied retourné en pleine face avec violence et enchaîna sur une rafale de coups alternant poings et coudes. Mais, vaillant, l'homme tentait à chaque fois de se relever et de l'immobiliser. Angel sortit de la chambre et posa le canon de son pistolet sur la nuque d'Aslan qui leva aussitôt les mains.

— J'espère que vous êtes des keufs sinon vous êtes grave dans la merde.

D'un coup sec, Angel assomma l'homme avec la crosse de son Glock, le visiteur s'étala inerte sur le sol encore mouillé par l'eau bouillante de la théière.

— Je confirme beau gosse… On est grave dans la merde, sourit Fathia légèrement excitée de voir Angel flingue en main.

42
PARCE QU'IL EST BON DE RETROUVER SES AMIS

La nuit était tombée sur la capitale occitane. Salmon avait libéré ses employés plus tôt afin d'être tranquille dans ses locaux impersonnels. La salle de réunion de l'entreprise de Jean avait pris des allures de quartier général militaire. Les anciens étaient presque au complet. Malek avait bien entretenu les liens qui l'unissaient depuis plus de trente ans avec ses compagnons du milieu. D'ailleurs, cela avait toujours étonné Jean que l'on parle de *milieu* alors qu'ils étaient toujours en dehors du cercle. Vivre hors des clous était leur philosophie. Ne jamais succomber à la routine que la bonne société imposait. Jean avait beau être rangé des camions, il avait toujours cette âme de gangster au fond de lui et il devait bien admettre que replonger dans les vicissitudes de la voyoucratie ne lui avait pris que quelques secondes. Chasser le naturel et il revient au galop et le sien, de naturel, est un pur-sang arabe. Seul *La Meringue* n'avait pas répondu à l'appel. Il se sentait bien trop vieux pour rechausser les crampons. Ils ne pouvaient pas lui en vouloir, il avait plus de soixante-quinze ans et avait eu déjà sa dose d'adrénaline et de malheur. En revanche, Tony, *Le Gitan*, était surmotivé. Des années qu'il végétait dans un beau lotissement propret de la banlieue toulousaine. Petite maison, petite femme, petite retraite… petite vie. Cela faisait quelques années déjà qu'il se sentait comme enterré vivant. L'appel de Malek lui demandant de l'aide l'avait ressuscité. Quant à *Coburn*, il était resté fidèle à lui-même. Taiseux un jour, taiseux toujours. Si on voulait l'entendre, il fallait le voir en action. Le seul bruit qui justifiait sa présence était ses explosions. Cet ancien de l'ETA, tout comme les autres, était retraité. Il se dit qu'il avait fait ses *études* en Irlande au sein de la *Provisional Irish Republican Army*, puis qu'il avait fait des séjours sur l'Île de Beauté et qu'il avait participé à Marseille à la première nuit bleue en mai 1976 pour le compte du FLNC. On le disait marxiste, mais pour Jean, le seul rouge que *Coburn* vénérait, était celui de la couleur des flammes. Jean ne l'avait jamais porté dans son cœur. Il n'avait rien contre la violence, il la pratiquait depuis longtemps. Mais prendre le risque de tuer des innocents ne faisait pas partie de sa moralité. Les bandits comme lui avaient un code d'honneur. Les terroristes n'en ont pas. Ils sont persuadés qu'eux seuls détiennent la vérité et qu'ils se doivent de l'imposer à tous, ce ne sont que des utopistes violents. Cette fois-ci,

Jean était ravi de l'avoir à ses côtés. Tout comme il était rassurant d'avoir près de lui Franky, un octogénaire de quatre-vingt-deux ans qui avait conservé une dextérité incroyable au tir. Il avait même représenté la France aux Jeux Olympiques d'été en 1972. Il n'était arrivé que neuvième au tir sur cible à cinquante mètres. Pas de quoi entrer dans la postérité mais de quoi se la ramener, frimer un minimum. Il était le seul tueur à gages à porter les couleurs du pays en République Fédérale Allemande. Dans tous les cas, à eux cinq, ils avaient un beau palmarès et étaient bien représentatifs d'une pègre en déclin. Cette communauté de l'ombre avait fait pas mal de dégâts et pouvait récidiver de plus belle.

Attendant l'arrivée d'Issa et de ses hommes, Jean prit le temps de faire un topo sur l'affaire personnelle en cours :

— Tout d'abord, je vous remercie tous d'avoir répondu présents. Avant-hier soir, ma fille a été enlevée par des petites racailles de Tchétchènes. Angel, mon… mon homme de main a fini par les loger. Ils se trouvent dans une cité à Montauban. Angel, mon bras droit, est sur place et doit nous envoyer un état des lieux rapidement. Pour l'heure, on ne sait pas où se trouve Chloé, mais j'imagine qu'elle ne se trouve pas très éloignée de leur chef. Un trésor, on ne le garde jamais loin de soi. Je veux qu'on foute le souk, qu'on chope la tête pensante et qu'on lui fasse cracher l'endroit où il a emprisonné ma fille.

— Ils sont combien tes gugusses ? demanda *Le Gitan*.

— On ne sait pas encore, mais faut s'attendre à pas mal de monde. On ne joue pas à domicile.

— T'as ce qu'il faut en sulfateuses ? renchérit Tony. Malek, tu as prévu quoi ?

— Pour une fois, ce n'est pas moi qui joue le père Noël.

— Non. C'est là où intervient la bande d'Issa, répondit Jean.

— C'est qui celui-là ? demanda Franky en mâchant un vieux chewing-gum qui lui donnait l'air à chaque mastication de perdre son dentier.

— Un petit *dealer* de quartier. Il vient avec ses hommes et le matériel nécessaire.

Tony jeta un coup d'œil interrogatif et suspicieux vers Jean.

— Attends Jeannot. Je travaille pas avec ces gens-là. Tu le sais aussi bien que moi, tu peux pas faire confiance à ces merdeux. Cette génération n'a aucune moralité. On ne peut pas leur faire confiance. Ni aux noirs et encore moins aux Arabes.

— Serais-tu devenu raciste cher ami ? questionna Malek l'œil malicieux.

— Mais rien à voir. Et quand je dis Arabe, je parle pas de toi, toi tu es pas pareil, t'es comme nous. Mais eux, cette raclure de génération, ce sont juste des sottards sans foi ni loi. Ils essaient toujours de te la mettre à l'envers.

— Eh oui, la fameuse phrase : « Toi, t'es pas pareil. » Nous sommes tellement nombreux à « ne pas être pareils » qu'il serait peut-être temps de ne pas forcément nous associer à des poncifs et des clichés d'un autre temps.

— Désolé Malek, mais je dis vrai. Les Arabes, ça ne marche pas dans les affaires.

Jean frappa fort du poing sur son bureau.

— Tony, en dehors de tes réflexions limites, sur le fond ça ne m'enchante pas plus que toi de travailler avec ces jeunes cons, mais on n'a pas le choix. L'embrouille vient de ce garçon. C'est le petit copain de ma fille… Oui, son petit copain. Ma fille sort avec un noir, ça pose problème à quelqu'un ?

Quelques sourires s'affichaient sur le visage de la bande d'anciens. Jean savait que cela amuserait la galerie. Ils faisaient partie d'une génération où les relations mixtes n'existaient pas et où la seule chose qu'ils connaissaient des noirs est que la légende disait qu'ils étaient montés très généreusement.

— Pas de commentaire messieurs. Franky, efface-moi ce sourire grivois. Bon, il y a eu un sac de nœuds concernant du grisbi dans une affaire mêlant les Tchétchènes et Issa.

— Issa ? Ton gendre tu veux dire, ironisa Franky.

— Tu veux que je t'imprime le sceau de ma chevalière sur la joue gauche ?

Franky, rictus sur le visage, écarta ses mains sur les côtés comme pour marquer un non.

— On pense que les Ruscofs ont filé ma fille et qu'ils sont allés se servir en renseignements. Ils ont dû voir que mon entreprise fonctionnait que j'avais le larfeuille qui déborde. En kidnappant Chloé, ils faisaient d'une pierre deux coups : faire cracher papa et emmerder Issa.

— Et il serait pas un peu à la bourre ce fameux Issa ? questionna Tony *Le Gitan*.

— Oh, il doit être à l'heure africaine.

Tous éclatèrent de rire à l'exception de Jean qui fixait sa montre. Car lui seul l'avait remarqué, mais il n'y avait pas qu'Issa qui manquait à l'appel. Cela faisait bien deux heures qu'il avait demandé à Maxime de les rejoindre. Il devait bien l'admettre, son fils le décevrait… Une fois de plus.

43
Parce que ça ne marche jamais

C'était leur première rencontre, le premier jour, la première fois et pourtant… Et pourtant cela serait leur dernière. De tout. Maxime, étendu scotché dans le lit apercevait de loin son amant du jour se laver dans la salle de bains de la chambre. Il se disait que c'était fou de croire en un seul regard que Théo était l'homme de sa vie. Et à présent, il se rendait compte de son erreur. Une nouvelle fois. Fataliste, il admettait enfin qu'il n'était pas fait pour l'amour. Il n'y avait pas droit, il n'y avait jamais eu droit. Bien sûr, il avait eu de l'affection de la part de sa maman de substitution, sa nounou Djamila. Mais cela ne compenserait certainement pas l'amour qu'une mère peut donner à ses enfants. « Le lien du sang toujours plus fort », comme dit son père. Et pourtant… Son père n'était pas le genre à donner de l'amour, à prendre le temps de le comprendre, à prendre le temps de s'enquérir de son bien-être. La fatalité de Maxime était de naître garçon. Un homme c'est fort.

Un homme c'est forcément viril. Un homme ça se gère seul. Un homme ne montre pas ses sentiments. Maxime était sensible et, contrairement à Jean, il voyait cela comme une qualité. Il avait mis du temps à l'admettre, son psychologue l'avait aidé à s'apprécier, à s'estimer et en quelques années il avait même su s'aimer. En attendant, même son psy ne pouvait lui expliquer pourquoi l'amour le fuyait. Et Théo, dans la salle de bains, l'ignorait comme s'il était passé déjà à autre chose, comme s'il était déjà mort.

Le tuyau de la douche fuyait de toute part au niveau des robinets et empêchait la pression, l'eau montait avec difficulté. Théo tentait tant bien que mal de resserrer le cordon au boulon entartré. Cela n'était pas évident tant ses mains glissaient sur le plastique du tuyau. Il poussa un cri de victoire quand il arriva enfin à remettre les choses en ordre. L'eau coulait normalement à présent. Il prit le luxe de tourner le mitigeur en mode cascade, il releva son visage pour que le liquide soyeux lui caresse les joues. En baissant le regard, à ses pieds, Théo vit de l'eau rosâtre fuir sous la bonde en inox brillant. Après un petit effort de frottement vif, le sang qu'il avait sur les mains, entre les doigts, se dissipait peu à peu. Il mit une nouvelle fois une bonne dose de savon liquide entre ses phalanges, la formule du produit sans parabène aidait l'hémoglobine à se diluer. Les mains enfin propres, il pouvait effacer les éclaboussures de sang de sa figure. La vapeur de l'eau chaude avait brouillé le miroir de la salle de bains. Quand il sortit, il ne pouvait regarder son reflet. Une fois sec, Théo mit une serviette blanc immaculé autour de sa taille, mettant en valeur ses abdominaux mis en exergue par sa peau bronzée. À l'entrée de la chambre, il jeta un coup d'œil sur les vieux 33 tours de Maxime. Il faisait claquer les pochettes les unes aux autres jusqu'à ce qu'il se saisisse d'un album en parfait état :

— Mais non ?! Toi aussi tu kiffes Véronique Sanson ? … Je l'adore. Ça me met une de ces pêches. Attends, on va se faire plaisir.

Délicatement, Théo souleva le couvercle de la platine, retira le papier blanc qui protégeait le vinyle et le posa sur le tourne-disque. Avec minutie, il souleva le saphir pour l'apposer sur la galette noire. Après un petit son de crachin, les premières notes de *Sur ma drôle de vie* enchantèrent la pièce. Théo grimpa d'un bond, les pieds joints debout sur le lit et se mit à chanter.

— *Et si je te pose des questions, qu'est-ce que tu diras ? Et si je te réponds, qu'est-ce que tu diras ? Si on parle d'amour ?* Allez Max ! Chante ! *Qu'est-ce que tu diras.* Cette chanson elle te donne une énergie positive de dingue. *Ma drôle de vie…* t'as vu le film *Tout ce qui brille* ? J'ai tellement aimé !

Allongé, livide, Maxime tenta d'esquisser un léger un sourire. Même s'il ne ressentait plus la douleur, les plaies des coups de couteau que lui avait infligé son amant l'avaient vidé de son sang et de son énergie. À bout de souffle, il était en train de partir…

44
Parce qu'il faut bien se rencontrer

Finalement, Issa avait donné rendez-vous à toute la bande du père de sa petite amie sur le parking de la zone d'aménagement concerté de Fondeyre, en haut de l'avenue des États-Unis. Il s'était dit que lui et son *crew* feraient trop « taches » dans le centre si bourgeois de la Ville rose. Et au vu des cargaisons qu'ils traînaient avec eux dans leurs coffres, il valait mieux faire profil bas. Il n'était pas nécessaire de prendre les flics pour *plus cons* qu'ils n'en avaient l'air. Issa savait très bien qu'il était dans leur ligne de mire depuis la fusillade dans la cité. Et quand bien même, il savait que les condés n'avaient besoin d'aucun prétexte autre que sa couleur de peau pour le contrôler. Prévoyant, il avait organisé les départs en décalé. Une voiture, avec maximum trois de ses hommes dans chaque, un roulement tous les quarts d'heures assurait la rotation des véhicules. Bien entendu, dans une direction différente afin de brouiller les pistes dans le cas où ils seraient filés. Issa avait donc opté pour la discrétion et la banalité de cette ZAC derrière le lycée professionnel, ainsi, personne ne serait surpris de voir des noirs et des Arabes à casquettes autour de voitures tunées. Ils penseront à un rodéo sauvage ou à une autre stupidité du genre. Les vieux arriveraient dans moins d'une heure, la tension allait crescendo.

45
Ne pas pouvoir répondre

Les bruits sourds de pas s'approchant lentement d'elle l'avaient sortie de son état léthargique. Son corps s'était mis en veille, comme pour résister à cette douleur qui se diffusait dans tous ses membres. Instinctivement, Chloé redressa sa tête, cherchant à l'aveugle d'où provenaient les pas. Elle tenta de parler, mais avec le tissu qui remplissait sa cavité buccale, plus le bâillon qui lui compressait les joues, elle ne put émettre qu'un bruit sourd et incompréhensible. De toute façon, elle n'avait plus de salive à offrir. Son ravisseur était près d'elle. Elle entendait sa respiration lente qui sifflait entre deux bouffées d'air. Chloé se tordit comme pour échapper à l'inévitable. La main froide qu'elle sentit sur ses hanches la fit sursauter. Chloé utilisa le peu de force qui lui restait pour se débattre. Vainement. La main de l'inconnu donna un mouvement sur sa taille qui la fit tourner sur elle-même. À chaque tour, la corde qui lui maintenait les poignets se resserrait, augmentant de façon mécanique la douleur. Des larmes jaillirent de ses yeux, humidifiant le bandeau qui la rendait aveugle. C'était la fin. Elle le sentait. Elle n'avait que vingt-six ans et elle allait mourir Dieu sait où pour on ne sait quoi et par n'importe qui. Chloé avait tenté de comprendre pourquoi elle se retrouvait ici. Elle n'avait jamais rien fait de mal, elle avait une image d'elle plutôt sympathique avec des valeurs, une fille honnête et gentille. Alors pourquoi se trouvait-elle là ?! C'était injuste… Mille questions lui avaient traversé l'esprit. Est-ce que son ravisseur allait abuser d'elle ? Est-ce qu'il allait la torturer davantage ? Est-ce qu'il allait la tuer ? Merde, elle n'avait que vingt-six ans. À choisir, elle préférait encore se faire violer. Cela serait évidemment dur de s'en remettre, mais cette option était préférable à la mort. Sarah, son amie, avait réussi à vivre presque normalement après que cela lui soit arrivé. Avec sa psychothérapie, Sarah allait de mieux en mieux et arrivait à ressortir le soir. Le plus important, c'est qu'elle était vivante. Chloé ne voulait pas mourir. Vingt-six ans. L'idée de mourir jeune comme sa mère. L'ironie du sort était loin d'être amusante. D'un geste ferme, on lui retira le bâillon. Le premier réflexe de Chloé fut d'ouvrir et de refermer sa bouche à la recherche d'un minimum de salive. Sa mâchoire lui faisait horriblement mal. Un métal gelé de forme arrondie s'introduisit dans sa bouche. Dans un premier temps elle crut à un canon de pistolet. Finalement, elle sentit une flopée d'eau coulant dans sa gorge asséchée. De l'eau s'échappa de la bouteille pour fuir de son menton jusqu'au creux de ses seins. Son soutien-gorge absorba l'eau. Le goulot de la bouteille retiré de ses lèvres, elle essaya de parler. Son « Pourquoi ? » sonna rauque à la limite de la compréhension. Chloé n'eut pas le temps de poser une autre question que la main froide lui enfonça à nouveau un bout de tissu dans sa bouche et releva le bâillon sur sa bouche. À quoi jouait son ravisseur ? Dans tous les cas, Chloé comprit qu'elle n'allait pas mourir tout de suite. Sinon pourquoi lui donner à boire si ce n'est pour la garder en vie ? Elle ne savait pas si c'était cette nouvelle rassurante ou si c'était parce qu'elle avait très peur, mais Chloé se remit à pleurer.

— Calme-toi trésor. C'est bientôt fini.

Les pas repartirent d'où ils étaient venus avec la même nonchalance qu'à leur arrivée, mais dans le sens opposé. Le son d'une lourde porte brisa le silence. Chloé demeurait estomaquée par le son de cette voix. Elle ne s'attendait pas à cela… Vraiment pas.

46
Parce que cela fait du bien de se souvenir

Dans la voiture qui emmenait Jean et les anciens, les rires fusaient en se remémorant les souvenirs de leurs actions passées. La nostalgie était au rendez-vous. Seul Malek manquait à l'appel. Il avait eu au dernier moment, au plus mauvais moment selon Jean, une affaire urgente à régler. Malek lui avait promis d'arriver à temps, en aucun cas il ne voulait rater la fête. Au volant, *Le Gitan* tourna sa tête en direction de Jean qui, côté passager, regardait impassiblement par la fenêtre le paysage défiler sous ses yeux :

— Jean ? Comment qu'il s'appelait déjà l'autre ? Tu sais le vieil arnaqueur de la rue des Lois.

— Le receleur ?

— Oui, celui-là ! J'arrive pas à retrouver son nom.

— *La Pince*. René *La Pince*

— C'est ça ! Putain, René *La Pince*. Un beau radin ce loustic. Je me rappelle lui avoir ramené trois kilos de jonc pur qu'il m'avait rachetés à même pas quarante pour cent de leur valeur.

— Pourquoi tu nous parles de lui ?

— L'autre jour, j'ai lu dans *La Dépêche* qu'il venait de rejoindre le boulevard des allongés.

— Dieu ait son âme, répondit laconiquement Franky en se signant d'un geste de la croix.

À l'arrière de la voiture, *Coburn* mit un coup de coude dans les côtes de Franky. Pour cet anarchiste rouge, la religion n'avait jamais senti bon. En ce qui concerne la vie ou la mort, Dieu n'avait rien à décider puisqu'il n'était qu'une invention capitaliste pour asservir plus facilement le peuple. Et qu'importe si le capitalisme n'était qu'une création moderne. *Coburn* n'était pas à une contradiction près. Il détestait le capitalisme mais vénérait la couleur de l'argent. Son côté *libéral* sans doute. Même s'il n'avait jamais trop apprécié *La Pince*, Jean fut touché par cette nouvelle. Depuis quelque temps, il pensait régulièrement à la mort. Quand *Clopo* était parti, sans trop savoir pourquoi, il avait dressé une liste morbide de ses amis partis trop tôt. Puis, il l'avait étendue à celle de ses relations, puis à celle de sa famille. Cela lui avait pris quelques jours. Une liste bien trop longue. Jean s'était même fait la réflexion qu'il aurait été plus rapide de faire le compte de ceux qui restaient. Cela ne l'avait pas rendu spécialement triste, mais il prit conscience qu'à chaque disparu, un bout de son histoire s'évaporait. Inexorablement, il se rapprochait lui-même de sa dernière demeure. Peut-être que son heure allait sonner ce soir et qu'il n'aurait pas l'occasion de noter le nom de René *La Pince* sur le petit carnet bleu à spirales qu'il avait laissé dans le tiroir de son bureau.

47
Parce que neuf mois c'est court

Toulouse. 1989.

— Tu me garantis que c'est propre ?

— Jean ? Sérieusement ?

— Oui René, sérieusement.

— C'est une bague du dix-neuvième. Regarde de plus près, c'est de l'or dix-huit carats. L'émeraude est naturelle, d'origine colombienne. Admire comme le vert est intense. L'entourage est composé de huit diamants taillés à l'ancienne. C'est une pièce exceptionnelle. Elle aurait appartenu à une comtesse prussienne, tu te rends compte ? C'est un bijou rare.

— Tu me la fais à combien ?

— Comme c'est pour toi disons… Disons trente mille francs.

— Vingt-cinq, et on fait affaire.

— Jean, cette bague, elle date du Second Empire. Napoléon III quand même.

— Moi, mes billets ils datent du second mandat de Mitterrand. Alors, on fait affaire ?

— Vingt-sept, et elle décorera parfaitement le doigt de ta femme.

— Tape là. Mais je te préviens, *La Pince*. Si j'apprends que cette bague a été volée, je reviens avec mon sécateur et je te découpe les phalanges façon osselets.

Jean plongea sa main à l'intérieur de son blouson en cuir et posa une liasse de cinq cents sur le comptoir en verre. René se précipita afin de vérifier si le compte y était. Jean s'en offusqua.

— Tu ne me fais pas confiance ?

— Et toi ? Tu me fais confiance ?

La réplique de René fit rire Jean. Il ne devrait pas y avoir de souci avec la bague. Après tout, pour la première fois en à peu près dix ans, c'était la seule fois qu'il achetait un bijou de manière officielle. En vitrine, à la vue des passants et non pas caché dans l'arrière-boutique de *La Pince*. Son argent était sale, mais il voulait que ce bijou soit propre. Hannah méritait le mieux. Jean sortit de la boutique et le tintement enfantin de la petite cloche en étain résonna dans la pièce.

À l'extérieur, *Clopo* attendait Jean dans sa toute nouvelle Fiat Tipo grise pour l'emmener à la clinique où Hannah venait de donner naissance à leur enfant.

— En chemin, tu t'arrêteras chez un fleuriste.

— *La Pince* t'a trouvé ton bonheur ?

— Je crois. J'espère surtout que cela fera celui d'Hannah.

— Ça ne lui fera pas tout oublier tu sais.

— … Je sais.

*

Hannah avait perdu leur premier bébé. Elle avait fait une fausse couche avant la fin du quatrième mois. Jean culpabilisait depuis. Il se sentait fautif. Alors que sa bande et lui venaient de faire à nouveau un braquage, l'affaire s'était mal embrayée. Au moment où ils vidaient le fourgon, que les convoyeurs étaient maîtrisés, que tout se déroulait sans encombre, une voiture de gendarmes s'était retrouvée par hasard sur leur chemin. Que ce soient les Vénitiens ou les militaires, tout le monde fut surpris. Il s'était à peine déroulé trente secondes avant que chaque camp ne comprenne ce qui se passait. Malek tira le premier. La fusillade avait été rapide et confuse. Jean ne se rappelait pas de grand-chose. Il s'était réveillé trois jours plus tard dans son lit, une douleur lancinante dans le bras gauche.

Quand il avait ouvert les paupières, il aperçut Hannah qui le regardait avec un regard noir qu'il ne lui connaissait pas. Il se dressa tant bien que mal sur son oreiller, étouffant sa souffrance. Sa femme lui avait tendu un verre d'eau, sans même lui adresser la parole. Il ne comprenait toujours rien. Quand il tenta de bouger son bras, tant la douleur était intense, il comprit qu'il s'était pris une balle. Plus tard, il apprit que c'en était deux. Une logée dans son épaule droite, et l'autre un peu en dessous dans son biceps. Rien de grave, si ce n'est que ses amis, dans la panique, n'avaient rien trouvé de mieux que de l'amener auprès Hannah. Après tout, elle était non seulement sa femme, mais c'était avant tout une infirmière. C'est ce jour-là qu'Hannah apprit les activités illégales de son mari.

Une fois la peur passée de perdre celui qu'elle aimait, la colère avait pris place. Elle avait fini par mettre à la porte toute la bande à l'exception de Paul. Elle savait que *Clopo* serait le plus disert de tous. Les tentatives de Malek pour relativiser et rester auprès de son ami ne fonctionnèrent pas. Avant que la porte se claque sur leurs nez, Malek eut le temps de jeter un regard noir à *Clopo*. Un regard qui disait : « N'en dis pas trop. » Mais elle voulait tout savoir. Tout. Depuis le début. Alors que Jean comatait, perfusé dans le lit conjugal, sans un mot elle avait préparé un thé pendant que Paul enchaînait nerveusement cigarette sur cigarette. Elle versa alors calmement le darjeeling dans le vieux service à thé en porcelaine blanche que sa mère lui avait offert, puis s'installa à la table face à Paul. Le seul mot qu'elle lui avait lancé avec douceur ne fut pas une question, pas même une proposition, juste un ordre : « Raconte ! » Paul avait écrasé machinalement son mégot encore fumant dans le cendrier en rallumant aussitôt une autre tige. Il savait qu'il était coincé, il savait que Jean lui en voudrait, il savait qu'il n'avait plus le choix. Alors il avait tout avoué à Hannah. Il valait mieux ça plutôt qu'elle file au commissariat et, de colère, balance les Vénitiens. Alors, avec le regard d'un petit garçon que l'on venait de prendre dans le pot de confiture, Paul s'était mis à déblatérer en grande ligne les faits d'armes de la bande. Au fur et à mesure de son récit, le rayonnement habituel de l'aura d'Hannah s'estompait. Et pourtant, il avait pris le soin de ne pas tout dévoiler, il laisserait à Jean la délicatesse de dépeindre les détails de leurs agissements. Jean pourrait ainsi enjoliver à sa guise leurs actions de hors-la-loi. Après avoir écouté pendant plus d'une heure les révélations sur son mari, sans un mot Hannah raccompagna Paul à la porte qu'elle ferma avec douceur. Puis, se retournant désemparée, elle s'adossa, debout, contre le bois vernis de la porte d'entrée. Les mains portées au visage, Hannah sentit sa vie de rêve qui s'écroulait comme un iceberg subissant le dérèglement climatique. Prise de crampes abdominales, les yeux inondés de tristesse, elle se recroquevilla sur elle-même. C'est ce jour-là qu'Hannah et Jean perdirent leur premier enfant.

Oui, il avait de quoi culpabiliser. Il ne s'était jamais imaginé que le mensonge pouvait également tuer car, sans s'en rendre compte, il était en train d'assassiner leur amour. Quelques semaines après cette terrible perte, ils s'étaient tous les deux envolés vers la Floride. Jean s'était donné quinze jours pour persuader Hannah de ne pas le quitter. Sans âme depuis les blessures de Jean et la perte du fœtus, elle avait accepté de l'accompagner pour un dernier voyage. Elle ne savait même plus pourquoi elle avait dit oui. Certainement pas pour découvrir l'Amérique, elle n'avait plus goût à rien depuis des jours. La veille de leur départ, elle avait même refusé d'assister au baptême du fils de Dani. Trop éprouvant pour elle. Il faut dire qu'elle était tellement heureuse d'être tombée enceinte à quelques mois d'intervalle de Delphine, la chérie Vietnamienne de Daniel. Les deux femmes s'étaient déjà imaginé leurs enfants allant dans la même école, en train de jouer ensemble, de devenir, comme leurs géniteurs, les meilleurs amis du monde. Les deux familles partiraient pour les vacances ensemble, fêteraient Noël ensemble, une vraie famille recomposée. Mais tout ça s'était définitivement achevé le jour du dernier braquage raté des Vénitiens.

Sous le soleil de Floride, allongés sur les transats privés de leur hôtel à Pensacola Beach, Jean raconta à sa femme toute son histoire. De son enfance particulière jusqu'à la naissance des Vénitiens. Sans enjoliver. Sans romantisme. Son histoire était brute à l'image de sa vie. Hannah l'écoutait à peine. Jean avait fait d'Hannah un spectre dénué de toute âme. Il était fou d'elle, il refusait de la perdre. C'était la seule qui avait réussi à faire de lui un être humain, un vrai. Depuis qu'il la connaissait, il pensait pour deux, vivait pour deux. Il n'était plus cet homme égoïste. Évidemment, Jean ne pouvait pas lui promettre de changer maintenant, il ne savait faire que ça et les affaires marchaient bien. C'était sa façon de vivre à lui. Mais ce qu'il pouvait lui promettre, c'était d'arrêter le jour où la bande atteindrait son objectif de réunir la somme de cinquante millions de francs. Avec le quart de cette somme qui lui était dévolue, il aurait largement de quoi prendre sa retraite ou d'investir dans la pierre, qu'importe. Hannah ne devrait patienter que trois ans, quatre ans tout au plus. Après, il enterrerait sa vie d'avant à même pas quarante ans et il rentrerait dans le rang. Promis. Hannah ne répondit rien. Elle se leva, fit tomber son paréo hawaïen sur le sable chaud et marcha lentement jusqu'à la mer pour s'y baigner. Jean la regarda s'éloigner. Dieu qu'elle était belle. Il attrapa la paille de son verre d'un mouvement de langue pour l'introduire dans sa bouche et aspirer d'une traite le fond de sa Piña Colada. Une demi-heure plus tard, quand elle revint, mouillée comme une sirène, elle accepta le marché de Jean, mais il fallait qu'il comprenne une chose : elle refuserait de lui donner un enfant tant qu'il continuerait ses activités. Elle ne voulait pas d'un mari en prison ou pire… d'un père dans un cercueil. Acculé, Jean accepta le marché. Après tout, il le savait très bien, il ne pourrait pas vivre éternellement de ses larcins. Il avait maintenant une nouvelle motivation : arriver au plus vite à la somme fatidique de cinquante millions.

Avec les années, les Vénitiens n'étaient plus très loin du compte. Il ne manquait plus qu'une poignée de millions pour arriver à leur objectif. Un dernier coup et les Vénitiens rangeraient définitivement leurs costumes. Hannah était tombée enceinte par accident ou bien par un oubli volontaire de prise de pilule. Jean ne se posa pas très longtemps la question, l'idée de devenir papa le satisfaisait. Hannah savait qu'ils avaient un dernier braquage à faire et que tout serait irrémissiblement terminé. Elle avait fini par faire confiance au destin en s'imaginant que ce dernier se déroulerait bien, comme tous les autres. C'est pour cela qu'elle avait décidé de garder le bébé.

Enfin arrivé à la clinique du Parc qui longe le canal du Midi, Jean allait faire connaissance de Maxime, son fils aîné.

48

Parce que le désir est plus fort que tout

À Montauban, dans le petit appartement chaleureux du vieil homme, le calme était revenu. Aslan était à son tour ficelé, bâillonné et allongé dans le lit de la chambre. Le Tchétchène s'agitait comme un poisson sauvage voulant se délier de l'hameçon au bout du fil. Fathia, provocante, immisça ses doigts dans la chevelure de l'homme et lui demanda de s'apaiser comme s'il s'agissait d'un petit enfant qu'il fallait consoler. Monsieur Larbi avait finalement accepté la situation et s'était adapté.

— Ça ne t'ennuie pas si on regarde les infos ? demanda le vieux.

Aslan jeta un regard méprisant vers le vieux, il secoua la tête pour montrer qu'il ne pouvait pas répondre, sa mâchoire étant entravée.

— Mademoiselle, tu peux mettre la deux ? J'aime bien le petit blondinet, il est un peu trop lisse mais il parle calmement. Ça te va, monsieur ?

— …

— Allez, je vous mets la deux.

— Merci mademoiselle.

Fathia changea de chaîne et sortit de la pièce en prenant bien soin de fermer la porte derrière elle. Angel était à son poste d'observation. Plus le temps passait, plus elle le trouvait canon, sexy. Il changeait clairement des petits mecs de la cité. Ceux-là étaient toujours en chasse, vulgaires. La plupart du temps, les femmes n'avaient qu'une place limitée au sein de leur micro-société. Il fallait qu'elles soient pures, femmes au foyer, mamans… Si vous ne rentriez pas dans ces critères, alors vous n'étiez qu'une michetonneuse, une pute. Fathia, elle, était différente. Elle oscillait entre les deux, sa liberté en tant que femme faisait peur aux garçons. Ni ménagère, ni moukère. Ni pute ni soumise. Aucun garçon du quartier ne l'avait vue avec un *gadjo*. Dans son dos, certains se moquaient d'elle, assurant avec mépris qu'elle n'était qu'une gouine. Elle savait que ça tchatchait, mais elle s'en moquait, cela ne lui posait pas problème. Ne rien dire, ne jamais se laisser faire. Petite, elle avait très vite compris qu'elle vivait dans un monde d'hommes et qu'elle n'avait pas en elle le caractère à la soumission. Sportive depuis son plus jeune âge, ses parents l'avaient inscrite dans un petit club de judo. Son père pensait que si elle savait se défendre seule, elle pourrait conserver son intégrité.

Là était le plus important. Passionnée par les sports de contacts, elle avait enchaîné sur différents arts martiaux. Du karaté, du jujitsu… C'est aussi comme ça qu'elle imposa le respect dans la cité et était devenue championne de MMA où elle régnait dans l'octogone. La liste des garçons qu'elle avait fréquentés était réduite à peau de chagrin. Chez elle, soit ils en avaient trop peur, soit ils s'étaient fait refouler physiquement. Fathia ne savait pas dire non verbalement, alors si on recevait un coup de poing, il fallait prendre cela comme une fin de non-recevoir. Très peu avaient pris le risque et ça lui convenait. Angel était typiquement le genre d'homme qui l'attirait. Plus âgé qu'elle de quelques années, musclé, typé et, surtout, viril. Attirée comme un aimant, elle se rapprocha de la fenêtre où il scrutait avec le zoom de l'appareil photo le bloc d'en face. Instinctivement, elle colla sa main sur les fesses bombées du Mexicain qui sursauta :

— Qu'est-ce que tu fais ?

— T'as une meuf ?

Angel se retourna pour lui faire face.

— Non, mais…

Elle le coupa net.

— Je te plais pas ?

— Non. Si. Enfin c'est pas le problème. On bosse là. Il y a les mecs à côté, il faut surveiller la rue et…

— Ça bouge pas depuis des heures. Laisse-moi faire.

— Non mais sérieux.

— Un petit coup, vite fait. Un quicky sympa.

Fathia ne lui laissa pas le choix. Elle défit son ceinturon tête de mort en même temps qu'elle l'embrassait avec vigueur. Une fois débraguetté, elle arracha les boutons-pressions de sa chemise western. Avec envie, elle caressa les pectoraux volumineux d'Angel puis y laissa traîner sa bouche pour lécher le sel de sa peau. Pris de surprise, Angel écarta ses bras de chaque côté pour prendre appui sur les parois de la fenêtre. Quand elle arriva sur son sexe gonflé d'envie, dans un mouvement de recul instinctif il se cogna la tête contre le carreau. Cela le fit sourire, puis il se laissa guider par le plaisir. N'en pouvant plus, il aida Fathia à se redresser et à son tour il l'embrassa passionnément. Il colla ses mains sous le legging foncé, il descendit le stretch lentement le long de ses fesses rebondies et le retira entièrement aidé par Fathia qui balança ses baskets dans la pièce. À son tour, il se glissa entre les cuisses de Fathia et y enfouit sa langue. Il crut qu'elle allait lui arracher les cheveux tant il sentait ses doigts s'enfoncer comme des piques sur son crâne. Elle projeta Angel au sol :

— T'as ce qu'il faut ? souffla-t-elle.

Il sortit de la poche extérieure de sa chemise un préservatif qu'il gardait toujours sur lui, au cas où. Pour une fois, il allait être utile. Il se recroquevilla sur lui-même pour apposer le latex. Avec sa main, Fathia rallongea Angel et finit de dérouler la capote jusqu'à la base de son sexe à l'aide de sa bouche. À califourchon, elle se saisit enfin du sexe de son nouvel amant pour l'introduire délicatement dans son paradis déjà ruisselant. Les mains en appui sur le torse d'Angel, elle remuait sensuellement ses fesses circulairement telle une joueuse de hula hoop. Son bouton d'or frottant frénétiquement sur le bas ventre d'Angel, elle se fit jouir en quelques tours de reins. Ses petits soupirs saccadés excitèrent son partenaire qui ne tarda pas à jouir en grimaçant ridiculement comme savent si bien le faire les hommes. Fathia lui offrit son plus beau sourire avant de l'embrasser.

— Allez le Mexicain, rhabille-toi, on n'a pas que ça à faire.

49
PARCE QU'IL FAUT SE METTRE D'ACCORD

Jean sortit péniblement de la voiture. Entre son malaise vagal et sa courte nuit, il commençait à se sentir à bout de forces et ce n'était vraiment pas le moment de faiblir. Retrouver sa fille était sa piqûre d'adrénaline. Tony ne put s'empêcher de l'aider à s'extirper de l'habitacle. À l'aide de sa canne et du bras de Tony, Jean s'approcha d'Issa qui l'attendait sur le parking, en appui sur le capot d'une Audi TT avec son lieutenant. Issa se redressa et partit à la rencontre des deux darons. Jean lança les hostilités :

— Comment tu vois la chose ?

— L'idée c'est d'isoler Naourbek et de l'embarquer dans un des véhicules.

Issa intima l'ordre à Rachid de sortir le plan de la cité. Il le déplia sur le toit d'une voiture qui se trouvait là. Si elle restait sommaire, la carte dessinée grâce aux infos de Fathia et d'Angel était relativement claire et précise, et retraçait plutôt bien la configuration du repère des Tchétchènes. Issa montra du doigt les différentes entrées de la cité.

— À l'entrée sud, je colle trois hommes à moi en embuscade pour les empêcher de se replier. La plus grosse difficulté, c'est l'entrée principale. Il va falloir passer le *check point*. Pas beaucoup d'hommes, quelques guetteurs, mais je pense que si on force le passage on va se faire rafaler comme des lapins. En plus, il y a des gars calibrés qui sont dans une voiture verte prêts à intervenir.

Jean claqua des doigts en direction de *Coburn* qui se soulageait contre une poubelle en plastique. Il rangea son matériel et replia sa chemise blanche dans son vieux pantalon treillis militaire pendant qu'il marchait vers eux.

— T'es équipé pour dézinguer la cariole ? demanda Jean à *Coburn*.

Coburn regarda vite fait le plan et se marra en voyant le monospace vert dessiné avec le talent d'un enfant d'école primaire.

— Mèche courte.

Tranquillement, *Coburn* retourna s'installer confortablement dans la voiture et fouilla dans son sac à dos. Rachid regardait Jean et *Coburn* l'air effaré et glissa quelques mots à l'oreille d'Issa :

— Sérieux, tu captes ce qu'ils racontent les *ieuv'* ?

— C'est de l'argot d'avant.

— De l'argot ? C'est quoi *wesh* ?

— On a notre façon de parler, ils ont la leur. En gros, celui qui a la petite moustache fine va faire péter la caisse.

— Sérieux ? Il va les cramer ? Délire…

Si au départ Rachid était rétif à l'idée de travailler avec des anciens, qu'il pensait être hors-jeu, Rachid commençait à comprendre que cette bande de darons n'était pas du genre à plaisanter. Jean mit la main sur l'épaule d'Issa :

— Voilà ce qu'on va faire. Avec mes aminches, on rentre en premier.

— Vous êtes sûr ? C'est chaud quand même.

— Qui va se douter que des vieux croûtons comme nous vont foutre un gros merdier ? Couverts par Franky qui restera en retrait avec son fusil longue portée. On passe par l'entrée principale, *Coburn* s'occupe de la bagnole. *Le Gitan* sera en couverture de *Coburn* ou il me suivra en fonction de la configuration du lieu, et avec mon 357 j'arrose n'importe quel merdeux qui vient s'interposer.

— Doucement quand même.

— Quoi doucement ?! Ces fils de chiens ont pris ma fille ! Je suis pas là pour beurrer les sandwiches ! Ensuite avec tes gars, vous me faites le ménage dans la cage d'escalier jusqu'à la porte de l'autre enfoiré. Tu me le ramènes fissa, on réembarque tout le monde et on va faire un tour en forêt. Il faut que tout soit réglé en moins d'un quart d'heure.

— Ça a l'air un peu trop simple.

— T'as une meilleure idée ?

— …

— C'est bien ce qu'il me semblait… Tony ! Tony !

Le Gitan sortit de la voiture.

— Quoi ?!

— Des nouvelles de Malek ?

De loin, *Le Gitan* fit signe que non.

— Qu'est-ce qu'il fout ce vieux salopard… Entre lui et mon fils, je suis bien entouré… Tant pis. On y va !... Dépêchez-vous !

Jean planta sa canne sur le goudron et rejoignit ses camarades. Plantés comme deux piquets, Issa et Rachid le regardaient se précipiter en boitillant.

— Il a des couilles le daron.

— Je crois qu'il vaut mieux pas le contrarier. *Let's go*.

Issa et Rachid se retournèrent pour rejoindre leur véhicule.

— Ouais, mais en fait c'est un peu comme ton beau-père.

— Ta gueule.

— Putain tu dois te marrer aux repas de famille.

D'un geste rapide, Issa mit une claque derrière la tête de Rachid qui éclata de rire.

50
Parce qu'il faut toujours un peu d'instinct

La porte venait enfin de céder. L'épaule du vieil homme n'était pas loin d'avoir craqué elle aussi. Parce qu'il avait bien passé dix minutes à sonner, à tambouriner à la porte sans obtenir de réponses. Il avait cru entendre un léger bruit d'un objet tombant au sol, c'est ce qui l'avait motivé à pénétrer de force dans l'appartement de Maxime. Malek longea le petit couloir et ouvrait chaque porte qu'il croisait à la recherche du fils de Jean. Il le trouva très vite. En entrant dans la chambre aux volets fermés, il reconnut immédiatement l'odeur du sang chaud. Elle était aussi reconnaissable que les effluves de sucre brûlant émanant d'un stand de barbe à papa. Sur le lit ensanglanté, Maxime, blanc comme un linge, s'était fait un pansement de fortune sur son corps nu en posant le drap sur la plaie béante. Il avait peine à ouvrir les yeux. Il fallait faire vite. Malek prit son téléphone et appela les urgences pour donner les coordonnées de l'appartement. Il fouilla rapidement dans la salle de bains attenante pour prendre des serviettes afin de compresser la plaie. Heureusement, Maxime n'avait reçu qu'un seul coup de couteau qui n'avait pas touché d'organes vitaux. Un travail d'amateur, pensa-t-il. Visiblement l'entaille était profonde et Maxime avait perdu beaucoup de sang. Heureusement que Malek avait eu l'idée de venir le chercher. Voyant le désarroi et la colère de Jean face à l'absence de son fils pour leur petite virée, Malek s'était éclipsé pour le ramener par la peau du cul et lui faire la morale. Mais quelqu'un était déjà venu lui mettre les points sur les i, ou plutôt lui enfoncer une lame sur le ventre. Alors qu'il appuyait fortement la crevasse profonde avec la serviette de sa main gauche, de sa main libre il caressait les cheveux de Maxime pour le rassurer.

— Les secours vont arriver. Surtout, garde les yeux ouverts. Ne t'endors pas. Tu vas t'en sortir, d'accord ? Je suis là maintenant, ça va bien se passer.

Maxime lui portait un regard entrouvert d'agonisant. Il n'avait pas l'air de souffrir, il était juste en train de partir. Autour de lui, Malek observa qu'il n'y avait pas eu de lutte. Seule la lampe de chevet et son pied de marbre étaient au sol. Certainement l'objet que Maxime avait fait tomber pour attirer son attention lorsqu'il était en train de sonner. Pour Malek, Maxime connaissait son ou ses agresseurs. Il ne pouvait évidemment pas lui poser de question dans l'immédiat au risque de le perdre. Une chose est certaine, si Malek n'avait pas eu l'idée de venir le chercher, on aurait retrouvé Maxime mort. Soudain, Malek reçu un coup vif derrière la nuque qui lui fit perdre connaissance.

Lorsque Malek se réveilla, il était allongé sur la moquette épaisse de l'appartement et au-dessus de lui, un pompier lui remontait une couverture de survie. Il se redressa aussi sec. Avec douceur tout en ayant un geste ferme et précis, le pompier le rallongea.

— Vous avez pris un coup derrière la tête monsieur. Ne bougez pas. Vous vous appelez comment ?

— … Ma… Malek.

— Vous savez où vous vous trouvez ?

— Oui.

— Vous êtes où monsieur ?

— Chez le fils de mon ami Jean… Chez Maxime.

— Qu'est-ce qui s'est passé monsieur ?

— Je… je ne sais pas. J'étais à la porte, je l'ai forcée et… dans la chambre. Maxime ! Où est-il ?

— Maxime, c'est l'homme qui était sur le lit ?

— Oui. Il faut le soigner ! Il a été poignardé.

— Il est parti avec le Samu il y a dix minutes.

— Il va s'en sortir ?

— Je ne peux pas vous répondre, ce n'est pas nous qui l'avons pris en charge. La police voudrait vous parler. Vous vous en sentez capable ?

— … Oui… Mais je n'en sais pas plus que ça.

Le pompier aida Malek à se redresser. Il se frotta la nuque, il avait un bel hématome. Un policier en civil s'approcha amicalement de lui.

— J'ai besoin de vous monsieur pour comprendre ce qu'il s'est passé. Si cela ne vous embête pas, j'aimerais que vous me suiviez jusque dans le salon pour éviter de trop polluer la scène de crime.

Malek suivit le policier jusqu'au salon et l'invita à s'asseoir sur le canapé en toile.

— Vous avez besoin d'un verre d'eau ?

— Non, merci.

— Vous vous appelez comment ?

— Malek… Malek El Fairhouze.

— De Toulouse ?

— Non. Je vis à Saint-Paul-de-Vence. Je suis venu voir un ami. Et c'est son fils qui était sur le lit.

— Que s'est-il passé ?

— Je n'en sais strictement rien… Je… Son père lui avait donné rendez-vous et Maxime n'est pas venu. Voyant son père contrarié, j'ai voulu persuader Maxime de me suivre, c'est pour ça que je me suis rendu à son appartement.

— Quel rapport entretenez-vous avec la victime ? Vous vous êtes disputés ?

— Non, non, non. Vous n'y êtes pas. Je n'y suis strictement pour rien. Il ne répondait pas. J'ai entendu du bruit, j'ai enfoncé la porte. Et je l'ai retrouvé gisant sur son lit. C'est moi qui ai appelé les secours. Immédiatement.

— Il y avait une autre personne avec vous ?

— Non… En fait si. Alors que je m'occupais de Maxime, j'ai reçu un coup derrière la tête. Et après plus rien… Jusqu'à ce que je me réveille. C'était l'agresseur de toute évidence.

Une fois sorti de sa stupeur, Malek commençait à retrouver la vivacité de son esprit. Quelque chose clochait. Quelqu'un en voulait personnellement à Jean, c'était une évidence pour lui. D'abord on s'en prenait à Chloé puis, maintenant, à son fils. Jean était visé au cœur. Cela ne pouvait être le fruit du hasard et Malek n'envisageait pas que ce soit des Tchétchènes qui soient à l'origine de ces évènements. Tout cela ne répondait à aucune logique. À moins que Jean ne lui ait pas dit toute la vérité. Après tout, cela faisait une éternité que les deux amis ne partageaient plus rien. Quoi qu'il en soit, Malek se devait de le prévenir.

— Excusez-moi commissaire, je peux utiliser les toilettes ?

— Lieutenant, ça suffira. Allez-y.

Souriant au policier en guise de remerciement, Malek se leva et partit s'enfermer dans les toilettes pour dégainer son smartphone. Il tomba directement sur la messagerie de Jean. Malek eut un petit rictus de déception.

« Bonjour vous êtes bien sur le mobile de Jean Salmon. Laissez-moi un message après le bip, je vous rappelle au plus vite. »

— Jean… Rappelle-moi au plus vite. C'est urgent. Très urgent. Annule ton excursion, je t'expliquerai. C'était Malek, rappelle-moi… Rappelle-moi s'il te plaît.

51
Parce qu'il faut être sur le qui-vive

— D'accord patron… J'ai compris.

À peine raccroché, Angel en étirant la culasse vers lui vérifia que le magasin de son Glock 17 était bien approvisionné. La balle dans la chambre de son arme à feu sortit de la fenêtre d'éjection. Il la récupéra en plein vol avec la dextérité d'un receveur de baseball professionnel.

— Tu veux m'impressionner ?

— Non Fathia. Je fais juste mon boulot.

— Dommage. Je trouvais ça mignon.

— Ils arrivent dans dix minutes. Tiens-toi prête.

— C'est quoi l'idée du délire ?

Angel se positionna vers la fenêtre et pointa du canon de son automatique l'entrée principale de la cité.

— Le gros de notre équipe va passer par là. Ils ont prévu un joli petit feu d'artifice…

— Et pour les chouffeurs de l'autre côté ?

— Les ?

— Les chouffeurs, ceux qui surveillent le point de *deal* dans l'autre entrée.

— Là, ce sont tes copains qui vont s'en charger. Ensuite, ils vont monter chercher la cible. C'est à ce moment-là que nous on descend. On se poste à l'entrée du bâtiment et on attend qu'ils redescendent.

— Je le sens bien ce bail. Pris en triangle, ils l'ont dans le *ionf*.

— T'as une arme ?

— Pas de ça pour moi. Je veux pas être calibrée, c'est pas ma came. Je reste nature.

— Alors tu restes derrière moi. Quoiqu'il arrive. Dès qu'ils ont le mec, on repart vers l'entrée principale pour rejoindre les voitures. Tu ne me quittes pas.

— Tu crois que je vais laisser partir ce mignon petit boule tout seul ? Tu rêves… Qu'est-ce qu'on fait pour le keum dans la chambre ?

— Ça serait bien qu'il refasse un petit dodo.

— Je m'en occupe.

Après avoir pris soin de mettre gratuitement une petite main aux fesses de son nouvel amant, Fathia partit dans la chambre pour neutraliser le Russe. Angel, quant à lui, rassembla toutes les affaires et les rangea méticuleusement dans le sac à dos de Fathia qu'il plaça à l'entrée de l'appartement. Fouillant dans les poches intérieures de sa veste en cuir, il sortit deux chargeurs remplis au maximum. Cela lui faisait trente-quatre balles supplémentaires en cas de nécessité. Néanmoins, il espérait au fond de lui qu'il n'en aurait pas l'utilité. Il y avait beaucoup de monde dans le quartier. Des enfants qui jouaient sur le parking, des vieux qui commençaient à sortir pour profiter de l'air frais en ce début de soirée… C'était l'heure de dîner, mais il y avait encore trop de monde à l'extérieur. Angel savait que cette opération pourrait vite dégénérer. Avec l'effet de surprise, il espérait que les Tchétchènes n'auraient pas le temps de réaliser ce qui se passerait. Il fallait les immobiliser au plus vite avant que cette action ne vire au bain de sang. Angel avait tué assez d'innocents dans sa vie pour ne plus avoir l'obligation de participer à une telle injustice. Les dommages collatéraux n'étaient pour lui qu'une phrase politique hypocrite pour dire que des innocents avaient été assassinés. C'était plus joli à entendre, mais c'était aussi dégueulasse à voir. Il jeta un coup d'œil vers la chambre où s'était rendue Fathia. La porte était fermée. Il se doutait, au vu de ses compétences, qu'elle trouverait facilement un moyen d'assommer Aslan. Il se mit sur les genoux, joignit ses mains et ferma les yeux :

Padre nuestro que estas en el cielo, santificado sea tu nombre, venga a nosotros tu reino…

52
PARCE QU'AVANT L'ORAGE IL Y A TOUJOURS LE SILENCE

À quelques mètres de l'entrée principale, encore dans la voiture, les hommes d'Issa armaient leurs Kalachs. Au loin, les vieux marchaient calmement le long de la rue, saluant amicalement les résidents qui croisaient leur chemin. Qui se douterait que ces trois-là ne jouaient pas au Scrabble dans une maison de retraite mais jouaient plutôt de la gâchette ? Mort compte triple. Quelques minutes auparavant, Franky, le tireur d'élite, s'était posté discrètement derrière une benne qui offrait une vue imprenable sur le futur champ de tir. Invisible, Franky était une assurance vie, un ange gardien. Issa prit la parole :

— Les gars… je sais que c'est chaud. Mais on va éviter de faire parler les *guns*. Il y a trop de gens, là.

— Ils ont quand même buté nos potes, fit remarquer Abdel.

— Ouais et j'ai pas envie d'ajouter vos noms sur la liste. On ne défouraille que si on est obligé. Je pense qu'avec l'effet de surprise ça va les tétaniser et qu'ils vont pas bouger d'une oreille.

— Mon cul ouais. Je les connais les Tchétch. Ce sont des nerveux de base. Là, on vient *ouèj* sur leur territoire. C'est pire que des forains, assura Kevin en sortant un petit sachet de poudre blanche. Quelqu'un veut taper un trait ?

Personne ne répondit.

— Tant pis, il y en aura plus pour moi.

Et il s'enfila d'une traite la ligne qu'il venait de se créer sur le boîtier d'un CD du rappeur Seth Gueko à l'aide de la petite paille qu'il s'était faite avec un bout cartonné d'un ticket de métro Tisseo. Même s'il désapprouvait que ses soldats se droguent, Issa ne fit pas de réflexions. Ils partaient à la guerre et, de tout temps, les guerriers se mettaient dans un état second pour affronter le pire. La vinasse pendant la Première Guerre, la marijuana et l'opium pendant la guerre du Viêtnam. Alors si ça pouvait lui donner l'impression d'être plus fort, qu'est-ce que ça lui importait si Kev' se tapait un rail de coke ? Lui, en revanche, avait besoin d'avoir toute sa conscience. Avoir l'esprit le plus clair possible pour réagir de la meilleure des façons en cas d'impair. Les vieux étaient tout proches du *check point*. Issa appela Rachid qui était posté avec les autres près de l'autre entrée :

— Rachid, c'est moi. Tiens-toi prêt, ils sont pas loin. Comment ça se passe de ton côté ?

— C’est tranquille. En vrai, j’ai l’impression qu’y a personne de ce côté. Niveau surveillance, c’est des baltringues.

— Ouais, ben fais gaffe quand même.

— Les voilà !

De la fenêtre de l’appartement, derrière ses jumelles, Angel observait l’arrivée de Jean accompagné d’hommes qu’il ne connaissait pas.

— Fathia ! Faut qu’on bouge !

Son appel resta sans réponse.

— Fathia ?

Il eut à peine le temps de se retourner vers la porte de la chambre qu’Aslan lui colla sur la joue gauche une droite magistrale. Il ne fléchit pas. Par réflexe, Angel lui asséna en retour un coup dans les côtes. Aslan n’émit même pas un son et sourit avant de planter ses ongles longs autour du cou d’Angel. Il les planta si profondément dans sa chair que des gouttes de sang perlaient le long des doigts fins du Tchétchène pour s’écouler sur le col de la chemise du Mexicain. Angel étouffait. Il avait l’impression de se battre contre Wolverine, ce super héros de Marvel aux griffes d’adamantium. Il essaya de le maîtriser en lui jetant des coups de genoux entre les jambes, mais à chaque fois, Aslan avait l’instinct de reculer. Un vrai combattant. Angel n’avait presque plus d’air dans les poumons. Saisissant les poignets de l’homme de l’Est, il essaya de lui retirer les mains. Impossible. Cette fois, ce n’est pas lui qui avait l’ascendant.

— Je vais te crever petite merde… et après je vais défoncer ta petite pute. On la fera baiser par tout le quartier pendant un mois et après on l'enverra à Grozny où elle taillera des pipes pour cent roubles.

La force de l'homme était impressionnante, il souleva Angel avec la facilité et l'agilité d'un joueur de catch. Il fit claquer contre le mur le crâne d'Angel qui se retrouva les pieds à dix centimètres du sol. Aslan hurla, laissant tomber sa proie comme des haltères trop lourdes. Fathia, le nez ensanglanté, venait de lui enfoncer à l'arrière des cuisses des coups de couteau. Aslan se retrouva à genoux en une fraction de seconde. À son tour, elle encercla le cou de l'assaillant avec son avant-bras pour le priver d'air tout en faisant pression à l'aide de son autre bras. Angel plié en deux retrouvait son souffle.

— Alors connard !? Qui c'est qui va tailler des pipes maintenant !?

Sans air, Aslan s'évanouissait. Une fois écroulé sur la moquette élimée du salon, Fathia lui jeta des coups de pied sur l'échine. L'homme ne bougeait plus.

— T'as vu comment il m'a éclaté le *zen* cet enculé ! Il m'a bien baisé ce fils de pute.

À nouveau elle le tapa, mais cette fois-ci à la tête. Angel l'arrêta.

— Il faut qu'on y aille. Ils sont déjà en place.

— Comment il t'a fait un joli collier avec ses ongles l'autre… Je te jure t'as des traces violettes partout autour de…

— … On s'en fout. Faut descendre là !

— Ouais c'est bon, calme-toi. T'es vénère parce que c'est moi qui l'ai défoncé l'autre barbu là.

Une explosion se fit entendre en bas de la cité.

Jean avait pris calmement la tête du cortège, plantant à chaque pas le bout de sa canne sur le goudron, accompagné par Tony qui lui semblait plus nerveux. Il n'arrêtait pas de tourner la tête de droite à gauche en transpirant à grande eau, cherchant et trouvant le regard des habitants. Jean lui prit amicalement le bras afin de le rassurer :

— Reste calme Tony. Tout va bien…

— Je ne le sens pas ce plan. Ils n'arrêtent pas de tous nous regarder.

— On est juste des vieux. Des vieux mâles blancs foutus qui marchent tout droit vers le cimetière.

— C'est censé me rassurer ?

— Nous ne sommes pas une menace pour eux.

— S'ils savaient…

— Justement, ils savent pas, alors on se calme et on boit frais.

— J'avais oublié tes références de chiotte.

Au moment où les deux vieux s'approchaient de la cage d'escalier ciblée, une énorme explosion les propulsa violemment sur le bitume. Leurs oreilles bourdonnèrent comme dans une ruche à qui l'on vient de violer le périmètre. Jean voyait bien que Tony essayait de lui dire quelque chose mais il n'entendait plus rien. Des gens accouraient de partout. Jean était complètement sonné, il regarda en direction de la voiture verte pour voir si l'explosion avait dégagé le terrain. Mais la voiture était visiblement intacte. Les trois hommes étaient sortis de la voiture le visage entaillé à cause des bris de verres des vitres et du parebrise qui leur avait éclaté à la figure. À quelques mètres d'eux, un peu plus loin sur la route, des lambeaux de chairs et de vêtements déchiquetés composaient un tableau sordide. Le corps démembré de *Coburn* s'éparpillait un peu partout sur l'asphalte. Pour sa dernière mission, *Coburn* avait allumé une mèche trop courte. Beaucoup trop courte… On ne peut pas être et avoir été.

— Le con…, pensa Jean.

Aux fenêtres, les mamans rappellent leurs mômes qui se précipitent vers les halls d'immeubles dans un silence assourdissant. La cité se vide. Seuls quelques hommes de Naourbek sortent d'un peu partout, armes à la main. Jean essaye de se relever à l'aide de sa canne, mais ses jambes fléchissent à mi-chemin. Une main virile le soulève d'une traite. Jean regarde Angel qui agite ses lèvres mais aucun son intelligible ne sort de sa bouche. Angel traîne Jean pour le mettre à l'abri à la sortie opposée, tout en tenant son flingue camouflé le long de sa cuisse. Il faut faire vite avant que les Tchétchènes ne comprennent ce qu'il se passe. Derrière les deux hommes en fuite, Fathia assure leur couverture et n'hésite pas à faire une balayette à un gars qui s'approche un peu trop près d'eux. L'homme, sonné, tombe au sol. Elle réalise que c'est Naourbek qui est là, étalé devant elle. La garde rapprochée du Russe, tellement accaparée et intriguée par l'explosion, en a oublié sa mission première : le protéger.

— Angel ! Regarde qui on a là. Angel !!! cria Fathia.

Il se retourne et aperçoit Naourbek endormi sur le pavé. Handicapé par le poids de Jean, il sait très bien qu'à ce moment précis qu'il ne pourra pas porter les deux hommes. Le choix est vite fait, mettre à l'abri Jean et au plus vite. Angel continue sa route.

— Angel putain ! On a une occase en or, là !!! Passe-moi le vieux ! Active !

Elle se précipite pour soulager Angel du poids de Jean. Elle prend le bras du vieux et le met autour de son cou et se saisit par sa taille pour mieux le transporter. Jean, dans les choux, ne comprend plus rien à ce qu'il se passe. Tony qui a repris conscience, donne un coup de main à la jeune fille. Alors que Naourbek, revenu à lui, se relève et s'apprête à rameuter ses hommes, Angel lui lance un uppercut qui le met directement KO. Angel prend le poids mort sur son dos, il pèse une tonne.

Postés de l'autre côté de la cité, Rachid et ses gars attendaient impatiemment le top de départ de l'opération. Ils voulaient de l'action. Rachid passait des heures devant sa console de jeux à *shooter* des soldats sur *Call Of Duty* ou à écraser gratuitement des passants sur *GTA V*. Aujourd'hui, il avait l'occasion d'être dans le dur et on l'avait relégué en arrière base. Ça le rendait fou. Les Tchétchènes étaient tellement sûrs que rien ne pouvait arriver sur leur territoire qu'ils en avaient oublié les règles élémentaires d'une bonne surveillance. Quelques mômes étaient là pour chouffer l'arrivée éventuelle de baqueux pour prévenir les frères, mais rien de vraiment sérieux. Il était sûr qu'il n'aurait pas à dégainer. Il dégaina alors sa canette de Coca et porta la boisson à sa bouche. Une explosion se fit entendre. La canette de coca lui échappa des mains et le liquide brunâtre se répandit sur toute la surface de ses vêtements.

— Merde ! … C'est *chelou* que ça pète déjà, non ? On vient juste d'arriver.

— J'en sais rien ma gueule. Tu me passes ton coca ? demanda Adama.

— Sérieux, c'est zarb. Il est même pas quinze.

— Et alors ? … Passe-moi ta canette.

— Et alors !? Ils ont dit que le bordel il commencerait à quinze. Là, il est treize.

— Ils sont en avance, qu'est-ce que ça peut foutre. Vas-y, fais pas ton crevard, passe-moi une gorgée.

Ça tourne dans la tête de Rachid. Il a comme l'intuition qu'il y a eu un accroc quelque part. D'accord, ce ne sont pas des pros des exfiltrations et des braquages, mais là, ils se sont dit que ça partait à quinze et là, il est treize. Rachid tourne la clé de contact.

— Qu'est-ce tu fous ?

— Je veux voir ce qu'il se passe.

— Il va nous *tèje* Issa, il a dit de bouger que si ça partait en sucette.

— Je prends sur moi, ma gueule.

Rachid accélère en faisant un dérapage contrôlé pour passer entre les containers de poubelles, plots, barrières ou cartons installés en guise de barrage. Un gamin qui passe par là, à cheval sur son vélocross, saute de son deux-roues et se jette sur le côté pour ne pas se faire écraser par la BMW que conduit Rachid. Le vélo finit sous les jantes de la grosse berline volée la veille. Rachid essuie une pluie d'insultes du jeune cycliste, il tourne sur la gauche pour rejoindre l'allée centrale qui donne sur l'entrée principale. À fond la caisse, dans le stress, il donne un coup de volant et sa voiture heurte l'avant de la carcasse d'une camionnette abandonnée. La BM tourne sur elle-même et se retrouve le cul en arrière de la route. Adama se retourne et voit Fathia en train de porter le vieux avec *Le Gitan* alors qu'Angel met un coup de poing à Naourbek.

— T'avais raison bordel ! Ils sont dans la merde !!!

— Baisse-toi ! Adama, baisse-toi !

La main sur le siège passager, l'autre main sur le volant, la tête tournée vers le parebrise derrière lui, Rachid entame une marche arrière à vive allure. Les ailes avant de la voiture se cognent contre les parechocs des véhicules qui ont eu la mauvaise idée de se garer là aujourd'hui.

— Préparez-vous à défourailler les gars ! , lance Rachid à ses gars.

Adama et Kader arment leurs calibres. Rachid arrive à hauteur de son amie et pile d'un coup sec qui les propulse tous les trois vers l'avant du véhicule. Les trois portières s'ouvrent instantanément dans une chorégraphie digne d'une scène de film de John Woo. Planqués derrière les portes de la voiture, ils visent les Tchétchènes qui commencent à venir vers eux. Fathia dépose Jean à l'avant de la voiture, toujours aidée par *Le Gitan*.

— Ouvre le coffre, vite ! hurle Angel à Rachid qui se penche dans l'habitacle pour enclencher l'ouverture automatique du coffre.

Angel balance à l'intérieur le chef des Russes et referme le coffre à toute vitesse. À son tour, il braque la bande adverse qui est complètement désemparée. Ils sont une dizaine face à eux et il en sort de tous les côtés. Rachid s'avance face à eux en fanfaronnant.

— Qu'est-ce que vous allez faire bande de baltringues ! On a votre chef ! Vous bougez d'un *iep* et on le défonce.

Un Tchétchène mime avec ses doigts un pistolet, vise de son index Rachid et tire sur lui comme un gosse dans une cour d'école.

— C'est toi, qu'est-ce tu vas faire ! T'es chez nous ici. Vous allez jamais pouvoir repartir. Alors ouvre ce putain de coffre et sors-le. Vite. Très vite. C'est un conseil.

— Je m'en bats les couilles de ton conseil. Tu vas nous laisser tracer ou je le shoote comme une pute.

Rachid place son arme en direction du coffre où est coincé Naourbek. Les Tchétchènes ont un mouvement de recul. L'homme qui mime un pistolet avec ses doigts baragouine quelques mots en russe.

— Vas-y parle pas en truc là, on comprend rien !

L'homme sourit à Rachid. Les Tchétchènes commencent à se déployer autour d'eux. Angel agite son Glock dans toutes les directions. Ils sont coincés. Soudain, un tir vient se loger dans le mollet du Russe qui s'écroule de douleur. Ses hommes se retournent et ne voient rien. Pourtant, d'autres tirs viennent ricocher sur le bitume de la cité. Au loin, bien planqué, Franky fait son ouvrage. Caché dans un arbre, il souhaite montrer à tous à quel point c'est un véritable tireur d'élite.

Angel profite de ce moment de perdition pour leur ordonner de jeter leurs armes au sol. Tous s'exécutent. Ils ont compris qu'ils étaient pris en tenaille et qu'il ne fallait pas bouger. Rachid remonte dans la voiture avec ses camarades. La bagnole est remplie, au complet. Angel les rejoint en reculant, toujours menaçant avec son arme, il met un pied sur la contremarche de la voiture, se tient debout à l'aide de la portière ouverte pour avoir dans son viseur la bande ennemie. Fathia a compris qu'Angel ne rentrerait pas dans la voiture tant qu'ils seront à portée de tirs des Russes.

— Démarre ! , dit-elle à Rachid en lui tapant trois coups rapides sur l'épaule.

Déboussolés, les Tchétchènes laissent la BM disparaître avec leur chef prisonnier dans le coffre…

53
Parce qu'il y a toujours une trahison

1989. Saint-Félix-Lauragais.

Dans la nuit noire profonde une lueur perçait l'obscurité hivernale. Entre les arbres, un brasero crépitait de hautes flammes. Jean, Malek, Paul et Dani se réchauffaient dans un silence assourdissant. Les quatre hommes regardaient le feu comme hypnotisés. La vapeur de leur respiration se dissipait dans les airs. Et toujours ce silence. À leurs pieds, près des sacs de sport remplis, étaient entassées en boule leurs tenues de *travail*. Toges, tricornes, gants, masques… C'est *Clopo*, tête baissée, qui brisa la tranquillité presque religieuse de l'instant.

— Tout a une fin… Pour être sincère les gars… Même si je flippe de ce qui va arriver, je ne suis pas mécontent que tout s'arrête…

— Tu vieillis, ironisa Dani.

Paul resta sérieux. Il se pencha pour ramasser son costume qu'il serra fort contre lui comme on serre un être cher qui s'apprête à quitter ce monde. Puis, il apposa un baiser sur l'étoffe sombre et jeta d'un geste sûr tout le costume dans le brasier. Dans les flammes, le tissu se rétrécit d'abord sur lui-même pour se protéger de l'attaque du brasier puis, devant son impuissance, lâcha prise et se déploya pour se laisser consumer. Un à un, tel un rituel païen, ils jetèrent au bûcher leurs secondes peaux.

C'est cette nuit-là que s'éteignirent les Vénitiens.

Les hommes grimpèrent le long du chemin de cailloux étouffé par les mauvaises herbes pour rejoindre la bergerie. La procession se fit sans mot dire, on entendait juste le bruit des semelles de ces hommes écrasant le gravier. Malek ouvrait la marche en tenant une lampe torche. Jean, Paul et Dani portaient en bandoulière les sacs contenant leur dernier butin. Quelques millions en cash, facilement volés. Pour leur dernier coup, ils avaient échafaudé leur braquage en toute ataraxie. Une des connaissances de Dani lui avait fourni les plans du bâtiment où un investisseur vietnamien, qui avait réussi dans l'import-export, camouflait son argent dans une grande statue en plâtre représentant Mahă Kassapa. L'avantage que sa femme fût asiatique était que Dani avait pu entretenir quelques relations dans cette communauté restreinte. Et comme on attire toujours ses semblables, Dani avait fini par faire la connaissance de Minh. Une petite frappe qui n'aimait pas se salir les mains, mais qui avait le goût du jeu et donc de l'argent. Minh avait négocié ce bon plan en échange de quinze pour cent de la somme trouvée. Du cash facilement gagné. Personne ne surveillait le bâtiment, pas d'alarme, pas de chien de garde. Rien. Lorsque Dani fracassa la statue avec sa lourde masse, les liasses de billets, par centaines, s'étalèrent sur la moquette épaisse du bureau. Ils trouvèrent même quelques lingots d'or dans le socle qui maintenait droit le corps du disciple de Bouddha. Les Vénitiens, satisfaits, se permirent même de finir une vieille bouteille de saké millésimé qui traînait sur le bureau en bois tropical brun foncé, accompagnée de son service en porcelaine dans lequel les verres offraient une nudité asiatique une fois remplis. Ils avaient toujours eu une bonne étoile qui veillait sur leurs actes malveillants, mais là, ce n'était pas une étoile, mais toute la constellation. Tellement facile. Ils étaient repartis comme ils étaient venus, les mains dans les poches, avec en plus de l'argent en poche justement. Leur dernier coup était royal. Ils étaient enfin parvenus à solder leur objectif sans prendre le moindre risque. S'il y avait l'excitation de mettre un terme à plus de dix ans de braquages en tout genre, il y avait dans leurs yeux de la tristesse. Plus jamais ils ne se reverraient pour échafauder des plans, plus jamais ils ne s'engueuleraient pour montrer leurs désaccords, plus jamais ils n'auraient peur que tout échoue, plus jamais ils n'auraient cette dose d'adrénaline, plus jamais ils ne se prendraient une cuite dans une piscine d'argent liquide, plus jamais ils ne se serreraient dans leurs bras pour fêter leur victoire. Plus jamais.

Chacun allait à présent suivre son propre chemin. À presque quarante ans, ils avaient enfin de quoi finir leur vie dans l'opulence et se « ranger des camions », partir à la retraite s'ils en avaient le désir. Jean tenait sa promesse vis-à-vis d'Hannah, Dani allait pouvoir être pleinement présent pour sa femme Delphine et ouvrir le grand restaurant dont elle rêvait tant. *Clopo*, lui, ne savait pas trop quoi faire. Sa seule ambition fut toujours d'être entouré de ses copains. Il verrait bien, en tout cas il avait suffisamment d'argent pour voir le temps venir. Malek, lui, avait tout prévu. Il partirait dans le Sud-Est, vers Cannes ou Nice. Des relations, il en avait un certain nombre là-bas et il projetait de faire du *business* avec eux. Un *business* propre où il n'aurait plus à se soucier de se faire alpaguer par la flicaille et de finir ses jours derrière les barreaux. À présent, c'est un homme droit.

Alors que les quatre amis se trouvaient devant la porte d'entrée de la vieille bergerie, Malek s'aperçut immédiatement que la serrure avait été forcée. Par réflexe, il se tourna vers ses camarades en apposant son index sur ses lèvres pour leur imposer le silence. Il éteignit sa lampe torche et sortit de la poche arrière de son pantalon, son vieux Manurhin qu'il gardait toujours sur lui. Réactif, Jean fit signe à Paul de contourner la maison par la droite et à Dani de le faire par la gauche. Les trois hommes posèrent délicatement leurs sacs au sol. *Clopo* en ouvrit un pour en sortir un Uzi. Il déplia aussitôt sa crosse tout en armant le pistolet-mitrailleur.

Malek entra le premier dans la maison suivi de près par Jean. La bergerie était sens dessus dessous, ils devaient progresser en évitant de marcher sur les bris de verre, les livres, les couverts… Jean heurta une vieille chaise en bois qui était allongée sur le côté à même le sol et manqua de tomber à terre. Malek lui jeta un œil noir. Il n'y avait aucun bruit, il était évident pour Jean que les visiteurs étaient venus il y a un bon moment. En entrant dans la chambre, Malek rangea son arme. Ce qu'il vit le terrifia. Le sommier et le matelas étaient plaqués au mur, et toutes les lattes du parquet avaient été démontées. L'argent avait disparu. Il poussa l'interrupteur pour mieux voir. La chambre n'avait plus de sol.

— Les enfoirés…, soupira Jean.

— Ils ont tout pris… Tout. Tout ! Merde, merde, merde !!! ragea Malek dans une colère qui montait. Quarante-cinq millions… Tout ! Il n'y a plus rien ! Merde !

Jean, accroupi, regarda s'il ne restait pas quelques liasses oubliées. Il niait l'évidence, les Vénitiens s'étaient fait voler. Rejoint par Dani et *Clopo*, Malek hurla.

— Dix ans !!! Dix ans pour tout réunir. Dix ans de risques pour rien !!!

— C'est quoi ce bordel ? , demanda Daniel.

Jean se releva sonné.

— On s'est fait mettre. On nous a piqué tout notre pognon…

Clopo était le seul à ne rien dire. Comme à son habitude, il s'alluma une cigarette, leur tourna le dos et partit chercher un verre. Malek s'agenouilla et maugréa quelques mots en arabe que personne ne comprit, puis il se saisit des lattes en bois du parquet qu'il explosa de rage contre les murs. Ils ne l'avaient jamais vu dans cet état, lui qui était toujours posé, il était en train de perdre son équilibre mental.

Clopo avait fait du feu dans le salon. Les trois sacs de sport contenant leur dernier vol trônaient au milieu d'eux. À l'exception de Malek, les autres étaient assis, dépités, sur les fauteuils en toile jaunâtre. Jean prit la parole.

— Arrête de tourner en rond, tu nous fatigues Malek.

— Je vous fatigue ? Veuillez m'excusez d'être fou de rage ! On vient de me prendre dix ans de ma vie. Alors, oui, effectivement, je suis légèrement excédé ! Tous mes plans sont fichus !

— S'énerver ne sert à rien. On ferait mieux de réfléchir et de trouver qui nous l'a mise à l'envers.

— Tu crois que c'est si simple que ça Jean ? Nous seuls savions qu'il y avait un trésor. Nous seuls connaissions cette maison. Nous seuls savions où nous l'avions caché…

— Quelqu'un nous a peut-être suivis et puis il a attendu sagement que nous ne soyons pas là et… voilà. Il y a bien une explication, s'aventura Jean.

Cette dernière réflexion agaça encore plus Malek.

— Mon pauvre ami. Tu n'es vraiment pas une lumière. Bien entendu il y a « une explication » comme tu dis. Et cette explication, elle n'est pas si difficile à envisager. C'est l'un de vous qui m'a trahi.

De colère, Jean se leva d'un bond et tendit son doigt vers Malek.

— Arrête de tout prendre pour toi ! On l'a tous dans le derche ! « On m'a volé, on m'a trahi » ! Moi, moi, moi ! Tu voudrais te dédouaner que tu ne t'y prendrais pas autrement, hein ? C'est bien toi qui dis toujours que la meilleure défense c'est l'attaque ! Alors baisse d'un ton parce que moi aussi je pourrais te mettre en défaut !

— Tu m'accuses, c'est ça ?

— Non ! C'est toi qui nous accuses !

— Pardonnez-moi messieurs, mais réfléchissez ne serait-ce que deux minutes. Qui à part l'un de vous…

— « Qui à part l'un de nous … » Mets-toi dans la boucle s'il te plaît.

— Très bien. Qui à part l'un de nous pouvait savoir à propos de notre trésor de guerre ? Qui ? Paul une idée ? Jean ?… Dani ?

— …Personne.

— Voilà Dani. Tu l'as bien dit : personne ! Le coupable est inévitablement dans cette pièce. Je ne partirai pas d'ici sans savoir qui c'est. Il y a bien quelqu'un qui a parlé. Tu pourrais au moins être d'accord avec ça Jean ?

— Tu crois que Paul aurait bavé ? Auprès de qui ? À part nous, il n'a pas d'ami. Il n'a que nous. Dani ? Cet argent depuis qu'il a sa famille, il en a autant besoin que nous.

— Justement. Il aurait très bien pu le prendre uniquement pour son usage.

— Attends Malek ? Je rêve où tu m'accuses ?

— Je soumets une hypothèse.

— Je vais te soumettre une hypothèse avec mon poing dans la gueule, ça va vite t'empêcher de faire des calculs. Et toi ?...

— Quoi moi ?

— Toi là… avec tes bonnes manières, tes chichis. Ça pourrait bien être toi l'enculé qui nous a baisés. C'est vrai. Tu parles comme un snob, tu t'habilles comme un prince, on a toujours l'impression que tu joues un personnage. T'as pris des cours de comédie ? Parce que c'est certainement pas au bled que tu as chopé tous ces tics de bourges.

— Bon les gars, ça ne sert franchement à rien de s'énerver. On est là en train de s'accuser les uns les autres, c'est vraiment pas *cool*.

— Pas *cool* ? Mais Paul, arrête de parler comme un stupide ado. Je vais pas me laisser insulter par cet enfoiré de… de… de connard.

— Mais va jusqu'au bout Dani. Par ce putain d'Arabe, c'est ça que tu veux dire ?

— Mais non, rien à voir.

— Vas-y, dis-le ! Je suis certain que ça va me faire plaisir !

Malek reprit son vieux flingue et le colla sous le nez de Dani qui le fixait avec arrogance.

— Vas-y, tire. Porte tes couilles. Tire !

— Ne me tente pas.

— Ça suffit maintenant !!! Stop !!!

Avec toute son autorité naturelle, Jean s'interposa entre ses deux amis.

— Ce n'est pas ce soir que nous saurons la vérité… La nuit porte conseil. Ce que je sais… ce que je sais, c'est que pour moi, c'est fini. Nous avions dit que ce soir serait notre dernier coup et ça sera le cas. De votre côté, faites ce que vous voulez. Je veux bien perdre de l'argent, mais pas Hannah.

— Jeannot a raison. Demain, c'est bien. Parlons demain. Moi je repars à Toulouse, je ne dormirai pas là ce soir.

— Tu vas planquer ton argent, c'est ça Paul ?

— Malek. Je t'assure que j'y suis pour rien. Je suis juste fatigué. Si vous me cherchez, je serai chez Fabrice. Il vient d'ouvrir un PMU boulevard d'Arcole. Besoin de me bourrer la gueule, là… salut les gars.

Paul s'apprêtait à partir quand Dani l'interpella.

— Tu prends pas ta part ?

— De ? Clopo regarda les sacs au sol. Faites le partage. Je vous fais confiance. Là, je… là, j'ai vraiment l'envie de me mettre la tête à l'envers. À demain.

Clopo leur dit au revoir d'un simple geste de la main. Ce soir-là, il n'avait pas le cœur à embrasser ses amis. Il détestait les relations conflictuelles et, surtout, il n'avait pas envie de savoir ce qu'il s'était passé. Il venait juste de réaliser que la bande était définitivement dissoute. Sans l'appât du gain, leur amitié ne résisterait pas. Il se retrouverait seul, et ça, ça lui faisait mal.

— Paul a raison. On ferait mieux de tous y aller. Malek, Jeannot, on fait le partage et je me tire.

Pendant que Jean redressait la table qui était renversée, Malek prit les sacs pour les poser dessus et commencer le décompte. Cette dernière nuit devait être leur plus belle, malheureusement, elle leur laissa un goût amer. L'argent divise. Toujours. Au final, ils étaient comme tous les autres. Chacun pour soi… et seul contre tous.

54
Parce qu'il faut bien faire parler

— On est où là ? demanda Jean à Issa.

Rachid et Adama finissaient d'attacher Naourbek sur une vieille chaise pliante sous l'œil d'Angel.

— Au dépôt de la DDE. C'est un cousin à *oim* qui bosse ici. Ils sont en grève depuis deux jours, personne pour nous faire *iéch*. Il m'a filé les clés pour qu'on puisse taper de l'essence de temps en temps. Moins cher qu'à la pompe. C'est l'État qui nous paie le plein les bâtards, s'enorgueillit Rachid surexcité.

Rachid ne put s'empêcher de mettre une petite claque gratuite derrière le crâne du Russe. Issa demanda à Rachid d'aller rejoindre Fathia dans l'arrière pièce qui s'occupait des oreilles ensanglantées de Tony. L'explosion lui avait perforé les tympans. Angel restait en retrait, prêt à intervenir.

— Je suis désolé pour ton ami.

— *Coburn* ? Il a voulu faire le malin, ça lui a pété à la gueule. C'est le jeu ma pauvre Lucette. Toi par contre Issa, tu étais où ?

— En couverture.

— En couverture ? C’est sûr que tu étais bien au chaud, une vraie couette.

— Monsieur Salmon, c’est pas ce que vous croyez.

— Je ne crois rien, je constate.

— Si je montrais ma pomme, ils auraient eu vite fait de nous retrouver… Évidemment, je serais intervenu au besoin.

— Si t’avais peur de te faire détroncher il te suffisait de mettre une cagoule. De ce que je vois aux infos, c’est votre truc les cagoules. On est plus courageux quand on a le visage dissimulé et que l’on se met à quinze pour frapper une victime.

— … Ne le prenez pas comme ça.

Jean tourna le dos à Issa pour se rapprocher de Naourbek. Il le fixa droit dans les yeux pendant quelques secondes. Posément.

— Je vais te poser la question gentiment. On ne se connaît pas, mais sache que la politesse, c’est pas mon fort. Alors profite de mon instant de bonté.

— Touche ton cul vieux débris.

— C’est dans mes cordes… Elle est où ma fille ?

— En train de sucer mes potes.

D’un geste ample, Jean fit valdinguer sa canne si fort contre le visage de Naourbek qu’elle se brisa sur la pommette saillante de son détenu.

— Elle est où ma fille ?

— Va te faire foutre !!!

D’un mouvement vertical, Jean planta le reste de sa canne affûtée comme une lame dans la cuisse du Tchétchène qui se tordit de douleur dans des cris assourdissants.

— Pour la dernière fois : où est ma fille ?

— Mais t'es qui putain ? Je ne sais même pas de quoi tu me parles bordel !?

Jean mit tout son poids sur le pommeau de la canne qui s'enfonça encore plus loin dans la chair de son ennemi et tourna son poignet pour déchirer les muscles à vif. Naourbek se mordit les lèvres et contint sa douleur au fond de sa gorge. Ses yeux pleuraient.

— Si tu veux avoir une chance de t'en sortir vivant, je te conseille de lui répondre, lança Issa tranquillement appuyé contre un baril en tôle.

— Je t'emmerde négro. T'es un homme mort. Je vais tous vous buter, toi et tes petites merdes qui te servent de soldats. Ta cité, je vais la fumer ! Tu sais pas qui je suis !

— Écoute-moi petit bonhomme, toi, tu sais pas qui je suis… Je sulfatais des bonshommes alors que tu n'étais même pas encore dans les valseuses de ton géniteur. Alors ne rêve pas en cinémascope, il y a peu de chance que ta barbe ressente à nouveau le vent frais sur tes poils crépus… Cependant, si tu balances l'endroit où tu as enfermé ma fille… Je t'offrirai peut-être une mort rapide.

— Mais vous me faites chier. J'en sais rien où elle est ta fille. Je sais même pas qui c'est ! Je te connais pas, je la connais pas ! Qu'est-ce que j'en ai à foutre de vous !

— Mais lui, tu le connais.

Jean pointa son doigt vers Issa qui était toujours les bras croisés. Puis il tourna autour de Naourbek.

— Ouais je le connais cet enculé. Il me doit de l'oseille.

— Ah ! On avance. Il te doit de la fraîche et tu t'es dit : « Tiens, si j'enlève sa petite amie, j'aurai un moyen de pression pour lui réclamer mon artiche ».

— C'est *nimp* ! Je savais même pas qu'il avait une meuf.

— … Et là tu te renseignes sur ma fille, tu enquêtes… tu te rencardes pour savoir où elle loge, ça sent la petite-bourgeoise bien gâtée pourrie… Tu remontes jusqu'à moi… tu vois que j'ai une grosse entreprise qui brasse des millions et dans ta petite tête tu te dis : « Si je la kidnappe, je demande deux rançons, une à son fiancé et une autre au vieux, pas con » Mieux que le Loto ton plan…

— J'préfère même pas répondre.

— Ça aurait pu marcher ton petit plan… sauf que tu t'es mal renseigné… Et tu ne savais pas que papa Chloé il marchait hors des clous. J'ai pas de casier, mais des dossiers, j'en ai plus que tu n'en auras jamais. Tu vois, de mon temps, chez les voyous, on ne s'en prenait jamais à la famille. Un code d'honneur… c'est important l'honneur.

— Je dirai rien.

— Puisque tu as fait le vœu de silence, tu ne me sers à rien… Angel. Ventile-moi ce fumier.

Le Mexicain sortit avec dextérité son Glock qu'il arma en même temps qu'il fonçait sur un Naourbek complètement paniqué. Angel déplia son bras et posa le canon de son arme sur la tempe du Tchétchène.

— Faites pas les cons, putain ! Je vais parler, je vais parler, c'est bon !

Angel retira aussitôt son arme. Jean posa un sourire satisfait.

— Libère-toi.

— Je l'avais mauvaise vis-à-vis des Toulousains. Issa me devait un paquet de fric. Deux mois de retard. Il avait beau me dire qu'il me paierait, j'y croyais de moins en moins. D'autant que mes mouchards m'ont appris qu'il avait perdu toute une cargaison de chichon à cause des keufs. Je comptais le mettre à l'amende, c'est vrai. Mais tranquille.

— Tranquille ? Les deux gamins que vous avez butés n'avaient même pas quatorze ans ! Quatorze ans, hurla de rage Issa.

— Ça, c'est une commande.

— Pardon ?!

— Je sais pas comment, pourquoi mais… Un mec est venu nous voir dans le quartier. La semaine dernière. Visiblement il t'en voulait Issa. Il a dit qu'il était prêt à raquer grave si on foutait la merde chez toi. Qu'en plus de lui rendre service, ça t'imposerait le respect vis-à-vis de nous.

— Tuer des mômes m'impose que le dégoût.

— Ça va, c'était pas des premiers de la classe non plus.

À cette dernière réflexion, Issa mit un coup de poing si violent sur le visage de Naourbek que l'impact résonna dans toute la pièce et que la tête du receveur valdingua de gauche à droite comme un petit diable monté sur un ressort qui sort de sa boîte. Jamais Issa n'avait ressenti une telle rage. Il revoyait en boucle les images de ces gosses défiler, morts trop tôt. Morts pour rien. Jean laissa faire, puis il reprit la parole.

— Et ton commanditaire, il voyait la chose comment ?

— Il m'a donné vingt mille… Il voulait vraiment que ça foute la merde. J'ai envoyé une équipe sur place et… et ça rafalait n'importe comment.

— Dix par tête de pipe… Elle coûte pas cher la vie de vos petits frères. Bon, maintenant tu vas nous dire qui c'est ce type, lâcha Jean.

— J'aimerais bien, mais j'en sais qu'dalle. Je l'avais jamais vu.

— Alors toi tu te prends pour le Uber de la Kalach'. Tu prends la commande et le fric sans connaître le client et tu fais livraison à domicile. Tu te fous de notre gueule ?

— Je te jure Issa. C'est comme ça que ça s'est passé. Pour moi, c'était tout bénef'. Je prenais du cash, je te mettais la pression. J'avais pas de raison de dire non.

— Ne vous énervez pas… Restons calmes, relativisa Jean.

— C'est lui, là, qui me casse les couilles avec ses questions à la con.

— Il ressemblait à quoi ce type ?

— J'en sais rien moi. La trentaine, plutôt bien sapé.

— Un Gaulois ? demanda Issa.

— Non, pas vraiment.

— Ben alors dis, c'était quoi ? Un *Renoi*, un Arabe ? s'énerva Issa.

— Je pourrais pas trop dire. Une tête de Français mais plus typé. Un peu *noich*.

— Il n'y a pas un détail un peu plus précis à nous donner. Un tatouage ? Un bijou ?

— … Non… Enfin si. La plaque de sa caisse, 34.

— La marque de la caisse ?

— Je sais pas… Une Renault je crois. Une loc' je pense.

— D'autres choses ?

— Non… Ah si, je sais pas si ça peut servir mais… j'ai remarqué qu'il avait un étui à couteau sous son blouson. Mais genre tu peux mettre une grosse lame, pas un canif. Un truc de chasseur. *Wallah lahdim* c'est tout ce que je sais. Ta fille, j'y ai pas touché, je savais même pas qu'Issa avait une meuf.

Il baissa la tête. Jean tapota à plusieurs reprises sur l'épaule de l'otage.

— Je te crois… Je te crois.

— Qu'est-ce que vous allez me faire ?

— Angel, viens me donner un coup de main. J'ai trop mal à la jambe pour marcher sans ma canne.

L'homme de main de Jean se précipita auprès de lui et le souleva pour le ramener à la voiture où attendaient Tony et Franky. Angel jeta un coup d'œil vers le bureau aux vitres qui laissaient apparaître le joli visage de Fathia. Même si la situation ne s'y prêtait pas, avant de sortir, il lui envoya son plus beau sourire. Issa se retrouvait maintenant face à Naourbek.

— Tu vas me buter ?

— Il y a des chances.

Naourbek gigota sur lui-même, espérant défaire ses liens. Retrouver sa liberté. Mais cela ne resterait qu'un doux rêve.

— Fais pas le con Issa. Si tu me butes tu vas te retrouver avec toute ma communauté contre toi. Tu n'es pas de taille. Ils vont cramer tout ton quartier si tu fais ça !

— Tu oublies qu'ils ne m'ont pas vu. Ils ne savent pas que c'est moi.

— Tu nous prends pour des cons ? Tu crois pas que le lien va vite se faire ?!

— Comme si j'étais ton seul ennemi. Tu es allé trop loin mon ami…

— Je suis pas ton ami négro.

— Non, c'est vrai. C'est une façon de parler. Comme l'écrivait Senghor « Chaque touffe d'herbes cache un ennemi ». Tu es sorti du buisson et le « négro » va bien s'occuper de toi.

— T'es un homme mort ! Tu m'entends, tu es un homme mort !!!

Issa se retourna vers le bureau et appela Rachid qui débarqua avec un Karcher raccordé à un tuyau en caoutchouc, tout content de sa trouvaille.

— Qu'est-ce que tu veux que je fasse de ça ? , demanda Issa.

— Il veut me laver le baltringue ?

— C'est de la haute pression *boss*.

— Je veux le tuer pas le rendre propre.

— Ouais je sais. Mais il a tué Toto et Farid. Je veux qu'il en chie sa race. Tu entends, je vais te faire souffrir petite merde !

— T'as pas trouvé mieux petit con ?

— Adama ! Adama ! Viens, on le fout à poil.

Rachid se pencha à l'oreille de Naourbek et lui murmura calmement :

— Toto et Farid, c'étaient des gars sûrs. Je vais me faire un kif en te faisant bien souffrir putain de ta race maudite. Tu vois, je vais bien t'enfoncer le Karcher dans ton fion. Et quand tu vas sentir le jet te défoncer tout le cul et que ça va te déchiqueter tout ce que t'as dans le bide, crois-moi, tu vas me supplier d'arrêter. Crois-moi, tu vas pleurer.

Adama et Abdel délièrent Naourbek et le maintenaient bien fermement pendant que Rachid baissait son bas de jogging. Malgré sa force, Naourbek ne pouvait qu'abdiquer. La chaise pliante renversée, dos sur le sol, les pieds en l'air était une assise parfaite pour allonger le Russe dessus qui se retrouvait, recourbé, le corps entravé et surtout les fesses nues vers l'extérieur.

— Adama, trouve-moi une rallonge et branche-moi le bordel.

— Tu vas pas faire ça ! Issa ! Tu vas pas faire ça, pitié !

— Pitié ? Tu as envoyé deux tueurs chez moi. Pour moi, c'est toi qui as assassiné ces deux gosses. Alors, non. Je n'aurai pas de pitié. Rachid, ramène l'huile de vidange par terre là.

Naourbek n'avait aucune échappatoire. Son règne prenait fin ici dans ce local impersonnel voué à la voirie. Il ne lui restait plus qu'à prier Dieu qui, lui seul, pouvait laver ses péchés. Car il savait que sa courte existence dans ce bas monde ne fut pas un modèle de droiture. Qu'importe, Allah est miséricordieux, très miséricordieux. Instinctivement lui vint dans sa tête la prière des morts qu'il récita : « *Laa ilaaha illa Allah* ». Pour lui, il n'y a pas de divinité digne d'être adorée en dehors d'Allah. Ce fut la dernière pensée de Naourbek avant de rendre l'âme dans une souffrance atroce.

55
Parce qu'il faut bien se reconnecter avec la vie réelle

Il n'était pas loin de minuit. Le silence régnait dans la voiture qui ramenait à Toulouse ce qu'il restait de la bande des vieux lascars. Même s'ils ne s'étaient pas revus depuis longtemps, ils venaient de perdre un de leur camarade. Quelque part, *Coburn* était mort en soldat. Jean était persuadé que ça lui aurait plu de savoir qu'il allait mourir pour sa passion sur le champ de bataille. C'était plus digne pour ce genre d'homme de mourir par les armes que tapi au fond de son lit transfusé par un quelconque traitement. Jean sortit son téléphone portable. La batterie était à plat, il tendit le téléphone à Angel qui tenait le volant.

— Tu peux me brancher ça s'il te plaît ?

Angel se pencha vers Jean qui était à sa droite, ouvrit la boîte à gants et sortit un chargeur qu'il *plugga* sur le port USB de la Berline.

— Tout ça pour rien… On ne sait toujours pas où se trouve Chloé. Si ça se trouve…

— Il se tut instantanément. Jean venait d'imaginer sa fille froide comme un hiver. Il n'y a rien de plus affreux que de visualiser son enfant dans l'autre monde. Jean ravala sa salive. Sa gorge était nouée.

— Il va falloir réunir l'argent patron. On n'a plus le choix.

— Ce n'est pas un problème l'argent. Mais j'ai aucune garantie qu'une fois la rançon payée je la retrouve en vie.

— Pour l'instant, elle est vivante. C'est dans leur intérêt. Ne vous inquiétez pas.

— J'ai combien dans le coffre ?

— Moins de cent mille, patron.

— Avec les deux cent mille de Malek, on est loin du compte…

De l'arrière du véhicule, Tony déroula avec sa main la ceinture de sécurité et s'avança vers le siège de Jean.

— Je dois avoir dans les trente mille de côté. Ils sont à toi si tu en as besoin Jeannot.

— Merci mon ami… Merci.

Franky, les yeux fermés, bien calé, était à moitié endormi mais ne ratait rien de la discussion.

— Moi, je dois encore avoir dans les mille deux cents balles à la banque. Désolé. Je roule pas sur l'or comme vous. Mais je veux bien te les prêter.

Enfin un petit sourire apparut sur le visage de Jean, mais qui fut vite effacé lorsqu'enfin son téléphone se ralluma. Il y avait des dizaines d'appels en absence et des messages non lus. De Malek essentiellement. Jean porta l'appareil à son oreille. Au fur et à mesure de l'écoute, son air devint de plus en plus grave. Inquiet, Angel donnait des coups de tête interrogatifs vers Jean.

— Qu'est-ce qui se passe patron ?

Sous le choc, Jean eut du mal à répondre, aucun son ne sortait de sa bouche. Sa respiration n'était plus naturelle. Son cœur se serrait comme la veille au petit bistro près du cimetière. Dans un dernier effort il réussit à prendre le contrôle de son vieux corps.

— Ils ont eu mon fils.

Jour 3

56
PARCE QUE LA VIE NOUS RAMÈNE TOUJOURS AUX MÊMES ENDROITS

Fatigué, à bout de forces, Jean échangeait avec Malek devant l'entrée des urgences de l'hôpital Purpan, au nord de Toulouse. Bien qu'il soit plus d'une heure du matin, il y avait toute une foule de gens qui s'empressait d'entrer dans le sas gelé des urgences. Des bras ou des nez cassés, des SDF en coma éthylique, des fiévreux, ou tout simplement des hypocondriaques qui venaient solliciter les urgentistes dépassés par la charge de travail conséquente et clairement en sous-effectifs. Malek, lui aussi avait les traits tirés. Des cernes caverneux et grisâtres s'étaient formés sur son visage d'habitude si lisse. Adossé contre un pilier, Jean avait envie de sentir couler un bon whisky sous son palais et, pourquoi pas même, crapoter un bon cigare. Il écoutait calmement le récit de Malek sur tout ce qu'il s'était passé depuis son départ du bureau pour ramener

Maxime sur l'opération de Montauban jusqu'à leur arrivée à l'hôpital. L'appartement. La porte forcée. Le corps de Maxime ensanglanté. Le coup derrière sa tête. Son réveil. Les flics. L'interrogatoire. Les coups de fil, et surtout les heures passées ici à attendre des nouvelles.

— Son pronostic vital est encore engagé. Il a perdu beaucoup de sang, avoua Malek.

— Sans toi, il serait mort.

— Mais j'étais là.

— Et dire que je t'ai maudit d'être absent. Et ce petit con aussi, je l'ai détesté de ne pas être venu. Putain, je suis idiot. Merci mon ami, merci.

— Tu es un père qui a besoin d'être fier de son fils. Il n'est peut-être pas ce que tu rêvais qu'il soit, mais il a d'autres qualités. Tu sais, il n'a pas besoin de te ressembler pour être quelqu'un de bien. Il n'est pas toi. Il a eu la force d'être lui et c'est déjà beaucoup avec un père au tempérament bien trempé comme toi Jeannot.

— … Ils t'ont dit quand est-ce que l'on pourra le voir ?

— Pour l'instant il est en réanimation. Je pense que l'on peut rentrer, nous n'aurons pas de nouvelles avant demain. De toute façon, je leur ai laissé ton numéro de téléphone et… j'ai glissé une enveloppe et mon téléphone à l'infirmier pour qu'il me tienne immédiatement informé s'il se passait la moindre des choses.

— Merci Malek…

Les deux hommes se dirigèrent lentement vers le parking où les attendait Angel. La guibole de Jeannot le tiraillait. Un petit rictus de douleur s'affichait sur son visage à chaque pas. Il ne pouvait plus avancer. Il s'appuya sur le capot d'un Berlingo et jeta un regard vers les étages du bâtiment défraîchi.

— Je déteste les hôpitaux.

— Je sais.

— Je déteste cet hôpital.

— Je sais.

Pour la première fois depuis longtemps, Jean pleura. Il pleurait au même endroit où il avait pleuré pour la dernière fois.

57
PARCE QUE LA VIE EST UNE CHIENNE

1996. HÔPITAL PURPAN. TOULOUSE.

En à peine quelques années, la vie de Jean avait radicalement changé. Six ans déjà qu'il s'était rangé dans le droit chemin. Comme il l'avait promis à son amour Hannah, il ne toucha plus jamais à une arme, il n'avait plus jamais fomenté un braquage, il n'avait plus jamais volé d'argent. De l'argent, aujourd'hui, il en avait suffisamment. Bien plus que n'importe quel commun des mortels. La société de BTP qu'il avait créée tournait à plein régime, il embauchait de plus en plus. Les gros contrats tombaient, il envisageait même de prendre des nouveaux locaux dans le centre-ville. Plus grands. Plus beaux. Tous les compteurs étaient au vert. L'année précédente, Hannah lui avait donné une fille : Chloé. Après son fils né cinq ans auparavant, il avait eu ce qu'on appelle le choix du roi. Une vie de famille idéale se dessinait pour le futur. Il aimait toujours Hannah comme au premier jour. Il ne s'était pas trompé, c'était la femme de sa vie, la femme avec laquelle il partagerait tout jusqu'à ses derniers jours. Lui qui n'avait pas eu une vie de famille rêvée étant enfant, il l'avait enfin trouvée grâce à elle. Hannah. Quel bonheur. Puis, le jour où l'on s'y attend le moins, la vie reprend ses droits et montre que c'est elle qui décide de tout. La vie avait pris Hannah injustement pour cible. Cette vie, aussi surprenante fût-elle, voulait arracher Hannah au cœur de Jean. Elle voulait la lui reprendre. Au départ, Hannah ne ressentait que des étourdissements épars, des broutilles. Certainement un manque de vitamine D, pensait-elle. Puis l'état de santé d'Hannah s'était vite dégradé. Plus la force de se lever, de boire, de se nourrir. Hannah avait décidé de cacher à Jean qu'elle avait depuis quelques mois déjà un cancer du sein. Elle ne voulait pas l'inquiéter. Malheureusement, très vite, son cancer s'était propagé et s'était généralisé. À la vitesse d'un cheval au galop. Putain de crabe.

Un bouquet de fleurs resplendissant à la main, Jean entra dans la chambre 110. Celle qui illuminait sa vie était en train de s'éteindre. Il n'y entendait pas grand-chose à cette maladie, mais il voyait bien qu'elle était en train de lui enlever sa lumière. Hannah n'avait plus de cheveux depuis quelque temps et refusait de porter une perruque qui lui irritait trop la peau. Lorsqu'elle recevait de la visite, pudiquement, elle portait un fichu coloré. À peine Jean avait eu le temps de pénétrer dans la pièce qu'il avait vu tout de suite son teint blafard, presque cadavérique. Alors qu'il refusait depuis des mois l'évidence, Hannah, elle, le savait, la fin du voyage approchait. Elle l'avait accepté. Jean, lui, restait dans l'espérance, et dans le déni peut-être, il s'auto-persuadait que très vite elle irait mieux et que tout redeviendrait comme avant. C'est vrai, elle ne pouvait pas partir, elle avait deux enfants beaucoup trop jeunes pour être orphelins de mère. Mais ce jour-là, à cet instant précis, dans cette journée ensoleillée, Jean comprit que c'était la fin. Hannah n'était même pas parvenue à tourner la tête pour lui sourire comme à son habitude.

— Bonjour mon amour, avait-elle murmuré.

Elle avait juste levé les yeux. Jean avait mis les fleurs dans le vase transparent jauni par les pistils du bouquet laissé auparavant et s'était assis sur le bord du lit. Il s'était penché délicatement sur elle pour l'embrasser tendrement sur le front. Maladroitement, elle avait tenté de soulever sa main pour le sentir mais, à bout de forces, sa main était retombée directement sur le drap complètement rêche. Jean avait voulu la prendre dans ses bras, mais il s'était résigné d'un geste sec. Alors qu'il avait l'habitude de parcourir de ses doigts ses formes sensuelles pour profiter de la douceur de son épiderme, dans ce moment pénible à vivre, il n'avait plus senti que la dureté de ses os. Seule une fine couche de peau et de muscles atrophiés s'accrochait encore au squelette d'Hannah. Il retenait ses larmes. Ça ne pleure pas un homme. Il avait fouillé l'intérieur de sa veste en jean pour en sortir un polaroïd et avait ajouté ces mots empreints d'espoir :

— Regarde, c'est Max et Chloé… Je ne sais pas si tu vois bien mais ils te font des bisous… Ils sont mignons, hein ? Au fait, avec la nounou, là… Djamila, ça se passe super bien. Évidemment tu leur manques, mais moi elle m'aide beaucoup. Ah ! Et j'ai ça aussi à te montrer.

Il avait fouiné à nouveau dans sa veste et avait sorti une feuille de papier A4 avec un dessin d'enfant dessus. Jean se souvenait de leur brève conversation :

— Alors je ne sais pas si tu vois bien, mais… Maxime t'a fait un gros cœur. Et je suis désolé de te le dire mais… mais les barres avec le triangle et la tête sans bouche, c'est toi. Ce n'est pas très ressemblant, mais il t'a mis dans un cœur, c'est mignon, non ?... Je vais l'accrocher quelque part que tu puisses le voir.

— Jean…

— Ne parle pas ma chérie, garde tes forces…

Hannah avait fermé les yeux et s'était éclipsée quelques instants. La machine à laquelle elle était reliée venait de lui envoyer une dose de morphine. Quand elle avait ouvert les yeux, il avait semblé à Jean qu'elle lui avait souri. Dans la mémoire de Jean, leur échange à ce moment était encore bien gravé :

— … Je suis prête.

— Qu'est-ce que ça veut dire ça ; « je suis prête » ?

Elle lui avait juste adressé un sourire. L'émotion avait traversé tout le corps de Jean. À cet instant, c'était lui qui était fragile, c'était elle qui était forte. Les mots faisaient écho :

— Ne dis pas de bêtises mon amour… Moi, je ne suis pas prêt.

— Tu ne peux pas… Tu ne peux pas toujours décider de tout mon chéri.

— C'est pas juste.

— …Merci de t'être mis sur mon chemin… Tu as changé ma vie.

— C'est toi qui as changé la mienne…

— On a fait de beaux enfants, non ? Tu leur diras combien leur maman les aimait…

— C'est toi qui leur diras.

— Je t'aime tu sais…

— Je t'aime aussi mon amour, je t'aime si fort… Je ne veux pas te perdre.

— Tu ne peux pas me perdre, je t'ai dans mon cœur… Je vous ai tous les trois dans mon cœur. Vous êtes ma vie. Je vivrai à travers vous… Protège-les et surtout… reste droit Jeannot… Reste droit.

— Je te le promets…

— Chante-moi notre chanson… s'il te plaît.

Hannah avait affiché un vrai sourire alors que Jean d'une voix tremblotante mais touchante avait chantonné leur chanson comme elle lui avait demandé :

— *J'ai croisé dans une mandarine… une coquille de noix bleu marine… un morceau de mon cœur et une voile…*

Jean s'était arrêté net, la respiration d'Hannah était devenue de plus en plus espacée, saccadée et elle avait fermé les yeux. Puis, dans un dernier souffle elle avait chantonné à son tour le tube de Laurent Voulzy :

— … *Pense à moi… à moi très fort.*

Une rivière de larmes avait coulé sur les joues de Jean. C'était fini. Il s'était arrêté de chanter, seule sa voix triste avait dit :

« J'aimerais tellement être là-bas avec toi. »

58
Parce qu'il faut savoir attendre

Dans l'immense salon de la maison l'Anamaxclo à Saint-Ferréol, était posés sur la table basse siglée Hermès des centaines de milliers d'euros. Du luxe sur du luxe. Tout comme le fauteuil en cuir marron à la structure en acier chromé sur lequel était assis Jean, exténué. Il aimait se poser sur son Le Corbusier, il l'aidait à réfléchir lorsqu'il avait des décisions à prendre. Malek, lui, prenait soin de tout bien compter et d'empiler les liasses les unes à côté des autres. Issa les avait rejoints, il était venu accompagné de Rachid et d'un sac contenant soixante mille euros. Participer lui tenait à cœur, après tout, c'était la vie de la femme qu'il aimait qui était en jeu. En voyant tout cet argent, Rachid avait les yeux qui brillaient. Dans sa petite tête, il se disait que s'il avait toute cette somme, il pourrait partir au bled et vivre comme un émir pendant des années. Bien entendu, cela ne resterait qu'un fantasme, il était hors de question de prendre le risque de voler son *boss* ou de le mettre en difficulté, mais quand même, c'était tentant. Malek avait fini de compter.

— Trois cent cinquante mille. Si Tony nous donne ses trente mille demain matin, ça nous fera trois cent quatre-vingt mille.

— Ce n'est pas suffisant, ajouta Jean.

— Peut-être qu'ils s'en contenteront. C'est une sacrée somme après tout.

— C'est foutu.

— Ne sois pas pessimiste Jean.

— Mon fils est entre la vie et la mort, ma fille sans doute dans le même état... Oui, excuse-moi d'être pessimiste.

Malek baissa ses yeux, il savait que Jean avait raison mais il fallait tenir bon. Angel descendit de ses appartements en tenant dans sa main un sac-poubelle noir. Il y renversa tout le contenu sur la table basse.

— Je n'ai pas grand-chose patron mais c'est pour Chloé. Il y a soixante-sept mille trois cent cinquante euros, c'est tout ce que j'ai.

Il savait le sacrifice que venait de faire son employé. Pour lui montrer sa reconnaissance, Jean se sortit du fauteuil pour l'embrasser.

— Tu es un vrai fils Angel.

Quant à Malek, il arborait un large sourire de satisfaction.

— Franchement Jeannot, avec plus de quatre cent cinquante mille ça devrait passer, ils ne vont pas compter devant nous. Ils seront loin quand ils se rendront compte qu'il n'y a pas toute la somme.

Il était trois heures du matin. Les hommes étaient exténués, même si le cœur n'y était pas, c'était l'heure de dormir. Demain serait une longue journée. Angel donna une chambre à chacun. Si Issa faisait mine de ne pas être impressionné par la vaste demeure, Rachid avait l'impression de se retrouver dans le décor d'une série Netflix où le grandiose se trouvait dans chaque pièce. Il avait déjà halluciné pour la piscine dans le salon, mais quand il vit que sa chambre était plus grande que tout l'appartement HLM de sa mère, il fut vraiment impressionné. Angel, lui, s'était alloué la chambre balinaise *Kuta*. La chambre tropicale offrait des murs à la tapisserie orientale aux motifs locaux, le lit gigantesque était dans un bois foncé dont le couchage était orné d'une couette en lin blanc. Les meubles en rotin adoucissaient la pièce et donnaient un contraste chaleureux pour les yeux. Rachid se jeta sur le lit comme un gamin qui découvre son lit de vacances. Dans la chambre voisine, Issa avait hérité de la chambre *Kyoto*. Le parquet clair illuminait la pièce sobre. En voyant les quelques meubles si près du sol, Issa se demandait si les Japonais étaient si petits que ça ou si c'était juste une question de style. La décoration était vraiment minimaliste et donnait une ambiance zen. Le futon était posé sur un tatami traditionnel, un kakebuton en guise de couette posé sur un seul makura. Issa se retourna amicalement vers Angel.

— On va la retrouver.

Angel ne répondit pas. Il se contenta de lui tourner le dos et de claquer la porte en sortant. Angel n'avait pas envie d'avoir de la sympathie pour cet homme. Il possédait ce qu'il convoitait le plus, le cœur de Chloé. Aucune raison d'en faire un ami. Pas de raison de s'imposer ce supplice. Dans un autre temps, il s'en serait même débarrassé. Ce n'est pas parce qu'il avait couché avec Fathia qu'il n'était plus amoureux de Chloé. Chloé était son Graal, Issa son rival.

59
Parce qu'il ne fait pas bon se rappeler du passé

Sa jambe lui faisait mal, mais Jean avait besoin de marcher. Il fouilla dans le porte-parapluies de l'entrée où il rangeait une dizaine de ses cannes. Méthodiquement, il en choisit une. Il opta pour celle dont la poignée était en argent sterling et le fût en ébène noir. Ce n'était pas sa préférée, mais elle lui avait été offerte par ses enfants pour ses soixante-cinq ans. Au moins, il pourrait un peu les tenir symboliquement par la main. Après en avoir testé la solidité en mettant tout son poids en avant, il se redressa et se dirigea vers le patio qui offrait une belle vue sur la piscine extérieure. Le vent d'autan giflait les vitrages. Ce vent est comme les gens de la région. Caractériel. Rude. Brut. Mais Jean avait besoin d'air. Il ouvrit suffisamment la baie vitrée pour s'exfiltrer et prendre l'air. Il marcha quelques mètres sur les dalles en pierre pour sentir le souffle chaud et froid sur son visage. Il s'alluma un cigare et contempla le décor. Un peu plus loin, il devinait autour de la forêt de pins parasol le lac de Saint-Ferréol. Le lac était plongé dans l'obscurité, uniquement illuminé par la lune qui se contemplait dans l'eau. Pour la première fois depuis des jours, Jean ne pensait à rien. Il se concentrait uniquement sur la bouffée de tabac chaud qui envahissait son palais. Une fois recrachée, la fumée fuyait à toute vitesse, se confondant aux bourrasques de vent. Dans le jardin, les feuilles des trembles se frottaient énergiquement les unes aux autres et semblaient imiter le son de la pluie qui s'abattait sur la terre. Il n'entendait que la nature et fut bien surpris d'entendre Malek derrière lui :

— Tu n'arrives pas à dormir ? Je repars à Toulouse, j'ai besoin de me changer.

— …

— Il faut que tu tiennes mon Jeannot. Demain tout sera fini.

— … Oui fini. Mais dans quel sens ? Cette incertitude me brûle les entrailles.

— Le mieux c'est d'être docile. Obéir. Suivre leurs indications et ne pas essayer de les doubler… Lorsque Chloé sera avec nous, en sécurité, là on avisera… Et on leur fera payer. Je te le jure. Tiens bon.

— Tu as vu comme c'est beau ? … On préfère toujours envisager ce que l'on n'a pas, mais on oublie souvent d'apprécier ce que l'on a à portée de main. C'est le jour où on ne l'a plus que l'on comprend que c'était le plus important.

— Voilà qu'en plus de fumer, tu philosophes maintenant.

— Le cigare ? Un petit plaisir que je m'octroie rarement. Tu veux boire un whisky ? J'ai un très bon japonais.

— Toujours pas d'alcool,

— Ah oui, c'est vrai. J'oubliais… Je me demande comment j'ai pu faire confiance à quelqu'un qui ne boit pas… Une tisane ?

— Je veux bien. Avec ce vent, ça me réchauffera.

— Oui, ce vent… Quand il revient, il ramène toujours avec lui de mauvais souvenirs.

— Rentrons. Ne parlons pas de ça… Pas ce soir… Appelle-moi quand tu as des nouvelles pour l'échange. Essaie de dormir. À demain.

Malek retourna vers la maison, l'air contrarié, tandis que Jean levait les yeux au ciel pour regarder les trembles s'agiter. Il tira une dernière fois sur son cigare, recracha la fumée et le jeta dans la piscine. Dans l'eau, les feuilles de tabac se gorgèrent et éteignirent l'incandescence du cubain. La cendre, quant à elle, se noyait lentement au fond du bassin. Devant l'ouverture de la véranda, Angel tenait un téléphone à la main.

— Patron !

Jean se retourna.

— C'est l'hôpital. Maxime s'est réveillé.

60
Ne pas savoir si l'on va s'en sortir

Depuis quelques heures, Chloé était allongée sur ce qui lui semblait être un lit. Plutôt confortable d'ailleurs même si elle était toujours entravée et que la couche sur laquelle elle était allongée ressemblait à du plastique, certainement une alèse ou quelque chose d'inconfortable dans le genre. Malgré la faim qui lui donnait une vive douleur dans l'estomac, elle avait réussi à s'endormir quelques heures et il lui semblait avoir repris quelques forces. Elle sursauta quand elle entendit le bruit de ce qui devait être des ciseaux s'ouvrir et se fermer. Tout son corps se mit à trembler lorsque le métal froid de la lame se posa contre sa peau. Elle sentit des doigts soulever l'entre bonnet de son soutien-gorge et le son des ciseaux découpant le tissu. Ses seins se retrouvaient à la vue de son ravisseur. Sa culotte subit le même sort. Elle se retrouva sans sous-vêtements, nue. Complètement nue. Impuissante face à son tortionnaire. Puis une voix tenta de la rassurer.

— N'aie pas peur. Tu vas bientôt retrouver ton père… Je vais juste te préparer. Tu ne ressembles à rien ma pauvre fille.

Chloé entendit de l'eau tomber dans un seau ou un bac. Sur son épaule, elle sentit la douceur d'une éponge imbibée la caresser. Une odeur rassurante de savon imprégnait ses narines. Méthodiquement, son ravisseur passa tout son corps en revue sous la douceur de l'éponge naturelle. Régulièrement, elle entendait la main plonger dans le récipient rempli d'eau. Chloé essayait de deviner l'endroit où elle se trouvait mais cela était impossible. En tous les cas, elle avait été transportée et n'était plus au même endroit. Ici, l'air était chaud. Paradoxalement, de se sentir lavée lui procurait un peu de sérénité. Après tout, si l'on s'occupait d'elle, c'est que la personne qui la détenait ne comptait pas l'exécuter. Et puis elle avait bien entendu qu'elle allait revoir son papa. Elle imaginait dans quel état il devait être, lui qui est si protecteur envers elle. Même Maxime devait s'inquiéter… Et Issa. Peut-être qu'il s'était imaginé qu'elle ne lui répondait plus parce qu'elle ne voulait plus le voir. Qu'elle le quittait lâchement. Leur relation était tellement compliquée. Elle savait bien qu'Issa lui en voulait de ne pas lui faire rencontrer son père. Il pensait même que c'était une preuve de désamour, que Chloé avait honte de lui, que son père était un raciste qui refuserait leur relation. Chloé se promit que dès qu'elle serait libre, elle le présenterait en officialisant leur couple. Elle se rendait compte à présent de la chance d'aimer et d'être aimée en retour. On ne peut pas prendre le risque de tout perdre pour éviter un conflit. La vie est trop courte. Des mains déliaient ses pieds, elle sentit un bout de tissu remonter le long de ses jambes puis de ses cuisses. C'était une culotte. Par réflexe, elle souleva ses fesses pour que son ravisseur puisse l'ajuster. Il lui enfilait des chaussettes, puis un pantalon qu'elle devinait être un simple jean. Trop large en tous les cas. À nouveau ses chevilles furent enserrées. Chloé se laissait faire. Le kidnappeur lui délia les mains, lui souleva les épaules pour qu'elle se redresse, il lui enfila un t-shirt tellement serré qu'il comprimait sa poitrine. Au moins, elle était habillée, cela la rassura. Chloé n'attendit pas qu'on lui demande de se rallonger pour s'exécuter. Elle croisa ses poignets sur son ventre pour qu'on les lui attache à nouveau. Elle était prête, le plus dur était passé. Il ne lui restait plus qu'à patienter…

61
Parce que les rêves ne sont pas toujours beaux

Hannah venait de s'éteindre. Les enfants pleuraient de fatigue à l'Anamaxclo. Il fallait qu'il les retrouve. Jean n'avait plus qu'eux. Des heures que Jean n'avait rien mangé et il pleuvait. Le compteur de sa Kawasaki affichait les cent quatre-vingt-dix sur la D9. Les arbres courraient derrière lui. La pluie, toujours. Les pointillés peints en blanc sur le bitume, avec la vitesse, ne devenaient qu'un unique trait infini. En fermant les yeux, ils étaient en Corse. Hannah se baignait dans une piscine à débordement. Qu'elle était belle quand elle souriait. Malek comme à son habitude faisait la gueule. Il avait tellement changé depuis qu'ils s'étaient quittés. Ouvrir les yeux. L'arbre. Deux cent vingt kilomètres heure. La bouche d'Hannah. L'arbre. Son sourire. L'eau. L'arbre. Une grosse flaque. Guidonnage. Aquaplaning. La moto devenue instable se couche et glisse sur le sol sur plus d'une centaine de mètres. L'arbre. Arrêt brutal. La jambe, brûlée, déchiquetée. La souffrance. Un cri.

Jean endormi hurla sur son fauteuil. Il venait de faire encore ce même cauchemar. Encore et toujours. Celui où, revenant de l'hôpital, il avait laissé Hannah s'endormir définitivement. Il avait enfourché sa moto pour rejoindre au plus vite ses enfants dans son refuge familial de Saint-Ferréol afin de leur apprendre l'affreuse nouvelle. La tristesse mêlée à la colère avait fait de lui un homme incontrôlable où, sous la pluie battante, il avait poussé sa machine au maximum. L'accident était inévitable. Depuis, chaque jour que Dieu faisait, la douleur lui rappelait constamment la perte de son amour. Il se demandait souvent ce qui était le plus douloureux pour lui, sa jambe ou l'absence d'Hannah. Jean compulsa sa montre. Il était déjà plus de six heures. Il poussa sur ses genoux pour se lever et partir prendre un café dans la cuisine. Angel était déjà réveillé :

— Je vous fais un café patron ?

— S'il te plaît.

Jean s'assit sur le tabouret haut du bar tout en se massant les tempes. Un mal de tête le harcelait depuis la veille :

— J'ai préparé l'argent… Patron… Je me suis permis d'ajouter un petit traceur GPS. Invisible.

— Mauvaise idée. S'ils le retrouvent, tu mets la vie de ma fille en danger. Il est hors de question de prendre le moindre risque qui soit.

— Il est cousu dans la doublure intérieure du sac, il ne se voit et ne se sent pas au toucher.
— N'insiste pas. Retire-le.
— Bien patron. Mais je pense que…
— Tu as le numéro de l'hôpital ?

Lorsque Jean l'interrompait de la sorte, Angel savait qu'il ne devait pas revenir sur le sujet. C'était la façon de monsieur Salmon de couper court à la conversation. Angel nota le numéro directement sur le portable de Jean. L'homme de la vieille école ne savait toujours pas comment enregistrer un contact sur ces « machines modernes ».
— Bonjour, je voudrais prendre des nouvelles de mon fils, on m'a dit qu'on m'appellerait pour me parler de son évolution mais je n'ai eu personne. Salmon. Maxime Salmon… C'est ça, celui qui s'est fait poignarder… Bien sûr je ne quitte pas.

Jean profita de ce moment pour tremper ses lèvres dans le café chaud que lui avait apporté son homme de main.
— Oui ? … D'accord… Mais c'est plutôt bon signe ? … Pas forcément… Oui, je passerai dans la journée normalement, mais ça serait vraiment sympathique de votre part de me tenir informé… Je sais que vous n'avez pas que ça à faire, mais je saurai vous en être reconnaissant. Merci madame. Merci…
— Comment il va ?
— Va réveiller les zoziaux. Il faut qu'on se tienne prêts à bouger.

Le Mexicain monta aussitôt dans les étages pour exécuter l'ordre de son patron. Jean composa le numéro de Malek, il tomba directement sur sa messagerie.

— C'était Jeannot. Je ne sais pas où tu es mais… mais on va prendre la voiture pour descendre à Toulouse. Ça serait bien qu'on se rejoigne tous. Rappelle-moi.

Il était bientôt sept heures. Tout était encore paisible.

Dans le coffre du Crossover, Angel cacha sous une couverture le sac de sport rempli d'oseille sous le regard envieux du jeune Rachid

— Plus de quatre cent cinquante mille euros. Ça en fait de la caillasse. Sérieux, avec tout ça on vivrait comme des pachas au lieu de faire les crevards.

— Ce n'est pas ton fric, alors ne te fais pas de films, répondit Angel.

— On pourrait se tirer tous les deux, là. On prend la caisse et on part pour le Maroc. On n'est même pas à deux heures de l'Espagne.

Angel se redressa et porta sa main à l'intérieur de son veston où était logée son arme. Rachid éclata de rire :

— Calme-toi l'Espinguoin, je *golri*. Je suis pas un *guedin*. Je sais très bien que si je la tape cette maille, je suis mort.

— Tu n'es pas drôle.

— Détends-toi, fume un joint ça va te calmer.

Le coffre de la voiture fut verrouillé par Angel qui gardait précieusement le transpondeur du Crossover Chevy qu'il rangea dans la poche droite de son jean noir. Il resta près de la portière conducteur, prêt à démarrer. Même s'ils n'étaient qu'entre eux, il fallait bien surveiller l'argent. Rachid ramassait des cailloux sur le sol et s'amusait à les jeter dans le jardin sous l'œil désapprobateur d'Angel qui ne voyait en lui qu'un gamin totalement puéril.

Dans le salon de la maison, Jean et Issa fixaient leurs smartphones posés sur la petite table basse. Issa buvait son thé tandis que Jean finissait son troisième café.

— Ils ne savent vraiment pas quand Maxime va se réveiller ? demanda poliment Issa.

— Si j'analyse leurs réponses ambiguës, ils ne savent même pas s'il va se réveiller.

— Je suis sûr que si.

— Tu es médecin ? Non ! Alors ferme-la.

— Je disais ça pour vous remonter le moral.

— T'es pas mon psy... Sache que je n'ai pas apprécié que tu disparaisses hier. Je ne t'aime pas Issa. Pas parce que tu es noir, mais parce que tu es lâche.

— Je ne suis pas lâche. Je vous ai expliqué qu'il valait mieux qu'ils ne fassent pas de corrélation entre moi et l'attaque. C'était stratégique.

— Un chef qui ne monte pas au combat avec ses soldats est un couard.

— Vous vous méprenez sur moi.

— Tu n'es là que parce que tu es impliqué d'une manière ou d'une autre dans l'enlèvement de ma fille. Je préfère t'avoir à mes côtés.

— « Garde tes amis près de toi et tes ennemis encore plus près » … Je connais, mais je ne suis pas Machiavel.

— J'espère qu'une fois que tout sera fini, je n'aurai pas besoin de te demander de disparaître.

— Mais je l'aime.

— Je m'en fous… Finis ton thé, on y va.

— Monsieur Salmon. Pour votre fille, je suis prêt à tout, nous nous aimons. Sincèrement.

— Ah oui ? Prêt à tout ? Vraiment ?

— Oui.

— Tu serais en situation de lâcher ton *business* ? D'avoir un vrai travail, de gagner en un mois ce que tu gagnes en un jour ? Tu es capable de ça ? Parce que tu veux offrir quoi comme vie à ma fille ? Une vie où tous les soirs elle tremble de peur parce qu'elle ne sait pas si tu vas rentrer vivant ? Où tous les jours elle va prier pour que tu ne te fasses pas serrer par les poulagas ? Elle va se bouffer la santé et ça la fera périr à petit feu.

— Comment vous avez fait vous ?

Cette estocade perça le cœur de Jean. Issa ne pouvait pas savoir que Jean culpabilisait pour la maladie d'Hannah, qu'il s'était persuadé que si elle avait eu le cancer c'était de sa faute. À cause de tout ce qu'il lui avait fait endurer. Il était son assassin, elle était sa victime.

— … Bois ton jus… On se retrouve sur le parking.

62
Parce qu'il y a toujours un changement de dernière minute

Sur la départementale bordée de peupliers qui les amenait vers Toulouse, les deux voitures se suivaient. Dans la voiture de tête, conduite par Angel, Jean gardait le silence. Il ne tenait que par les nerfs et la motivation de retrouver Chloé vivante pour la serrer contre lui. Ces trois derniers jours avaient été intenses pour lui. Tant moralement que physiquement. Sa jambe le harcelait, son cœur l'oppressait, sa cage thoracique le compressait. Il se sentait foutu. Une vieille machine bonne à jeter aux encombrants. Une chose est certaine, même s'il n'aimait pas ça, lorsque tout serait réglé, il prendrait du temps pour lui. Se reposer. Partir. Voyager. Pourquoi ne pas découvrir l'Afrique du Sud, des amis lui en avaient parlé et racontaient que c'était magnifique. En même temps, plus de dix heures d'avion, cela serait trop long pour ses artères. La Grèce serait une meilleure idée, moins loin, moins fatigant. Une semaine dans un *Resort* à prendre le soleil et se poser, cela lui conviendrait. De plus, il adorait la façon de cuisiner de ces Méditerranéens. Ces légumes confits baignés dans l'huile d'olive le faisaient saliver. Ou bien Ibiza. Jean aimait retrouver le calme du sud de l'ile et regarder au loin la lumière de Formentera quand elle se réveillait. Et Israël ? Il n'était jamais allé en Israël. À son âge, il serait peut-être temps de visiter Jérusalem et d'entamer un pèlerinage. Certes, Dieu n'avait jamais été son compagnon de vie, mais la fin approchant, il commençait à trouver un intérêt certain en la foi. Après tout, s'il pouvait retrouver Hannah dans l'au-delà, il faudrait déjà commencer par se faire pardonner les fautes commises ici-bas. La liste était longue. Sa décision était prise, il irait en Terre Sainte.

Derrière eux, Issa au volant regardait Rachid dormir la bouche grande ouverte sur le siège passager. Se lever tôt n'était pas une habitude de *dealer*. Dans la cité on se couche aux aurores et on se lève vers midi. Les clients se fournissent le soir ou la nuit, d'abord c'est plus discret et aussi la drogue, quand elle est à usage festif, ne se prend pas en journée. Issa pensait à tous ces petits-bourgeois qui dépensent leur argent de poche, donné par papa et maman, pour jouer les rebelles ou pour tromper leur ennui. Est-ce qu'il était prêt à quitter ce monde-là pour Chloé ? Assurément. Il n'avait pas attendu que Jean lui pose un ultimatum pour s'être posé la question. Il n'avait pas choisi ce mode de vie, il lui avait été imposé par essence. L'intelligence était son fort. Il avait investi beaucoup d'argent dans des commerces légaux. À son jeune âge, il était déjà propriétaire de plusieurs petits restaurants de vente à emporter. Des kebabs bien entendu. Comme beaucoup de trafiquants, il avait compris l'utilité de ces lieux de passages où il était facile d'y blanchir l'argent. Même si la mode actuelle était plutôt d'acheter des bars à chicha, lui, il avait mis le reste de son argent dans des boulangeries. Il se disait que quoi qu'il arrive, et il ne le savait que trop bien, les gens auraient toujours faim. À la banque, il avait un coffre-fort. Comme dans les films. Il avait pas mal de cash, mais il ne savait même pas combien il avait. S'il était incollable sur les auteurs du siècle des Lumières, il était incapable de réciter les tables de multiplications. Il n'avait rien dit sur cet argent dormant, il avait mis tellement de temps à le mettre de côté, il avait tellement dû enfreindre son code moral pour le gagner qu'il n'était pas prêt à prendre le risque de le perdre, même pour la rançon de Chloé. Issa n'était pas fier de ça, mais il s'était juré de ne plus jamais être dans la misère. Ce liquide était son assurance vie, alors donner soixante mille euros, Issa estimait que cela était suffisant.

Issa se précipita pour appuyer son pied de toutes ses forces sur la pédale de frein pour éviter de s'encastrer dans le coffre du Crossover conduit par Angel. Rachid se réveilla en sursaut, complètement paniqué :

— C'est quoi ce bordel !?

Les voitures se rangèrent sur le bas-côté. Angel en sortit et rejoignit la BMW. Il ouvrit la porte arrière et se glissa dans l'habitacle des racailles :

— Changement de programme.

Jean sortit de sa voiture afin de prendre la place du conducteur. Une fois assis derrière le volant, jetant un coup d'œil à droite, un coup d'œil à gauche, il démarra en trombe et rebroussa chemin, laissant Angel, Issa et Rachid en plan.

— Qu'est-ce qui se passe ? demanda surpris Issa à Angel.

— Monsieur Salmon a reçu un nouveau message des ravisseurs.

Étonné, Issa sortit son smartphone pour y lire un message. Mais aucune notification ne spécifiait de message.

— Je n'ai rien reçu moi. On le suit ?

— Non ! Le message dit qu'il doit se rendre seul au lieu d'échange.

— Mais il va se faire bouffer ! Faut le suivre !

Alors qu'il s'apprêtait à redémarrer la voiture, Angel lui colla le canon de son flingue sur la nuque.

— Ne touche à rien.

À son tour, Rachid sortit son calibre et le tourna en direction d'Angel.

— Vas-y fils de pute, lâche ton *gun* où je te troue à la *Fortnite*.

Malgré la pression Angel ne sourcilla pas.

— Écoutez… C'est sa fille. On n'a pas à interférer. Le message est clair. Il doit être seul.

— Je suis légèrement concerné, non ? C'est quand même ma meuf.

— C'est comme ça.

— On ne peut pas le laisser seul, c'est dangereux. Où se passe l'échange ?

— Je peux pas te dire.

Rachid avança encore plus près son arme de poing vers le Mexicain.

— On t'a posé une question !

— C'est pas que je ne veuille pas le dire, c'est que je ne sais pas où c'est. Le texto disait : « L'échange se fera là où souffle le vent des fous. »

— ...Ça veut dire quoi ça ?

— Je n'en ai absolument aucune idée... Mais monsieur Salmon a tout de suite compris de là où il s'agissait.

— Baisse ton arme Rachid. Toi aussi Angel... Le mieux est de faire ce qui était prévu. On rentre à Toulouse et on attend sagement. Il n'y a plus que ça à faire.

Le premier à ranger son flingue dans le holster fut Angel. Il s'adossa tranquillement de tout son poids contre la banquette arrière. Rachid, les yeux encore rougis par son sommeil, plaça son arme dans son jogging, calé entre l'élastique de son boxer et sa peau.

— Putain comment j'ai la dalle.

63
Parce que tout ramène au passé

« Là où souffle le vent des fous »... Bien sûr que Jean savait où cela se trouvait. Il y avait passé plus d'une dizaine d'années. D'ailleurs, il y avait plus de bons souvenirs que de mauvais. Cet endroit, c'est lui qui l'avait trouvé, au hasard. Un jour, alors qu'il était parti à la recherche de cèpes, il s'était égaré dans les bois. La nuit tombait. Et, bien que le mois d'octobre venait tout juste de pointer son nez, les soirées étaient déjà bien fraîches. L'humidité de la terre se mixait avec celle de la mousse verte dans le sous-bois et remontait le long des troncs d'arbres. Elle emplissait l'atmosphère de cette fin d'été. Jean aimait cette ambiance entre chien et loup. Excepté que, pour le coup, il était réellement paumé et qu'il n'avait nullement envie de passer la nuit en extérieur. Il était plus de vingt-deux heures, son panier était plein, son ventre vide, son esprit entre deux eaux. Où avait-il garé cette foutue bagnole ? Alors qu'il marchait dans la pénombre, il tomba sur une petite clairière. Et dans cette clairière, une vieille bergerie presque à l'abandon. Un sourire se dessina sur ses lèvres, il ne dormirait pas dehors. Il frappa si fort à la porte que celle-ci s'ouvrit toute seule comme par enchantement. À diverses reprises, il porta fort sa voix pour demander s'il y avait quelqu'un. Après cinq minutes sans réponse, il se décida à entrer. Il était clair que plus personne ne vivait dedans. Allongé sur la paille, il dormit comme un loir et presque au chaud. Le lendemain, sur un coup de tête, il s'était pointé au cadastre pour connaître le nom du propriétaire. Une semaine plus tard, il l'avait achetée pour quelques milliers de francs. Retapée, la bergerie deviendrait le repère des Vénitiens.

Sur la route en direction de leur ancien QG, Jean se demandait pourquoi on lui donnait rendez-vous là-bas. Comment le ravisseur connaissait leur endroit secret ? Il ne s'y était plus rendu depuis près de trente ans mais son corps, lui, connaissait encore le chemin par cœur. Instinctivement. Il prenait avec une vitesse non raisonnable les virages serrés en épingle à cheveux qui le menaient dangereusement au repaire. Plus sa voiture le rapprochait de sa fille, plus mille questions l'envahissaient. À coup sûr, il connaissait le kidnappeur. À coup sûr, cela sentait la trahison à plein nez. À coup sûr, cette histoire avait un goût de vengeance. Arrivé à trois cents mètres de la bergerie, Jean s'arrêta en plein milieu de la route. Il se pencha vers la boîte à gants et l'ouvrit. Furtivement, il se dit que c'était absurde d'appeler ça encore : « une boîte à gants ». Cela faisait bien un siècle que plus personne n'y rangeait ses gants. Il revint à lui et sortit son Smith & Wesson chromé. Il vérifia le barillet, les six balles y étaient logées bien proprement. Il inséra le Magnum à l'arrière de son pantalon. Il redémarra et roula très doucement sur le chemin mal goudronné, défoncé par les passages quotidiens des engins agricoles. Au loin, il apercevait une berline noire en bas du chemin. Une silhouette familière se tenait impassible devant une voiture noire. Jean se gara juste en face de la BMW. Il sortit si vite qu'il ne prit même pas sa canne, ne claqua même pas sa porte et sortit aussi vite son flingue pour le pointer en direction de Malek.

— Qu'est-ce que tu fous là ?!

Par réflexe, menacé, Malek amorça un mouvement de recul.

— Oh, oh. Calme-toi Jeannot !

— Il y a pas de Jeannot qui tienne ! Enfoiré !

Jean colla le canon de l'arme sur la pommette de son ami effrayé.

— C'est quoi ce bordel, putain. Pourquoi tu as enlevé Chloé ?! Pourquoi !

— Tu peux baisser ton arme s'il te plaît ?

— Je vais t'en coller une direct dans ta salle petite gueule. T'es équipé ?

Malek acquiesça oui de la tête.

— Doucement Jean… Je te donne ça.

Très lentement, le regard rassurant, Malek se baissa et sortit son long couteau à dépecer qui était camouflé le long de son tibia fixé sur sa cheville. Au bout de la lame courbée, il y avait un crochet d'un centimètre servant à éviscérer sa proie. Une arme mortelle. Il retourna la lame et tendit le manche vers Jean.

— C'est toi qui as poignardé mon fils ?

— Calme-toi Jean. Si tu me laissais parler deux secondes, je pourrais t'expliquer…

— Fais vite.

— J'étais à Toulouse en train de régler quelques affaires lorsque j'ai reçu un texto qui me demandait de me rendre là où souffle le vent des fous.

— Ah oui ? Et pourquoi tu ne m'as pas appelé ?

— J'ai cru que c'était toi qui m'envoyais ce message.

— Ce n'était pas mon numéro puisque je ne t'ai rien envoyé.

— J'ai pensé que tu avais acheté un téléphone prépayé pour être plus discret. Voilà pourquoi je ne t'ai pas appelé, tout simplement. Il n'y avait aucune raison pour que je le fasse !

— Tu me prends vraiment pour une bille. Évidemment que c'est toi qui as tout manigancé depuis le début. Tu connais tout de ma vie, tu sais où me faire mal. Tout ça pour du fric… Voilà pourquoi tu n'es pas venu avec nous contre les Tchétchènes, voilà pourquoi tu étais avec Maxime. Tu es vraiment dans la merde à ce point-là que tu veuilles escroquer un ami ? Ça valait vraiment le coup de poignarder mon fils ?! … Je vais te tuer fils de pute !

— Jean… Je t'assure que je te dis la vérité. Je n'ai nullement besoin de ton argent.

Le regard haineux, Jean enfonça profondément le canon de son flingue sur la joue de Malek qui se déforma. D'un geste sec, avec le revers de sa main, Malek mit un coup sur le calibre pointé sur lui. L'arme tomba au sol et il se baissa avec rapidité et agilité pour la ramasser et pour braquer à son tour Jean totalement impuissant.

— Tu n'es plus aussi vif qu'avant mon ami. Maintenant, c'est toi qui vas m'écouter... Tout ce que je t'ai dit est vrai. Je n'y suis strictement pour rien. Je ne comprends pas plus que toi la situation. Alors si tu veux revoir Chloé et comprendre toute cette histoire, le mieux est de remonter le chemin ensemble et d'aller chercher les réponses.

Après un léger temps d'hésitation, Malek tendit l'arme à son ami. Confus, complètement paumé, Jean accepta l'offrande et rendit à son tour le couteau à son propriétaire qui le rangea à sa place originelle. Malek posa la paume de sa main sur l'épaule de son ami pour le rassurer.

— Allons régler une bonne fois pour toutes cette histoire ensemble mon ami.

Une fois récupéré le sac siglé Adidas de la rançon dans le coffre de Jean, les deux hommes remontaient à présent le petit chemin qui grimpait jusqu'à la bergerie. La pente était raide pour des vieux de leur âge, heureusement elle ne faisait qu'une cinquantaine de mètres. Bien que Malek ait pris le sac en bandoulière, Jean avait du mal avec sa patte folle à gravir le chemin. Le poids de l'argent était plus léger à porter que celui de la vieillesse. Ils firent ce trajet dans un silence absolu. Non pas pour ne pas se faire remarquer mais bien parce qu'ils savaient qu'une fois arrivés à destination, le restant de leurs vies en serait changé. Quelqu'un faisait ressurgir le passé et les deux compères savaient très bien qu'il n'est jamais bon de remuer les souvenirs…

Enfin devant la bergerie, Jean et Malek scrutèrent les environs. La petite bâtisse était dans un état lamentable. Entourée de hautes herbes sauvages. Complètement délabrée. Abandonnée. S'il n'était jamais revenu, Jean n'avait pas voulu la vendre. Elle était toujours sa possession, elle était une partie de sa vie. On ne se sépare jamais de son histoire, elle vous colle à la peau comme un chewing-gum collé à sa chaussure. C'est le cliquetis de l'armement d'un fusil-mitrailleur qui fit se retourner les deux sexagénaires.

— Posez lentement vos armes contre le sol. Sans vous retourner messieurs.

Jean passa sa main derrière sa veste pour en retirer le Magnum et obéir à l'ordre de la jeune voix, cette fois-ci masculine. Sans sa canne, il n'arrivait pas à se baisser complètement, sa jambe avait toujours du mal à se plier. À mi-parcours, il préféra lâcher l'arme qui disparut au sol à travers les herbes hautes. Malek leva les bras à son tour en guise de soumission.

— Je suis venu sans armes.

— Ne bougez pas !

L'homme qui se tenait derrière eux fouilla Malek à l'aide de sa seule main disponible. L'autre gardait précautionneusement un doigt sur la gâchette. Il ne se ferait pas avoir comme un bleu. Tapota sur le dos, les aisselles, le torse, les cuisses. L'inspection par palpation ne donna rien. Il avait mal fouillé.

— Toi, donne-moi ton sac.

Malek posa le sac de sport et l'homme le prit par l'anse pour le jeter en arrière. Il recula.

— Ça a l'air d'aller mieux votre tête…

Par cette réflexion, Malek comprit qu'il avait affaire à l'homme qui l'avait assommé chez Maxime. À tour de rôle, les zips des sacs de sport résonnaient dans le calme paisible de la campagne. L'argent était bien là.

— Tu peux sortir maman.

Une petite femme, qui ne devait pas mesurer plus d'un mètre soixante, sortit de derrière la porte de la bergerie. Elle était légèrement courbée, comme si le poids des années l'avait aidée à s'incliner vers le sol. Elle portait une longue robe noire, comme celles que l'on porte pour un enterrement. Ses deux mains se croisaient sur son bassin et semblaient tenir quelque chose de rond, comme une balle de tennis. Ses cheveux gris étaient soigneusement tirés en arrière formant un chignon immuable. La vieille femme ne portait qu'un maquillage léger mais qui mettait toutefois en valeur ses jolis traits asiatiques. C'était une très belle femme pour son âge.

— L'argent est là maman.

— Fais ce qu'on a dit. Mais avant, viens m'embrasser Théo.

Théo s'approcha de sa mère et l'embrassa tendrement sur la joue. Elle ferma les yeux comme pour savourer cet amour filial. Puis, satisfait, il souleva le sac Adidas et courut en direction d'un 4x4 bon marché qui était caché derrière la maison. Une fois à l'intérieur, il claqua la porte et démarra le moteur pour rejoindre la petite route en contrebas. C'est Jean qui rompit le silence.

— C'est le fils de Dani ?

— Notre enfant, oui.

— C'est lui qui a voulu tuer Maxime ? Ça rime à quoi Delphine ? ... Où est ma fille ? Tu as l'argent maintenant, où est Chloé ?

— Cela ne peut être aussi simple Jean.

— Dis-moi au moins qu'elle est vivante ?

— Elle l'est. Pour le moment...

— Je comprends pas. Pourquoi... Pourquoi tout ça ?

Depuis que la voiture était partie, Malek ne la quittait pas des yeux afin de deviner le chemin vers lequel elle se dirigeait. Dans le sac, il y avait une grosse part de son argent. Il ne voulait pas prendre le risque de ne plus jamais le revoir.

— Jean, on devrait suivre le gamin. Ne restons pas là.

— Je ne ferais pas ça si j'étais vous.

Malek s'approcha d'elle menaçant.

— Ah oui ? Et tu vas faire quoi vieille folle ?

Délicatement, Delphine ouvrit ses mains et tendit la main droite vers ses anciens amis. Dans sa paume, une grenade offensive. À l'aide de l'anneau, elle la dégoupilla sereinement. Les deux hommes reculèrent d'un pas. Déterminée, elle tenait fermement le levier en métal froid, il lui suffirait de relâcher ses doigts pour que l'explosion se fasse. Les deux hommes avaient suffisamment bourlingué pour le savoir.

— Allons un peu plus loin. Allons jusqu'au figuier. Messieurs passez devant, vous connaissez le chemin.

Jean et Malek se regardèrent l'air interrogatif et légèrement inquiet. Cependant, on ne fâche jamais une personne qui tient une grenade qui neutralise tout ce qui se trouve à moins de cinq mètres, on respecte ses désidératas. En cette fin de juin, le figuier ne rendait plus. Il gardait tout de même ses longs feuillages. Au pied de l'arbre, les hommes attendaient les instructions.

— Vous savez pourquoi je vous amène ici ?

Ils restèrent silencieux.

— Si vous voulez prier, vous le pouvez, c'est le moment.

Étonné, Malek réagit.

— Pourquoi on devrait prier ? Pour notre fin ?

— Aussi. Mais je pensais plus à votre ami.

— Quel ami ?

— Celui que vous avez enterré ici même. Celui sur lequel je me tiens debout. Celui dont vous m'avez tous juré que vous ne saviez pas où il était. Celui dont vous m'avez insinué qu'il avait rencontré une autre femme et qu'il avait dû partir avec.

À son tour, Jean prit la parole.

— Écoute Delphine, je ne sais pas ce que tu imag…

— Non ! C'est vous qui allez m'écouter. Vous êtes deux beaux salopards, voilà ce que vous êtes ! À cause de votre cupidité, mon fils a grandi sans son père, à cause de vous, j'ai vécu sans mari. À cause de vous, j'ai poursuivi ma vie dans l'amertume, la colère. Toute mon existence j'en ai voulu à Dani. J'ai haï l'homme que j'aimais le plus au monde. J'ai haï un homme qui m'aimait et pour qui j'ai été sa seule femme devant Dieu. J'ai vécu dans un mensonge à cause de vous deux… Ah, vous êtes beaux avec vos serments sur l'amitié. Mais comment peut-on tuer son ami ? Comment peut-on vivre avec ça…

— Je ne sais pas qui t'a raconté ces conneries, mais c'est totalement faux, dit Jean.

— Lorsque l'on va mourir on veut se laver de ses péchés. Et c'est exactement ce que Paul a fait, assura la vieille femme.

— *Clopo* ?

En prenant sa respiration, Malek sourit et prit sa voix la plus douce.

— Delphine, je ne sais pas ce que t'a raconté Paul, mais il était gravement malade. Avec son cancer, il était constamment sous morphine, Jean peut te l'assurer. Sur la fin, il divaguait complètement. Même lors des visites de ses amis, il ne savait plus qui venait le voir. Tu ne peux pas prendre sa parole pour argent comptant.

— En plus, pourquoi nous aurions dessoudé Dani. Il n'y a aucune raison, rajouta Jean.

— Paul m'a écrit une longue lettre bien avant qu'il n'entre à l'hôpital. Je suis même allée le voir pour obtenir plus de détails. Je sais tout Jean. Je sais tout Malek. Et c'est l'heure pour vous de payer.

— Tu délires Delphine ! Pourquoi nous aurions fait ça ?

— Mais pour l'argent. Votre foutu argent. Il vous en fallait toujours plus. Vous avez cru que Dani vous avait doublé, il fallait vous venger. Osez me dire que c'est faux !

Delphine tendit brutalement son bras mettant en avant sa grenade.

— Allez ! Osez me le dire ! Osez !!!

Le temps n'était plus au mensonge. Jean l'avait vite compris. Il était temps de soulager son âme.

— Très bien... Je vais tout te raconter...

64
Parce que le vent des fous porte bien son nom

1989. Saint-Félix-Lauragais.

Le vent giflait avec violence les fenêtres de la bergerie. Cela faisait plus de deux jours qu'il était continu, incessant. Cela faisait un bruit constant assourdissant. Dans la salle à manger, Dani était en panique et tournait en rond autour de la table en bois rafistolée à la va-vite.

— Mais putain les gars, vous avez craqué ! C'est pas moi qui ai piqué le pognon, bordel !

Dans un geste de colère, Malek lui jeta une énorme gifle qui surprit Dani.

— Tu déconnes là !

— Absolument pas ! Une semaine qu'on nous a volé notre trésor. Une semaine. Et figure-toi que cela m'a donné le temps de mener ma petite enquête.

— Ton enquête ? Tu te prends pour Colombo ?... C'est n'importe quoi putain... Alors vas-y ! Raconte-moi ton enquête ! Qu'est-ce qu'il a trouvé l'inspecteur Derrick ? Vas-y, te gêne pas !

— Je ne vais pas me gêner non... Il s'avère que ces derniers mois tu as dépensé beaucoup d'argent.

— Et alors ?! C'est mon pognon, j'en fais ce que je veux, non ?

Dani était fixé par Jean qui le regardait d'un air désabusé. Calmement, Jean prit la parole.

— Dani. Tu as lâché un pacson d'oseille ces derniers temps. Un appartement en ville, un nouveau restaurant pour ta femme, tu t'es offert la dernière Porsche Carrera. Ça fait beaucoup. Du pognon, il ne doit pas t'en rester beaucoup.

— Mais vous avez craqué les gars ! Vous en faites quoi de votre fric vous ? Vous le regardez avant de vous coucher ? Vous le caressez avant de vous endormir ? Moi, je le dépense. Il sert à ça, non ?

— J'ai eu accès à ton compte en banque, t'es dans le rouge.

— T'as eu accès à mon... Mais vous êtes dingues ? Oui, je suis en négatif et alors ? En plus j'ai mis mes billes dans des boîtes, je vais donc avoir un retour sur investissement et puis comme vous, tout n'est pas à la BRED. Moi, aussi je cache mes Pascals.

— Voilà. Tu n'as qu'à nous dire où tu les planques. On ira faire les comptes.

— Va bien te faire foutre Jean. Bien profond !

À ces mots, Malek sortit sa lame et l'appuya sur la pomme d'Adam de Dani.

— Où tu as foutu le trésor, où ?!!!
— Je t'emmerde Malek. Je t'emmerde !

Paul tenta d'apaiser la tension. Lui qui, paradoxalement, était plutôt du genre pacifiste, ne supportait pas que des amis, ses amis, se déchirent. À ses yeux, l'amitié était plus importante que tout.
— Ça va un peu loin là, les amis. Je propose qu'on baisse d'un ton. On va au village, on boit un coup et on en parle posément. Ça ne sert à rien de s'énerver.

L'air mauvais, Malek, les mâchoires serrées, n'avait qu'une envie : que sa lame traverse la carotide de Dani. Il se retourna vers Paul.
— Non Paul. Nous n'allons pas régler ça calmement… Dani… Je te laisse une minute pour tout nous dire sinon, je te jure sur tout ce que j'ai de plus cher au monde, que tu vas sentir cette lame transpercer ton palais pour s'enfoncer jusque dans ton crâne.
— Fais-toi plaisir. Je ne peux pas te dire ce que je ne sais pas. Ce n'est pas moi.
— Malek a raison, Dani. Dis-nous où tu as mis le fric. Tu nous le rends et on en parle plus, fin de la discussion.
— Jeannot, je te jure que je n'y suis pour rien… OK, je flambe un peu. Mais jamais j'aurai été aussi con pour nous prendre le trésor. Je te jure que ce n'est pas moi, je te le jure. Tu me crois, hein ?
— La vérité Dani… C'est que depuis que tu es avec Delphine, tu as changé. On se voit moins. Tu prends de

la distance. Tu dépenses plus. Quand on fait des coups, tu es à moitié avec nous et on sait très bien qu'elle te met la pression. On dit que les Asiates sont vénales et je crois que c'est pas une légende. T'as peur de la perdre, alors tu mets le paquet quitte à faire des conneries. Et là, t'en as fait une belle.

— Mais c'est quoi ces poncifs ?! T'es facho maintenant, c'est nouveau ?!

— Elle t'a retourné le cerveau Dani. Tu le vois même pas.

— N'importe quoi…

Jean s'adressa à Malek.

— Il ne lâchera rien.

— Qu'est-ce qu'on fait alors ? On le laisse partir comme ça avec notre pognon ?

— On ne va pas le… Non, on ne fera pas ça. Laisse-le partir.

— C'est hors de question. Il ne se tirera pas avec mes économies. Je vais lui faire la peau.

Pour la première fois de sa vie, Paul se mit en colère.

— C'est le vent d'autan qui vous tape sur le système ?! Je vous préviens les mecs, vous ne touchez pas à un cheveu de Dani. Je ne sais pas si c'est lui qui a tout volé, mais ce que je sais, c'est que l'on ne tue pas. Les Vénitiens ne tuent pas. On a toujours tout fait pour ne pas devenir des assassins. Des voleurs, des braqueurs oui. Mais nous ne sommes pas des meurtriers. Alors si on a réussi à limiter la casse jusqu'à présent, ce n'est pas pour mettre un ami six pieds sous terre.

— Nous sommes des voyous et nous avons un code d'honneur. Et il faut admettre que Dani l'a violé. Alors…

— Pas toi Jeannot. Pas toi. Tu ne peux pas laisser Malek lui faire la peau. C'est injuste. Pas toi.

— …

— Mais je rêve les gars. Vous comptez vraiment me tuer…

Les larmes montèrent dans le regard de Dani. Il savait que Jean pouvait maintenir les pulsions de Malek, mais si Jean se rangeait à ses côtés, c'en serait fini pour lui. Une bourrasque poussa si fort contre les carreaux que la fenêtre s'ouvrit d'un coup comme forcée par un bélier. Une vague de fraîcheur pénétra dans la pièce. Paul se précipita pour la refermer. Dani tomba à genoux.

— Ne me tuez pas. J'ai un gosse nom de Dieu. J'ai un gosse. Mon petit garçon… Je veux revoir Théo…

La haine suintait sur le visage émacié de Malek. Il regardait d'un air interrogatif Jean qui semblait perdu dans ses doutes. La déontologie de la voyoucratie était claire : lorsque l'on trahit son équipe, il faut payer. Est-ce que Dani méritait le châtiment ultime ? Jean savait bien que non. Surtout dans le cas présent, Jean savait que c'était de sa faute à lui. Cela aurait été plus simple pour lui, mais il ne pouvait pas laisser faire ça. Il avait changé d'avis. Tant pis pour la suite, il verrait bien. Il se tourna vers Malek.

— Laisse-le partir.

— Pardon ?

— Laisse-le. On ne peut pas faire ça.

— Tu plaisantes là ? Il nous a doublés bon sang !

— Paul a raison Malek… Nous ne sommes pas des tueurs.

— Merci Jeannot, merci, dit Dani avec une voix pleine de reconnaissance.

Souriant, Dani se releva soulagé et se dirigea pour partir. Jean tourna le dos aux autres pour regarder les feuilles des arbres se battre les unes contre les autres. Finalement, se liguer pour lutter contre l'agression du vent et tenir ensemble, unis pour résister. Quand Dani quitta ses amis et la maison, Jean sentit le vent s'inviter dans sa chevelure. Un frisson lui parcourut le corps. C'est Paul qui hurla le premier avant même Dani.

— Malek non !!!

À l'extérieur, Malek s'était précipité sur Dani afin de lui planter sauvagement dans les reins sa longue lame. Puis il lui trancha la gorge comme on saigne un animal. Avec précision. Paul eut beau courir le plus vite possible vers eux, il resta impuissant et se jeta au sol pour prendre dans ses bras son ami en train d'agoniser lentement. Malek, dédaigneux, resta droit comme un piquet et cracha de rage en direction de sa victime. Paul, maculé du sang de Dani, pleurait en entendant le dernier souffle de Dani. De loin, Jean n'eut aucune réaction.

C'était la dernière fois qu'ils étaient tous réunis.

65
Parce que rien n'est jamais fini

En écoutant le récit de Jean, Delphine resta impassible. Elle ne connaissait que trop bien cette histoire. L'histoire de la fin de Dani, membre des Vénitiens, le gang des braqueurs les plus prolifiques des années 80. Jamais pris, toujours en vie. Paul lui avait tout bien décrit dans sa longue lettre et elle l'avait lue et relue depuis des mois pour alimenter sa vengeance. Elle en connaissait chaque paragraphe, chaque phrase, chaque mot, chaque virgule, chaque point. Delphine avait juste le besoin viscéral d'entendre de la bouche des bourreaux de son homme l'horrible vérité qui avait privé son fils d'un papa, qui avait privé une femme de son mari. Delphine n'avait même plus de haine, elle n'était animée que par l'esprit de la vengeance. Ce châtiment froid qu'elle avait mis en place depuis des semaines. Elle voulait leur faire mal comme elle avait eu mal. Sa seule déception était qu'elle n'en jouissait pas encore. Qu'elle ressentait encore dans sa chair ce poignard qu'on avait enfoncé dans le corps de son époux. Delphine s'était imaginé que sa douleur partirait une fois qu'elle les tiendrait en son pouvoir. Mais rien. Jean restait pitoyable, et il avait toujours peur pour la vie de sa fille Chloé qui était entre les mains de cette femme et de son fils.

— Voilà, tu sais tout Delphine… Et maintenant, tu peux me dire comment je peux récupérer ma fille ?

— Ce n'est pas la fin de l'histoire Jean.

— Je ne vois pas ce que tu veux que je te dise de plus… On a enterré Dani, là, exactement sous le pied de ce figuier. Tu sais tout.

— Oui… je sais tout. Mais Malek, lui ne sait pas tout.

— Comment ça ?

Alors qu'il restait silencieux depuis un long moment à la recherche d'une échappatoire, Malek redressa la tête comme un chien qui vient d'entendre un sachet de croquettes s'ouvrir. Jean restait interdit et ne voyait pas à quoi faisait allusion la femme de Dani.

— Je ne comprends pas.

Delphine lâcha un large sourire, son visage s'illuminait. Elle commençait enfin à jouir. De son petit sac en bandoulière, elle sortit une page toute froissée. Elle la tendit Malek pour qu'il s'en saisisse.

— Tiens.

Il s'avança prudemment et attrapa le bout de lettre froissé. Malek reconnu l'écriture enfantine de Paul.

66
PARCE QU'IL FAUT SAVOIR DÉSOBÉIR

À l'arrière de la voiture, Angel entendit une alerte sur son téléphone. Le traceur GPS qu'il avait, contre les ordres de Jean, glissé entre deux liasses de billets était en mouvement. Son visage se détendit.

— J'ai un signal !

67
Parce que l'on n'est jamais au bout de ses surprises

Malek chaussa ses lunettes de vue. Cerclées d'or aux branches en écailles de serpent, elles rajoutaient à son côté sérieux. Avec application, il défroissa le papier afin de pouvoir lire son contenu.

… Je n'ai jamais voulu que ça se finisse comme ça. Dani était mon copain. J'ai essayé de le sauver. J'ai rien pu faire. Je suis désolé. Je suis encore plus désolé d'avoir gardé le silence. J'aurais dû tout te dire depuis longtemps. J'ai été lâche. Pardonne-moi… Je vois ma mort qui arrive, je ne veux pas partir sans que tu saches tout, vraiment tout. Même si ça me fait mal et que je sais que tu auras besoin de te venger. Ce que je te demande, la dernière clope du condamné, c'est de ne rien faire tant que je serai pas en train de manger les pissenlits par la racine. Promets-le-moi. Je te rassure, d'après le toubib je ne finirai pas l'année, ça devrait aller vite.

Voilà... Là où j'ai été encore plus lâche, c'est que je savais qui avait pris l'argent. Et surtout, je savais que c'était pas Dani.

Malek déchaussa ses lunettes et jeta un regard surpris à Jean qui restait imperturbable. Toujours avec un sourire de satisfaction, Delphine prenait réellement plaisir en cet instant. Jubilait de cet instant qu'elle attendait depuis des semaines.

— Poursuis la lettre, s'il te plaît.

Il écouta Delphine, remit ses lunettes et continua, toujours à haute voix, à lire les derniers mots de Paul.

... Avant de monter à notre dernier braquage, j'étais venu boire des canons à Revel avec un pote. Comme trop souvent, j'étais bien chargé et j'avais décidé de ne rentrer à Toulouse que le lendemain. C'est pour ça que ce soir-là, j'ai préféré dormir dans le Temple. Mais voilà, j'avais au moins trois grammes et à l'entrée du village, j'ai planté ma caisse dans un fossé. Je sais plus comment j'ai fait, mais j'ai réussi à arriver jusqu'à la bergerie. Mais j'avais paumé mes clés. Alors, j'ai dormi dans le hamac dans le jardin derrière la maison. Vers onze heures du matin, j'ai entendu du bruit qui venait de la baraque. Je me suis approché discrètement puisque personne n'était censé être là. Par la fenêtre, j'ai vu un homme de dos, accroupi en train d'empiler les billets cachés dans le parquet dans des grosses valises. Je ne voyais pas bien, tellement j'avais du mal à décoller les paupières ce matin-là. J'ai immédiatement reconnu la silhouette. Jean était en train de prendre tout l'argent.

Oui, notre Jean... Je me suis éclipsé, il ne m'a pas vu. Dans le bénéfice du doute, je n'ai rien dit. Au début, je me suis dit qu'il voulait peut-être juste cacher l'argent ailleurs et qu'on se le partage comme on avait dit. Et que sûrement il...

Malek s'arrêta là. Il rangea ses lunettes. Il n'avait pas l'air d'être en colère quand il demanda à Jean pourquoi il avait dérobé leur trésor de guerre.

— Pourquoi? ... Je me pose encore aujourd'hui la question. L'homme que je suis devenu n'aurait jamais fait ça. Mais le Jeannot, si. C'est pas que j'aimais trop l'argent, mais c'est que je détestais la misère. Comme tout allait s'arrêter, j'ai pris peur. Peur de manquer. Alors je me suis servi.

— Tu m'as laissé tuer Dani.

— Non. Je t'ai demandé de le laisser partir, mais tu n'en as fait qu'à ta tête.

— Tu nous as tous trahis.

— J'ai été égoïste, oui. Ça ne t'a pas empêché de réussir, non?

— Elle est belle votre amitié messieurs. Magnifique.

— C'est une erreur de jeunesse. Je suis désolé. On va pas refaire l'histoire! Alors toi, espèce de vieille folle, tu vas me dire où est ma fille sinon, je te jure que tu vas souf...

Malek planta la lame du couteau qu'il avait caché contre son mollet dans le cœur de Jean. Il le fixa droit dans les yeux et tourna la lame un quart de tour à gauche, un autre quart à droite. Dans un dernier râle, Jean bava un flot de sang indigne qui coula jusqu'aux chaussures de Malek. Il s'accrocha de tout son poids aux épaules de Malek pour ne pas tomber. Malek recula volontairement et Jean s'écrasa lourdement au pied de l'arbre dans les figues moisies qui pourrissaient au sol. Delphine exultait de tout son être.

— Delphine... Je suis sincèrement désolé, vraiment navré. J'étais convaincu que c'était Dani qui nous avait volé. Il est évident que je n'aurais jamais mis fin à sa vie si j'avais su qu'il était innocent. Tout ça, c'est à cause de Jean... Humblement, je te demande pardon. Pardon pour Dani, pour ton fils... pour ta vie... Pardonne-moi.

Enfin l'orgasme. Delphine avait obtenu ce qu'elle voulait. Par le rapt de Chloé, par le meurtre de Maxime faire souffrir moralement Jean. Par les révélations de Paul le faire tuer par son propre ami. La vengeance était délicieuse, Delphine se délectait en silence de ce plat qui se mange froid. Son cœur était enfin libéré. Elle s'était promis de venger son homme, c'était presque chose faite. Elle offrit à Malek son plus beau sourire. Malek le lui rendit. Ils étaient tous deux en plénitude. Elle pensa à son fils Théo. Avec l'argent de la rançon, il sera à l'abri des soucis de la vie. Bien sûr, il faudra qu'il vive avec les meurtres de Chloé et de Maxime dans son âme, mais tout cela n'était que justice. La justice des hommes est plus expéditive que celle de Dieu. À présent, même Malek lui quémandait son pardon. Elle se sentait toute puissante.

— Oui Malek. Je te pardonne.

Delphine tendit les bras vers Malek pour l'accueillir. À petits pas, il entra dans ses bras. Elle le serra de toutes ses forces comme pour lui transmettre tout le chagrin qu'il lui avait causé. Elle ferma les yeux. Ouvrit sa main. Clic. Malek eut à peine le temps de comprendre qu'elle venait de dégoupiller la grenade qui explosa tout contre Delphine.

Leurs chairs déchiquetées étaient éparpillées au pied de l'arbre, sur le tronc, se mêlant à la terre, aux feuilles presque sombres…

Le figuier centenaire protège à présent l'amitié des Vénitiens enfin au complet.

68
Parce qu'il faut faire vite

Concentré sur la route avec une vitesse à perdre tous ses points sur son permis de conduire, Issa était de plus en plus inquiet.

— On y est dans combien de temps ?

Angel consulta le GPS.

— Dans moins de vingt minutes.

— Putain…

Issa écrasa un peu plus la pédale d'accélérateur.

69
Ne pas céder à la peur

Toujours allongée, toujours dans le noir. En entendant une vieille porte grincer, Chloé sursaute. Un excès de salive qu'elle avale avec difficulté envahit sa gorge. Les pas se rapprochent d'elle, mais ils résonnent différemment des autres fois. Les pas sont plus lourds. Ce ne sont pas ceux de la femme d'hier qui lui a fait sa toilette. Ce n'était pas Delphine. Même si elle ne la voyait plus depuis longtemps, elle se rappelait bien du léger accent de la femme de Dani. Elle entend également comme un frottement, du plastique qui couine à chaque déplacement, à chaque mouvement. Ça lui rappelle quelque chose. Chloé cherche dans sa mémoire pour deviner à quoi cela lui fait penser. La piscine. À l'école… Oui, c'était exactement le son que produisait l'anse de son sac de piscine lorsqu'elle marchait en rang pour se rendre au centre sportif Léo-Lagrange près du canal du Midi. Des bruits sourds. On pose un sac… Au bruit qu'il fait en tombant, il est lourd. Les pas se rapprochent du lit. On lui enlève le bâillon. Chloé mastique dans le vide afin de désengourdir sa mâchoire crispée. Elle sent des doigts lui retirer délicatement le bandeau qui lui couvre les yeux. La lumière est douce. Deux baladeuses diffusent une lumière chaude sur de la brique foraine. Chloé regarde autour d'elle, elle se trouve dans une cave typiquement toulousaine. Réaménagée, certes, mais tellement reconnaissable. Elle ose enfin regarder son ravisseur.

— Alors comment tu vas Chloé ?

Elle resta interdite.

— Enchanté, moi c'est Théo. Le fils de Delphine et de Dani. Tu en as entendu parler ? … Ben non. Bien sûr que non. Je ne sais pas si on te l'a déjà dit, mais tu ressembles beaucoup à ton frère.

— Vous…

Chloé tousse et se racle la gorge. Elle lui fait mal. Trois jours qu'elle n'a pas pu prononcer un mot.

— Vous connaissez mon frère ?

— Maxime ? Bien sûr. On a même eu une relation ensemble. Éphémère, mais très agréable. C'était un très bon amant, tu le savais ?

Chloé secoua sa tête en guise de négation.

— Oui, je dis c'était parce que… À l'heure qu'il est, il doit être bien au frais rangé dans un frigo de la morgue. Il faut dire que j'y suis allé un peu fort.

D'imaginer son frère mort, les yeux de Chloé s'inondent de larmes.

— Au moins, il aura pris du plaisir avant de partir… Enfin j'espère. Ah Chloé, Chloé, Chloé… Qu'est-ce qu'on va faire de toi ?

— Pitié… Ne me tuez pas.
— Ton père a tué le mien. Enfin, son ami, Malek. Mais ils étaient ensemble, alors c'est un peu pareil, qu'est-ce que tu en penses ?
— Je… je ne sais pas.
— Pour moi, c'est la même chose. Pour maman aussi. C'est elle d'ailleurs qui s'est occupée de toi ces derniers jours. Si tu veux que je la remercie, dis-le-moi, je lui transmettrai tes remerciements.
— Qu'est-ce que vous me voulez ?
— Ta mort évidemment.

Les sanglots de Chloé redoublèrent de plus belle.
— Chuuuuut. Chuuuut. Chut. Ne pleure pas, sinon tu ne vas pas entendre la fin de l'histoire et tu vas mourir sans savoir pourquoi. C'est dommage je trouve.

Chloé suffoque et reprend plusieurs fois son souffle comme un bébé qui sort d'un long sanglot. Théo lui caresse les cheveux pour l'apaiser. Sentir les doigts de cet homme sur elle la rebute mais elle n'a pas la force de réagir. Il faut qu'elle se ressaisisse. Reprendre calmement sa respiration. Il prend plaisir à lui faire mal, si elle se montre forte, elle va lui retirer ce sourire sarcastique du visage. Prendre le dessus. Ne pas montrer sa peur, faire abstraction du mal.
— Voilà… Ton père a tué le mien en l'accusant de l'avoir volé. C'est moche, hein ? C'est pas bien de voler. Mais nos pères, eh bien c'étaient de sacrés voleurs… Tu as l'air étonné ? Ah, il ne t'a rien dit… Je vois. Eh bien nos pères, c'étaient des braqueurs dans le

temps. Et ton papa, c'était le plus méchant de tous, car il a même volé ses amis. C'est avec tout cet argent sale que tu as de beaux vêtements, une belle voiture, un bel appartement. Super ton appart'. J'adore la déco. T'as pris des cours de *home staging* ?...

La discussion est totalement absurde, elle se rend compte à quel point cet homme n'est pas sain.

— Je vais être sympa avec toi petite Chloé parce que je t'aime bien.

L'espoir renaît dans le cœur de Chloé.

— Ce n'est pas donné à tout le monde, mais toi, tu vas avoir le choix. Soit, je te laisse partir… en t'étranglant. Soit, je te laisse partir en te poignardant. Comme ton frère. Alors ? Tu veux partir comment ?

La gorge nouée. Les yeux chargés de mépris. Chloé préfère garder le silence.

— Très bien. Puisque tu ne veux pas choisir, je vais le faire pour toi. Alors… le couteau, c'est plus douloureux… L'étranglement c'est un peu plus long… Quel dilemme… Je vais… Je vais prendre l'étranglement. C'est plus propre. Pas d'hémoglobine à nettoyer.

Théo encercle le cou de Chloé et commence à le serrer. D'abord doucement, puis de plus en plus fort sur ses veines jugulaires. Le corps de la jeune fille tremble de toute part tant elle s'agite. La compression est si forte qu'il ne suffit que de quelques secondes pour qu'elle perde connaissance. Le sang n'arrive plus au cerveau. L'esprit de Chloé s'échappe. Théo a un large sourire. À l'embrasure de la porte, Angel apparait. Il tire instinctivement. La balle vient se loger à l'arrière du crâne de Théo qui s'écroule sur le corps inanimé de Chloé. Derrière Angel, Issa le pousse et se précipite sur le lit de camp où elle est allongée. Issa soulève et jette le corps inerte de l'homme au sol et se précipite sur Chloé. Il la secoue de toutes ses forces.

— Chloé ! Chloé ! Chloé réveille-toi, je t'en supplie. Mon amour !

Issa lui penche la tête en arrière, lui relève le menton, porte sa main sur le front, lui pince le nez et entame un bouche-à-bouche. Une seule insufflation est nécessaire pour la réveiller. Ils sont arrivés à temps. Légèrement dans les vaps, elle aperçoit son homme.

— Issa ?

— C'est moi bébé. C'est fini, je suis là. C'est fini. Tout va bien.

Il la serre très fort contre lui et l'embrasse plusieurs fois. Il commence à dénouer ses liens.

— Je vais te sortir de là mon amour.

— Issa… J'ai eu si peur.

— Moi aussi, moi aussi.

Angel regarde la scène, impuissant. Il ne l'a jamais vue comme ça. Elle est clairement amoureuse. C'est lui qui la sauve et c'est l'autre qu'elle embrasse… Elle ne l'aimera jamais, il fallait l'accepter. Il ramasse le sac d'argent qu'il porte à son épaule et décide de leur laisser ce moment. Un dernier regard en leur direction, il voit bien qu'il n'existe pas. Il s'en va.

70
PARCE QU'IL FAUT TOUJOURS DIRE AU REVOIR

Le ciel était gris dans le paysage occitan. Quelques gouttes chaudes de pluie tombaient sur les gravillons blancs du cimetière. Il s'était passé quelques semaines depuis que Jean avait été assassiné par son ami d'enfance. Jean rejoignait *Clopo* au paradis des voyous. Lui ne partirait pas en fumée comme son vieil ami mais en lambeaux. Inhumé. Après l'autopsie judiciaire, il avait fallu attendre longtemps avant que la police ne rende enfin les restes du corps à la famille. Angel se demandait bien d'ailleurs ce qu'ils avaient pu autopsier... Il s'était passé presque une semaine entre la libération de Chloé et la découverte des cadavres. Sans nouvelles de son patron, Angel chercha à comprendre où se trouvait l'endroit, où « soufflait le vent des fous ». C'est en fouillant dans le coffre-fort de Jean, à l'Anamaxclo, qu'Angel tomba sur un vieil acte de vente qui concernait une bergerie dans le coin. Elle ne se trouvait qu'à une dizaine de kilomètres de la bâtisse. Consciencieux, il s'y était rendu. Sans signe de vie de Jean depuis quatre jours, il fallait bien trouver une piste. N'importe laquelle, même celle qui ramène au passé. Angel avait eu du mal à débusquer la bergerie. Située en hauteur d'un petit vallon, emmitouflée dans un bois, si l'on ne connaissait pas son existence, on ne la trouvait pas. C'est en haut du chemin, près d'un arbre fruitier qu'il trouva les corps. Ça lui semblait être un *higuera*. Mais il ne connaissait pas le nom en français. L'odeur était pestilentielle, il dut taper dans ses mains pour faire fuir les rapaces qui se délectaient de ce repas béni. Une agape providentielle. Professionnel, il ne toucha à rien. Il n'y avait de toute façon plus rien à faire. Les corps avaient entamé leurs décomposition. En rentrant à Toulouse, sur la route, il s'était arrêté dans le petit village de Lanta. Il était entré dans un café et avait demandé la permission de passer un coup de fil. Il appela et prévint la gendarmerie de sa découverte. Il raccrocha très vite. Par précaution, il s'était concentré pour prendre une voix plus grave et tenter de travestir sa voix en faisant chanter les cailloux dans son accent. Il ne fallait pas que l'on puisse le reconnaître. On ne sait jamais. Prendre cette voix l'amusa, il eut un fou rire. Trop de tensions lâchées d'un coup, pas assez de sommeil.

L'enquête ne donna rien. Ils avaient interrogé la famille Salmon, mais personne ne savait rien. Bien sûr, Chloé ne parla pas de son enlèvement. Maxime quant à lui restait un suspect potentiel. On avait bien tenté de l'assassiner et le coup de la mauvaise rencontre sur un site ne convainquit pas les enquêteurs qui restaient obnubilés par cette piste. Les empreintes retrouvées dans l'appartement du garçon n'étaient référencées dans aucune base de données et ne correspondaient pas au corps de la femme ni à celui de Malek. Peut-être n'y avait-il aucun lien, mais la police ne croyait pas beaucoup en cette probabilité. Au final, les flics avaient juste trois sexagénaires qui s'étaient donné la mort et ils ne connaîtraient sans doute jamais le motif de cette boucherie.

Sur son fauteuil roulant, Maxime était conduit jusqu'au caveau familial des Salmon par Issa, Chloé accrochée à son bras. Jean avait acheté cette concession à la mort d'Hannah. Pour Chloé et Maxime, elle était bien trop clinquante, mais Jean voulait la plus belle des dernières demeures pour sa femme. Aujourd'hui, ils étaient enfin réunis. Alors que le prêtre entamait le *Requiem Æternam*, Angel s'enfonçait dans sa propre prière et implorait Dieu de lui pardonner ses péchés. Une nouvelle fois, il avait ôté la vie et il savait que chaque âme volée était un pavé de plus posé sur le chemin qui l'emmenait vers l'enfer. Il finirait par devoir rendre des comptes, il le savait…

Parce que, bien que le temps passe, certains actes ne s'effaceront jamais de la mémoire de celui qui a été touché.

Parce qu'il y aura toujours quelqu'un pour vous rappeler vos fautes.

Parce qu'il y aura toujours quelqu'un pour vouloir se venger.

Parce que tout se paie un jour.

DERNIERS TITRES DE LA COLLECTION

131-Carlos, Jérémy Bouquin, 2022
132-Mer, Bertil Scali & Raphaël De Andreis, 2022
133-L'araignée des Carpates, Alain Roumagnac, 2022
134-Le saut du diable, Jacques Lavergne, 2022
135-Coup de grâce à Sainte-Engrâce, Jacques Garay, 2022
136-L'assassin de la Retirada, Pierre Dabernat, 2022
137-Sac de nœuds à Capbreton, Maxbarteam, 2022
138-Le piège des marais, Philippe Lauga, 2022
139-Eden Pax, Frédéric Villar, 2022
140-Alliance Palladium, Stéphane Furlan, 2022
141-Antiques trahisons, Gilles Vincent, 2022
142-À l'abattoir, Ovide Blondel, 2022
143-Poulou est innocent, David Patsouris, 2022
144-Histoire de neige, Bernard Aries, 2022
145-Les fleurs de Macadam, Patrick Nieto, 2022
146-Balec, Alain Jauhan, 2022
147-Vengeance, Philippe Charrac, 2022
148-L'équipée tarbaise, Jean-Luc Cochet, 2022
149-C'est pas sorcier, Guy Rechenmann, 2023
150-La liste Microcebus, Ludovic Bouquin, 2023
151-Inax, Rose Penn, 2023
152-Mortelles semences, Daniel Contel, 2023
153-Juanita, Simone Gélin, 2023
154-La Catalane, Éric Dupuis, 2023

155-Takano, Jean Colombier, 2023
156-La maison des sables, Christian Artigau, 2023
157-Maures à Venise, Jacques Lavergne, 2023
158-Le saigneur est avec vous, Patrick Caujolle, 2023
159-Marée blanche, Stéphane Dehos, 2023
160-Une rousse sinon rien, Maxbarteam, 2023
161-Obsession, Anne Waddington, 2023
162-La femme sans visage, Dominique Faget, 2023
163-Le démerdeur, Jean-Christophe Giesbert, 2023
164-L'éclat des ombres, Dan Edragal, 2023
165-De larmes et de haine, Bruno Jacquin, 2023
166-De noir chez les Rouge-et-Blanc, Patrick Nieto, Roland Bringay, 2023
167-Léa, prisonnière du désert, Jacques Fénimore, 2023
168-L'ours des tavernes, Pascal Dessaint, 2023
169-Djebel, Gilles Vincent, 2024
170-La cuenta, Fred Villar, 2024
171-Franco est mort jeudi, Maurice Gouiran, 2024
172-Horonya, Philippe Lauga, 2024
173-Dans l'ombre d'Aita, Pierre Olhagaray, 2024
174-Victor, Guy Rechenmann, 2024
175-La douleur des morts, Hervé Le Corre, 2024
176-Peur sur les gaves, Ludovic Lagnet, 2024
177-Orange sanguine, Patrick Caujolle, 2024
178-Le tsar dîne à l'huile, Patrick Nieto, 2024
179-L'été tous les chats s'ennuient, Philippe Georget, 2024
180-Le mystère Borromée, Jacques Lavergne, 2024
181-Itinéraire d'une tueuse, Ludovic Bouquin, 2024
182-Joyeux noël, Alice, Dominique Faget, 2024
183-In memoriam, Rose Penn, 2024
184-Les belles gosses de Biscarrosse, Maxbarteam, 2024
185-Livré au casseur d'os, Thomas Brosset
186-Du plomb dans la tête, Éric Maravélias, 2024
187-Sombre pacte, Cécile Douelle, 2024
188-Le vent des fous, Vincent Azé, 2024

ABONNEZ-VOUS À LA NEWSLETTER

Vous souhaitez être averti(e)
des parutions en exclusivité,
bénéficier d'offres spéciales, etc. ?

Abonnez-vous, gratuitement
et sans engagement, à notre newsletter
en nous retournant le coupon ci-après.

Rejoignez-nous vite et n'hésitez pas
à inviter vote entourage.

Vous pouvez également suivre notre
actualité sur Facebook et Instagram :
#Du noir au sud

Je désire recevoir gratuitement le catalogue
de la collection Du Noir au Sud des Éditions Cairn.

Nom

Prénom

Adresse

Code Postal Ville

Pour encore plus d'offres et d'infos
être averti(e) des parutions des polars
et autres ouvrages, ainsi que de l'actualité Cairn,
indiquez votre adresse e-mail :

E-mail

Bon à compléter et à retourner par courrier postal
ou mail à l'adresse suivante :

Éditions Cairn
ZI Berlanne
14, rue des Bruyères
64160 Morlaàs
communication@editions-cairn.fr

Les éditions Cairn bénéficient du soutien de la DRAC
et de la Région Nouvelle-Aquitaine

Mise en page et suivi de fabrication
Atelier Graphique Cairn
Achevé d'imprimer en septembre 2024 par CIRP
pour le compte des Éditions Cairn
14 rue des Bruyères - 64160 Morlaàs
Tél. : 05 59 27 45 61 - contact@editions-cairn.fr
www.editions-cairn.fr
Dépôt légal : septembre 2024